rowohlt
rotfuchs

Aus dem Englischen
von Alexandra Ernst

HOLLY-JANE RAHLENS

Federflüstern

Rowohlt Taschenbuch Verlag

Originalausgabe
Veröffentlicht im Rowohlt Taschenbuch Verlag,
Reinbek bei Hamburg, Oktober 2016

Lektorat Christiane Steen
Satz aus der DTL Documenta PostScript
bei Dörlemann Satz, Lemförde
Druck und Bindung CPI books GmbH, Leck, Germany
ISBN 978 3 499 21745 6

Liebe Leser,

es freut mich, dass ihr den zweiten Band der Serie «Generation Dark Winter» aufgeschlagen habt. Es ist kein Problem, wenn ihr «Blätterrauschen», den ersten Band, noch nicht gelesen habt. Ihr könnt ruhig mit dem zweiten Buch anfangen und später, wenn ihr Lust habt, das erste Buch lesen. Aber wenn ihr wissen wollt, was im ersten Band passiert, schaut euch doch die Zusammenfassung der wichtigsten Ereignisse auf Seite 345 an, bevor ihr in diese Geschichte eintaucht. Auf jeden Fall hoffe ich, dass ihr beim Lesen von «Federflüstern» genauso viel Spaß habt wie ich, als ich das Buch für euch geschrieben habe.

Rosa Luise Sanders
Sternwood Forest, Ontario, Kanada
August 2040

1. KAPITEL

Ein Rätsel

Mit einem schweren Müllsack und ein paar leeren Flaschen ging Oliver vorsichtig die Treppe hinunter. Unten angekommen schob er sich durch den offenen Türspalt hinaus in den Hinterhof. Er atmete tief ein. Die Luft an diesem Oktobernachmittag war ungewöhnlich mild. Überhaupt, die ganze Woche war irgendwie merkwürdig gewesen: erst das warme Wetter. Dann tauchte sein Bruder Thilo, der über ein Jahr lang verschwunden gewesen war, völlig überraschend wieder auf. Und jetzt war Olivers Heuschnupfen wie durch Zauberhand plötzlich verschwunden!

Normalerweise hatten ihm und seiner Nase noch die letzten Blütenpollen des Jahres das Leben zur Qual gemacht, ganz zu schweigen von den Federn, den rohen Kartoffeln, den Nüssen, dem Staub, den Hundehaaren und all den anderen Dingen, gegen die er allergisch war, und zwar das ganze Jahr hindurch. Nichts hatte geholfen. Aber als Oliver vor ein paar Tagen mit seiner Mutter Kartoffeln für das Abendessen geschält hatte, musste er nicht ein einziges Mal niesen. Und als er am Montag zur monatlichen Kontrolluntersuchung bei seinem Allergologen gewesen war, hatte der Arzt verblüfft die Testergebnisse studiert. «Tja», hatte er ziemlich ratlos gesagt, «der Befund ist negativ. Aber warten wir mal ab, wie die Sache im Frühling und im Sommer aussieht, wenn der Pollenflug am stärksten ist.»

Trotz des schweren Müllsacks ging Oliver jetzt beinahe leichtfüßig über den mit Kopfsteinen gepflasterten Weg zu den Mülltonnen. Sie standen ganz hinten auf dem Grundstück, bei den Bäumen. Er ging an dem Geräteschuppen vorbei, etwa zehn Meter links von ihm, und dann – *oh!* Ein farbiges Flirren an der Hinterseite des Geräteschuppens schreckte ihn auf. Oliver blieb stehen und musterte den Schuppen ganz genau, suchte nach irgendetwas, was nicht hierher gehörte. Aber er sah rein gar nichts, nur die späten Sonnenblumen, die sich in der leichten Brise wiegten.

Seit dem Gewittersturm am letzten Donnerstag ging ihm der Geräteschuppen nicht mehr aus dem Kopf. Er, Rosa und Iris waren in der Buchhandlung BLÄTTERRAUSCHEN im Vorderhaus gewesen, wo ihr Leseclub stattfand, als plötzlich ein heftiges Gewitter niedergegangen war. Seitdem war ihm der Geräteschuppen irgendwie unheimlich, als ob es dort spuken würde, obwohl er gefühlsmäßig wusste, dass «spuken» nicht das richtige Wort war. Jedes Mal, wenn er daran vorbeiging oder etwas herausholte – einen Schlauch, einen Rechen, den Laubsauger –, überkam ihn ein ganz merkwürdiges Gefühl, als ob im nächsten Moment etwas Aufregendes und gleichzeitig Fürchterliches passieren würde. Es war, als würden zwei Neonschilder über dem Gerätschuppen aufblinken: Auf dem einen stand «Betreten verboten!» und auf dem anderen «Willkommen!». Aber er hatte keine

Ahnung, was genau der Geräteschuppen ihm damit sagen wollte.

Noch merkwürdiger war allerdings, dass Oliver nicht der Einzige war, der es so empfand. Als er gestern einen Eimer aus dem Geräteschuppen holen wollte, traf er Rosa, die vor dem Schuppen stand und mit den Fingern ihrer intakten Hand über die Tür strich, als wäre dort eine Geheimbotschaft in Blindenstift eingestanzt. Er war stehen geblieben und hatte sie stumm betrachtet. Er betrachtete sie gern: ihr goldenes Haar, ihre haselnussbraunen Augen, ihre grazile Art. Als sie ihn bemerkte, war sie rot geworden, und dann hatte sie ihm gestanden, dass sie das Gefühl hatte, der Geräteschuppen wolle ihr etwas sagen und sie müsse herausfinden, was es war. «Weißt du noch, letzten Donnerstag?», hatte sie zu ihm gesagt. «Beim Leseclub? Nach dem Sturm? Als ich merkte, dass jemand mit blauem Kuli etwas auf meine Prothese geschrieben hatte?»

Während sie das sagte, war sein Blick zu Rosas linkem Arm geglitten. Er endete in einem Stumpf, seit sie ihre Hand im vorletzten Jahr bei einem Verkehrsunfall verloren hatte.

Rosa hatte bemerkt, dass Oliver ihren Armstumpf betrachtete. Meistens wurde sie dann rot und schob den Stumpf in ihre Jackentasche oder bedeckte ihn mit ihrer rechten Hand. Im Grunde genommen redete sie normalerweise überhaupt nicht einmal mit ihm! Aber irgendetwas hatte sich verändert. Sie schienen jetzt besser miteinander auszukommen. Gestern hatte Rosa lediglich ihren Armstumpf betrachtet und gesagt: «Meine Mutter war total sauer, als sie die Schrift auf der Prothese gesehen hat. Es gibt eine Firma, die sich auf das Reinigen von Prothesen spezialisiert hat, und da hat sie die Prothese hingeschickt. Ich kriege sie erst morgen wieder.» Dann hatte sie sich von dem Geräteschuppen weggedreht. «Also, erinnerst du dich an letzten Donnerstag?»

«Hallo?», hatte Oliver erwidert.

Er konnte es kaum fassen, dass Rosa sich tatsächlich auf ein Gespräch mit ihm einließ. Gut, nach dem Sturm am letzten Donnerstag hatte sie ihn und Iris überraschend auf eine heiße Schokolade zu sich eingeladen. Das war sehr nett gewesen, aber Oliver hatte geglaubt, es würde sich um eine einmalige Sache handeln. Anscheinend hatte er sich geirrt: Hier standen sie nun vor dem Geräteschuppen und unterhielten sich, als seien sie gute Freunde.

«Natürlich erinnere ich mich an letzten Donnerstag», fuhr Oliver fort. «Jemand hat auf deine Prothese geschrieben: ‹Colin Julio war hier, 5. Juni 2273.›» Oliver kannte die Inschrift auswendig und hatte in den vergangenen Tagen oft darüber nachgedacht. «Ich glaube, da wollte dich jemand veräppeln, Rosa. Vielleicht deine Schwester oder eine von ihren Freundinnen?»

«Wieso sagst du das? Wir alle hatten doch das Gefühl, dass wir diesen Colin kennen. Wir wussten nur nicht, wieso. Willst du etwa behaupten, dass du das vergessen hast?»

Er hatte es nicht vergessen, aber in den letzten Tagen war so viel passiert, dass es ihm schwerfiel, sich auf eine Sache zu konzentrieren. Die ganze Woche lang war ihm, als hätte er Watte im Kopf. Glücklicherweise hatten sie noch Ferien und er musste sich nicht auf die Schule konzentrieren. Außerdem wusste er beim besten Willen nicht, wie er diese Erinnerung erklären sollte. Denn alle drei erinnerten sich an einen großen Jungen mit türkisfarbenen Augen, der Englisch sprach. Aber woher kannten sie ihn? Vielleicht aus einem Film, den sie im Fernsehen gesehen hatten?

«Ich muss ständig daran denken», hatte Rosa zugegeben, «und ich glaube, der Geräteschuppen hat irgendetwas damit zu tun. Dieser Junge – dieser Colin –, der Geräteschuppen und das Gewitter, das gehört irgendwie alles zusammen. Und auch deine Zeichnungen.»

Das war wirklich das Allermerkwürdigste: seine Zeichnungen. Nach dem Sturm hatte Oliver auf seinem Zeichenblock die verblassten Linien von Skizzen entdeckt, an die er sich beim besten Willen nicht mehr erinnern konnte. Sie stammten zweifellos von ihm, es war genau sein Stil. Aber wann hatte er sie angefertigt? Und dann wieder ausradiert? Einige der Zeichnungen zeigten fliegende Autos. In allen Einzelheiten! Anders als die meisten Jungen, die er kannte, hatte er sich noch nie im Leben für Autos interessiert, und schon gar nicht für fliegende. Es war ihm ein Rätsel. Ein Rätsel, das er hoffte eines Tages lösen zu können – vielleicht sogar gemeinsam mit Rosa und Iris. Rosa und er waren übereingekommen, mit Iris darüber zu reden. Sie wollten sich heute Nachmittag bei Rosa treffen.

Oliver warf den Müllsack in die Tonne und ging dann wieder zum Haus, vorbei an den Hecken, die jetzt links von ihm waren, an Schaukel und Wippe rechts von ihm – und vorbei an dem geheimnisvollen und rätselhaften Geräteschuppen.

Rätselhaft war auch das Auftauchen seines Bruders Thilo, der ganz überraschend letztes Wochenende heimgekehrt war. Das wilde Schluchzen seiner Mutter, als sie die Tür öffnete und ihren verloren geglaubten Sohn vor sich sah, hatte Oliver erschreckt. Er wusste, dass es Tränen der Freude waren – er hatte genau das Gleiche empfunden wie sie –, aber er hatte Angst gehabt, dass sie an ihrem Weinen und Schluchzen ersticken würde, so wie sie nach Luft geschnappt hatte. Sie hatte geglaubt, er wäre tot! Alle hatten sie das geglaubt. Aber da stand Thilo in der Tür. Einfach so. Nach einem Jahr.

Olivers Mutter schluchzte noch etwa eine Stunde lang. Und nachdem sie sich ausgeweint hatte und die Tränen versiegt waren, als sie Thilo nicht länger in die Wange kniff, um zu sehen, ob sie nicht träumte, war ihr Gesicht hart geworden. Sie hatte Thilo geradewegs in die Augen gesehen, und dann – klatsch! – hatte sie ihm eine schallende Ohrfeige verpasst. Die Wucht hatte ihn fast umgehauen, und er wäre beinahe hingefallen. «Mach das nie wieder!», hatte sie ihn angeschrien. «Hörst du? Nie, nie wieder!» Dann hatte sie ihn so fest gepackt, dass ihm die Luft wegblieb, und ihn erst wieder losgelassen, nachdem er versprochen hatte, nicht mehr wegzulaufen. «Okay, Mama», hatte er gesagt. «Okay. Ich verspreche es. Ich verspreche es dir.» Woraufhin sie wieder anfing zu schluchzen und ihn fest umarmte.

Als Olivers Vater nach Hause kam, warf er nur einen einzigen Blick auf Thilo und brach ebenfalls in Tränen aus. Seitdem war er nicht mehr in der Eckkneipe gewesen. Am Montag hatte er in seiner alten Firma angerufen – er war gelernter Möbelschreiner – und nach Arbeit gefragt. Sein Chef war einverstanden, ihm einen befristeten Job als Küchenmonteur zu geben. Vielleicht würde er sich jetzt auch wieder um seine Hausmeisterpflichten kümmern. Dann hätte Oliver, der seit über einem Jahr viele der Aufgaben im Haus übernommen hatte, um seiner Mutter zu helfen, wieder mehr Zeit für sich.

Aber wer konnte sagen, wie lange der Frieden hielt? Thilo und sein Vater waren beide extrem launisch – bei ihnen war jederzeit alles möglich. Außerdem ging Thilo vielleicht sowieso wieder fort. Er war bald achtzehn, viereinhalb Jahre älter als Oliver, und dann konnte er tun und lassen, was er wollte. Oliver hoffte, dass Thilo ihm wenigstens verriet, wo er das ganze Jahr gesteckt hatte, bevor er wieder abhaute. Er hatte ihn natürlich gleich gefragt, am Samstag und auch am Sonntag, aber Thilo hatte gemauert und behauptet, Oliver sei zu jung, um das zu verstehen.

Oliver seufzte. Er hatte so eine Ahnung, dass er noch sehr lange dreizehn sein würde. Sein Geburtstag war erst im August. Aber mit dreizehn war er trotzdem schon alt genug, um zu erkennen, dass Thilo sich verändert hatte. Obwohl er immer noch ein Großmaul war, kam er ihm etwas ruhiger und ausgeglichener vor als früher. Und sein Gesicht war auch irgendwie anders. Es dauerte eine Weile, doch dann fiel Oliver auf, was es war: Thilos Aknenarben waren verschwunden! Er hatte seine Mutter darauf angesprochen. «Akne?», hatte sie überrascht gesagt. «Thilo hatte hin und wieder einen Pickel, aber doch keine Akne. Nein, Schatz.»

Seine Mutter war Friseurin und Kosmetikerin, also musste sie es wissen. Aber die Sache ließ ihn einfach nicht los, deshalb fragte er Thilo, der daraufhin lachend sagte: «Hallo? Seit wann habe ich denn Akne?»

«Aber du *hattest* Akne!», beharrte Oliver. «Im ganzen Gesicht. Es war echt schlimm. Und auch auf dem Rücken. Das weiß ich genau, weil –»

«So ein Schwachsinn!», sagte Thilo. «Und jetzt verpiss dich!»

«Nein! Ich weiß es, weil –», setzte er noch einmal an, aber er kam nicht weit, weil Thilo ihm ein fünfhundert Seiten schweres Mathebuch auf den Kopf knallte. Tja – manche Dinge änderten sich eben nie.

Oliver schaute hoch in den Himmel. Die Sonne war verschwunden, und eine unheimliche Düsternis senkte sich über den Hof. Die Wolken waren dunkelgrau wie Rauch, und sie vibrierten vom Hall des weit entfernten Donners. Er prägte sich ihr Bild ein. Er würde gleich nach oben gehen und die Wolken zeichnen.

Alles war irgendwie rätselhaft. Einfach alles. Auch diese Wolken.

2. KAPITEL

Chocolate Chip Kekse

Oliver lief beim Anblick des Tellers mit Chocolate Chip Keksen das Wasser im Mund zusammen. Seine Hand schoss vor und schnappte sich den obersten Keks. Er war noch warm. Tief atmete er das Aroma des frischen Gebäcks ein und den Duft von geschmolzener Zartbitterschokolade. Seine Lippen schlossen sich um den Keks und er biss hinein. Die Süße explodierte förmlich in seinem Mund.

«Die haben meine Schwester Lily und ich gebacken», sagte Rosa und schob sich einen Keks in den Mund. Sie lächelte und zeigte dabei ihre schokoladenverschmierten Zähne. Es sah aus, als hätte sie eine große Zahnlücke, fand Oliver. Seine Zähne sahen vermutlich genauso aus.

«Meine Mutter hat uns gezeigt, wie's geht», erzählte Rosa weiter. «Sie hat zehn Tage frei, und jetzt meint sie, sie muss ihre ganze Zeit mit uns verbringen. Das ist irgendwie lästig.» Rosa seufzte, aber Oliver merkte, dass es ihr in Wahrheit gar nichts ausmachte. Ihre Mutter war Reisefotografin und oft tagelang unterwegs. Rosa vermisste sie wahrscheinlich sehr, vermutete er.

«Allerdings», fuhr Rosa fort, «hat sie uns schon im Sommer gezeigt, wie man die Kekse backt.»

«Also, ich bin froh, dass sie es euch zweimal gezeigt hat», sagte Oliver, der seinen Keks mit einem Schluck Kakao herunterspülte und sich dann einen zweiten nahm. «Jetzt sind sie zweimal so gut.»

«Doppelt so gut», verbesserte ihn Iris, «man sagt nicht ‹zweimal so gut›, sondern ‹doppelt so gut›. Aber du hast recht.» Sie biss ein kleines Stück von ihrem Keks ab. «Die Schokoladenstückchen haben ein unglaubliches Aroma und einen äußerst komplexen Geschmack. Die Beschaffenheit ist... fulminant.»

«Iris», fuhr Rosa sie an, «erspar uns bitte deine Vokabelakrobatik.» Sie lehnte am Balkongeländer. «Ich meine, hallo? ‹Fulminant›? Was für ein Wort ist *das* denn?»

«Das kommt aus dem Lateinischen und bedeutet ‹hinreißend› oder ‹großartig›. Ich wollte lediglich meiner Meinung Ausdruck verleihen, dass die Beschaffenheit perfekt ist.»

«Und warum sagst du dann nicht einfach ‹perfekt›?»

«Weil man mit ‹fulminant› so viel mehr sagen kann.»

«Aber nicht, wenn wir nicht wissen, was es bedeutet!» Rosa drehte sich um, sodass sie auf den Hinterhof hinausschauen konnte. Es hatte vor kurzem noch geregnet, aber der Himmel klarte bereits wieder auf.

«Die Beschaffenheit ist perfekt! Okay?», sagte Iris zu Rosas Rücken. «Außen knusprig und innen weich.» Rosa drehte sich immer noch nicht zu ihr um, und so wandte sich Iris an Oliver. «Wusstest du, dass Chocolate Chip Kekse in den 1930ern in den USA erfunden wurden, und zwar von –»

«Jaja, wir wissen Bescheid», sagte Oliver, der kein bisschen Bescheid wusste über Chocolate Chip Kekse, außer dass sie göttlich schmeckten. Aber er war nicht in der Stimmung für einen von Iris' Vorträgen. Und Rosa ebenfalls nicht.

Iris war ein gutmütiges Mädchen. Statt sich lang und breit über die Geschichte von Chocolate Chip Keksen auszulassen, schaltete sie ihr überentwickeltes Gehirn für eine Weile ab und schenkte Rosa und Oliver ein fröhliches Lächeln.

Und was für ein Lächeln das war! Letzten Freitag hatte Iris eine Zahnspange bekommen. Die Sonne spiegelte sich auf dem Metall und ließ es glitzern wie das Diadem einer Prinzessin.

«Ihr werdet es nicht glauben!», hatte Iris zu Rosa und Oliver gesagt, als sie kaum bei Rosa zur Tür hereingekommen war. «Letzten Freitag weckt mich meine Mutter und sagt, dass wir einen Termin beim Kieferchirurgen haben. ‹Was?›, habe ich gesagt. Und sie meinte: ‹Wegen deiner neuen Spange.› Und ich sagte: ‹Was für eine neue Spange?› Soweit ich mich erinnern kann, war ich noch nie im Leben bei einem Kieferchirurgen. Aber meine Mutter war felsenfest davon überzeugt, dass ich schon eine Spange angepasst bekommen hatte, und deshalb habe ich mich schließlich – allerdings nur unter größtem Widerstand und Protest – bereit erklärt, mich ihrem Willen zu beugen und den Termin wahrzunehmen. Und jetzt kommt's: Der Kieferchirurg benahm sich so, als wären wir die besten Freunde! Dabei habe ich den Mann noch nie zuvor gesehen! Und was hat er gemacht? Er hat mir die hier auf die Zähne geklebt.» Woraufhin sie den Mund aufsperrte und ihre Spange präsentierte, deren Brackets in allen Farben des Regenbogens glitzerten. «Er meinte, ich hätte mir diese Brackets ausgesucht, weil mein Name, Iris, ‹Regenbogen› bedeutet. Abgesehen davon, dass die ganze Sache von vorne bis hinten total unheimlich ist, finde ich die Spange eigentlich gar nicht so schlecht. Ich glaube nämlich, es ist eine gute Idee, dass ich mir die Zähne richten lasse. Übrigens hätte ich mir auch das bunte Gestell ausgesucht.»

Oliver fand, dass Iris mit der Zahnspange gut aussah. Sie war längst nicht so störend wie ihre vorstehenden Schneidezähne. Aber auch er musste zugeben, dass die Angelegenheit ziemlich verrückt war – noch so ein Rätsel, dem sie auf den Grund gehen mussten.

Iris verputzte ihren dritten Keks (Oliver schon seinen fünften), wischte sich die Finger an einer Serviette ab und kramte dann in ihrem Rucksack herum. Sie zog ein Mäppchen heraus, ein paar Schulhefte, diverse Taschenbücher …

«Du liest *Tom Sawyer*?», rief Rosa und griff sich das oberste Buch vom Stapel.

«Offensichtlich», gab Iris trocken zurück. «Für ein Referat über die Kinderliteratur im 19. Jahrhundert. Mark Twains *Tom Sawyer*, *Alice im Wunderland* von Lewis Caroll, *Heidi* von Johanna Spyri und *Pinocchio* von Carlo Collodi.»

«Ich habe den Film *Tom Sawyer* gesehen», sagte Oliver, der froh war, sich an dieser gelehrten Diskussion beteiligen zu können.

Rosa schnaubte. «Denk ja nicht, ich wäre auf die Idee gekommen, du hättest es tatsächlich *gelesen*.»

«Aber *du* hast es gelesen?», fragte Iris überrascht.

«Natürlich. *Tom Sawyer* und *Huckleberry Finn* sind Klassiker der amerikanischen Literatur.» Rosa ging wieder zum Balkongeländer. «Ich habe schon *letztes* Jahr ein Referat über Mark Twain gehalten», sagte sie schnippisch.

«Du bist ja auch ein Jahr älter», sagte Iris und kramte weiter in ihrem Rucksack herum. Schließlich zog sie einen durchsichtigen Kulturbeutel mit einer Zahnbürste, Zahnpasta, Zahnseide und Mundspülung heraus. «Ich muss mir die Zähne putzen. Wegen der Krümel. Der Kieferchirurg meint, ich muss besonders gründlich sein und mei –»

«... meine Zähne nach jeder Mahlzeit putzen, und sei sie noch so klein», sangen Oliver und Rosa im Chor. Seit Iris angekommen war, hatte sie das bereits dreimal gesagt.

«Oh, guckt mal!», sagte Rosa, die wieder in den Hinterhof hinabschaute. «Da ist dein Bruder, Oliver.»

Oliver und Iris traten zu Rosa ans Geländer und blickten die fünf Stockwerke nach unten. Sie sahen, wie Thilo sich eine Zigarette anzündete und sich auf eine Bank setzte.

«In der Wohnung darf er nicht rauchen», erklärte Oliver.

Rosa kicherte. «Er ist ja so süß!»

Oliver verdrehte die Augen. Thilo mochte ja vieles sein, aber ganz gewiss nicht «süß».

Rosa wandte sich zu Iris. «Was meinst du? Ist er süß oder nicht?»

«Süß?», wiederholte Iris, als ob sie das Wort zum ersten Mal hören würde. Die Bedeutung von «süß» in Bezug auf das andere Geschlecht war offenbar noch nicht bis zu ihrem weitläufigen Wortschatz vorgedrungen.

«Na, süß eben. Schnuckelig», sagte Rosa und warf Oliver einen «Wo in aller Welt haben wir diese Hohlbirne aufgegabelt?»-Blick zu.

«Thilo? Schnuckelig?», fragte Iris ratlos.

Rosa gab es auf. «Ach, vergiss es!» Es gab ein paar Dinge, die konnte man einem zwölfjährigen Nerd mit einer Regenbogenspange einfach nicht beibringen.

«Hast du uns eingeladen, um mit uns über Jungs zu reden?», fragte Iris, und zwar ohne jede Spur von Sarkasmus.

Rosa setzte sich wieder an den Tisch, und die anderen folgten ihrem Beispiel. Sie senkte ihre Stimme zu einem verschwörerischen Flüstern. «Ist dir auch schon aufgefallen – so wie Oliver und mir –, dass die Dinge seit dem Gewitter am letzten Donnerstag irgendwie ein bisschen komisch sind? Dass irgendwie alles nicht mehr ganz rund läuft?»

«Aber hallo!», platzte es wie ein Pistolenschuss aus Iris heraus. «Nimm zum Beispiel meine Spange! Das ist wirklich äußerst nebulös.»

Rosa verengte die Augen. «Ich dreh dir gleich den Hals um! Du immer mit deinen Sprachkünsten! Das ist das reinste nebulös-Gedöns!»

Oliver wusste auch nicht, was das Wort «nebulös» bedeuten sollte, aber er hatte so eine Ahnung. «Meinst du damit, das alles ist irgendwie ... rätselhaft?»

«Genau!», nickte Iris. Ihre dichten, kurzen dunklen Locken wippten im Takt mit. «Wenigstens einer, der mich versteht.»

«Es ist komisch», sagte Oliver, «aber da ist etwas mit Thilo, was ich auch sehr *nebulös* finde.» Er lächelte Iris an und drehte sich dann zu Rosa um. «Hatte er früher nicht Akne?»

Rosa nickte. «Sein Gesicht war voller dicker Eiterpickel und Narben. Aber jetzt nicht mehr, richtig?»

«Er meint, er hätte noch nie Akne gehabt.»

«So was Ähnliches ist mir auch passiert», sagte Rosa. «Ich wollte die ‹Teen-Chroniken› von Samantha Rosetti noch mal lesen. Ihr wisst schon – *Spaß mit 15, Freunde mit 16* und *Liebe mit 17*. Die kennt ihr doch, oder? Schon mal gelesen?»

Oliver fragte sich, warum sie ihn dabei ansah. «Das sind Mädchenbücher. So was lese ich doch nicht!» Bis er vor ein paar Wochen dem Leseclub beigetreten war, hatte er überhaupt noch keine Bücher gelesen, abgesehen von Comics oder Mangas.

«Ich habe davon gehört», sagte Iris, «und auch mal durchgeblättert. Aber natürlich habe ich sie nicht *gelesen*.» Sie lächelte Rosa an. «Du bist unsere Romanzenfachfrau.»

Rosa zog eine Grimasse. «Ich will mal so tun, als hätte ich das nicht gehört. Na, jedenfalls habe ich die Trilogie unten im Buchladen nicht gefunden – was ich seltsam fand, weil Cornelia eigentlich diese Buchreihe immer auf Lager hat. Aber Cornelia war nicht da, und Bernd konnte auch nichts finden. Also haben wir im Verzeichnis der lieferbaren Bücher nachgeschaut. Und wisst ihr was?»

«Sie stehen nicht drin», sagte Iris.

«Bingo!»

«Und die Autorin?», fragte Oliver.

«Das Suchergebnis lieferte keinen einzigen Treffer», sagte Rosa. «Keine Schriftstellerin mit Namen Samantha Rosetti.»

Die Kinder grübelten angestrengt über die Sache nach. Schließlich sagte Rosa: «Ich denke, wir sollten mit Cornelia reden. Sie hat mich schließlich erst auf die Bücher von Samantha Rosetti gebracht. Außerdem liebt sie es, Rätsel zu lösen. Und das ist fraglos eins. Außerdem kann man gut mit ihr reden.»

«Manchmal zu gut», sagte Iris. «Als ich ihr meine Spange zeigte und meinte, ich könnte mich gar nicht daran erinnern, dass ich schon jemals bei einem Kieferchirurgen war, hat sie mir tausend Fragen gestellt.»

«Also, mit meinen Eltern kann ich ganz bestimmt nicht darüber reden», sagte Rosa und senkte wieder die Stimme. «Sie würden sich Sorgen machen, dass meine Phantasie mit mir durchgeht. Als ich klein war, bevor Lily auf die Welt kam, hatte ich nämlich unsichtbare Freunde.» Sie stand auf. «Wir könnten gleich jetzt in den Buchladen gehen. Vielleicht hat Cornelia gerade Zeit für uns.»

«Ich muss mir erst die Zähne putzen», sagte Iris.

«Dann mach das!», befahl Rosa.

Rosa kommandierte andere Leute ganz schön herum, dachte Oliver. Vielleicht kam das daher, dass sie eine jüngere Schwester hatte. War das womöglich der Grund, warum Thilo ihm gegenüber auch immer den Chef spielte?

Iris schnappte sich ihren Kulturbeutel und sauste ins Bad. Rosa räumte die Teller, Gläser und Servietten auf ein Tablett und trug es in die Wohnung.

Oliver ging zum Balkongeländer. Er schaute zu, wie Thilo ein letztes Mal an seiner Zigarette zog, den Stummel auf den Boden warf und ihn mit der Schuhspitze austrat. Er dachte, dass Thilo die Kippe aufheben würde, aber der drehte sich einfach um und ging zum Haus zurück. Seine Eltern würden stinksauer werden, wenn sie im Hof Zigarettenstummel fänden. Oliver nahm sich vor, die Kippe in die Mülltonne zu werfen, ehe er nach Hause ging. Als Sohn des Hausmeisters fühlte er sich verantwortlich dafür, was auf dem Grundstück passierte. Und das sollte Thilo eigentlich auch!

3. KAPITEL

Ein Garten und eine Bibliothek

Wie lange dauert das denn noch?», fragte Rosa. «Mir ist langweilig. Darf ich gucken?»

«Noch nicht», sagte Oliver.

Oliver zeichnete mit Bleistift ein Porträt von Rosa und Iris und nahm sich außerordentlich viel Zeit für Iris' Locken.

Cornelia, die Besitzerin des Buchladens BLÄTTERRAUSCHEN, war mit Buchbestellungen beschäftigt und hatte die Kinder gebeten, draußen auf sie zu warten. Vor dem Laden standen Tische und Stühle, damit die Kunden das milde Herbstwetter genießen konnten, während sie die Bücher durchblätterten.

Die Fanny-Hensel-Straße war eine hübsche Straße, in der es viel zu sehen gab. Ständig kamen Leute vorbei, blieben vor den schönen Schaufenstern stehen oder bewunderten die frisch renovierten Altbauten, die fast alle um die Jahrhundertwende erbaut worden waren. Die Blätter an den Bäumen hatten sich gelb und orange verfärbt, sodass die ganze Straße noch farbenprächtiger wirkte als sonst.

Iris' Locken mussten gar nicht völlig naturgetreu sein, aber Oliver wollte unbedingt die Fülle und den Schwung der Haare einfangen und die Art, wie die Sonne die Locken leuchten ließ. Rosas wellige goldblonde Haare waren leichter zu zeichnen – vielleicht, weil er sie schon so oft zu Papier gebracht hatte. Aber diese Bilder hielt er versteckt. Er und Thilo teilten sich ein Zimmer, und Thilo schnüffelte ständig in seinen Sachen herum. Wenn er wüsste, dass Oliver Bilder von Rosa malte, würde er ihm das von morgens bis abends unter die Nase reiben.

«Bitte! Ich will es sehen. Darf ich?», bettelte Rosa. Ohne auf eine Antwort zu warten, streckte sie die Hand aus und schnappte sich den Zeichenblock.

«He!», protestierte Oliver, obwohl er eigentlich nichts dagegen hatte. Außerdem kannte er Rosa. Es war schon erstaunlich, dass sie überhaupt so viel Geduld aufgebracht hatte.

Schweigend betrachteten Rosa und Iris die Zeichnung. Schließlich schaute Rosa mit schmalen Augen zu Oliver hoch. «Du hast Iris so hübsch gezeichnet», sagte sie, was in Wahrheit bedeutete: *Du lässt Iris hübscher aussehen als mich.*

Offensichtlich konkurrierten die beiden Mädchen miteinander. Oliver hatte eigentlich nur gezeichnet, was er sah. Wenn Iris auf dem Bild hübsch war, dann *war* sie einfach hübsch. Es war ihm nie aufgefallen, jedenfalls nicht so, wie ihm Rosas Schönheit auffiel, aber er musste zugeben, dass Iris nicht mehr so merkwürdig aussah wie früher.

Iris nahm die Zeichnung in die Hand, schaute sie lange an und blickte dann zu Oliver hin. «Meine Haare sind noch nicht fertig», sagte sie.

Rosa rollte mit den Augen.

In dem Moment läutete die Türglocke und die Ladentür öffnete sich. Cornelia sauste durch die Tür, ihr grauweißer Zopf wirbelte durch die Luft. «Tut mir leid, aber ich musste eine Bestellung abschicken. – He, habt ihr schon die neue Dekoration gesehen? Hinten im letzten Fenster?»

Die Kinder hatten das dekorierte Fenster nicht gesehen, weil sie daran noch nicht vorbeigekommen waren. Jetzt gingen sie zum letzten Schaufenster und schauten es sich an. Da waren Bücher versammelt, auf deren Umschlägen entweder Bäume, Blätter, Pflanzen, Blumen oder Blüten abgebildet waren. Zwischen ihnen hatten einige der Bonsais Platz gefunden, die normalerweise im Laden standen. In riesigen Kalligrafie-Buchstaben zog sich ein Zitat über die gesamte Breite der hinteren Schaufensterfläche: *«Wenn du einen Garten und noch dazu eine Bibliothek hast, wird es dir an nichts fehlen.»*

«Das ist ein Zitat von Cicero, dem römischen Dichter», sagte Iris.

«Stimmt», nickte Cornelia. «Ich finde, es passt prima zum Laden.»

Im Buchladen BLÄTTERRAUSCHEN konnte man nicht nur Bücher kaufen, sondern auch einzigartige japanische Bonsais. Jedes Mitglied des Leseclubs besaß auch einen eigenen Minibaum, für den es sorgen musste. Einige davon standen im Schaufenster, so wie Olivers stämmiges Olivenbäumchen direkt in der Mitte. Fabians Kirschbaum war neben Ayças Pflanze mit den knallorangefarbenen Blüten platziert, die so aussah wie ein brennender Busch. Einen der

Bäume hatte Oliver noch nie gesehen: ein knorriger Stamm mit kleinen Früchten, wie winzige lila Glühbirnen.

«Eine *Callicarpa japonica*», sagte Iris und deutete auf die Pflanze mit den lila Früchten. «Wusstest du, dass sie auch Schönfrucht genannt wird?»

«Du meine Güte, Iris», sagte Cornelia, «du bist ja heute ein wandelndes Lexikon. Aber um deine Frage zu beantworten, ja, das wusste ich.»

«Ich finde Fabians Kirschbaum wunderschön», sagte Rosa zu Cornelia.

«Fabian?», sagte Cornelia.

«Ist er schon wieder da?», fragte Oliver.

«Wer?», fragte Cornelia.

«Fabian», antwortete Iris. «Er war letzte Woche mit seinen Eltern in Bochum, weißt du nicht mehr? Sie wollten sich ein Musical anschauen.»

Oliver war erst dreimal beim Leseclub gewesen. Und weil Fabian in der ersten Woche der Herbstferien nicht da gewesen war, hatte er ihn erst zweimal gesehen. Aber er mochte Fabian und war froh, dass noch ein Junge in seinem Alter im Club war. Emil, der dritte Junge, war erst elf.

Cornelia warf einen Blick ins Schaufenster. «Das ist Felix' Kirschbaum.»

«Felix?», fragte Rosa. «Wer ist Felix?»

Oliver war verwirrt. «Das ist nicht Fabians Baum?»

Cornelia wirkte auf einmal wachsam. Ihr Blick huschte von einem Kind zum nächsten. Dann lenkte sie die Kinder wieder zurück zum Tisch, wo Olivers Zeichenblock noch aufgeschlagen lag.

«Wie reizend», sagte Cornelia und betrachtete Olivers Porträt von Iris und Rosa. «Das ist ganz ausgezeichnet, Oliver. Darf ich mir deine anderen Zeichnungen ansehen?»

Oliver nickte erfreut.

Cornelia schlug die vorige Seite auf. Es war eine Kohleskizze des Hinterhofs mit einem Himmel voller dunkler, tief hängender Wolken. Die Bäume im Hintergrund bogen sich, so dass man beinahe den böigen Wind auf der Haut fühlen konnte. Es sah so aus, als wollten sich die drohenden Wolken jeden Moment auf den Gerätschuppen stürzen. Oliver hatte die Skizze noch am Nachmittag fertig gestellt, bevor er zu Rosa ging.

Cornelia betrachtete Oliver einen Moment lang nachdenklich und blätterte dann noch eine Seite um. Auch das war eine Zeichnung des Geräteschuppens, aber mit Buntstiften gemalt und mit dem Blick aus Olivers Zimmer im zweiten Stock. Der Fensterrahmen und ein Teil des Schreibtischs umrandeten das Bild. Der Schuppen war in goldenes Licht getaucht.

Cornelia klappte den Zeichenblock zu. «Du scheinst ja ganz fasziniert von dem Geräteschuppen zu sein», sagte sie zu Oliver.

«Da ist er nicht der Einzige», sagte Rosa. «Irgendetwas an diesem Schuppen ist unheimlich, und zwar seit dem Gewittersturm letzte Woche. Weißt du noch?»

«Ein Gewitter? Vielleicht.»

Wieder erklang die Türglocke, und Bernd tauchte auf. «Ein Anruf für dich, Cornelia.»

«Komme gleich wieder», sagte Cornelia zu den Kindern.

Sie ging in den Laden, und die Tür schloss sich mit einem leichten Knarren hinter ihr.

«Sie verschweigt uns etwas», sagte Oliver.

Rosa nickte. «Guckt mal ...» Sie streckte ihren Arm aus. «Ich habe eine Gänsehaut. Sie hat mir richtig Angst gemacht.»

«Warum weiß sie nicht, wer Fabian ist?», wunderte sich Iris.

«Und wer ist Felix?» wollte Oliver wissen.

«Wir müssen sie unbedingt wegen Samantha Rosetti fragen», sagte Rosa. «Das können wir nicht einfach so abhaken.»

«Vielleicht am nächsten Donnerstag im Leseclub?», schlug Iris vor. «Wenn die anderen da sind? Die meisten haben es bestimmt auch gelesen. Zoe zum Beispiel.»

So hätten sie wohl noch eine ganze Weile weitergeredet, hätte nicht in diesem Moment ein Taxi vor dem Buchladen angehalten. Der Taxifahrer stieg aus, ging zum Heck und holte zwei Koffer heraus. Die Tür zum Rücksitz öffnete sich, und heraus kam das wunderschönste Mädchen, das Oliver je gesehen hatte – das schönste nach Rosa, selbstverständlich. Aber sie war ganz anders als Rosa. Sie war ein bisschen älter und größer als Rosa. Sie hatte dicke, glatte, glänzende Haare, so schwarz wie Olivers schwärzester Kohlestift, während Rosa weiche, wellige blonde Haare hatte. Die Augen des Mädchens waren schwarz, die von Rosa haselnussbraun. Rosa trug gewöhnlich Erdfarben, die zu ihren Augen passten – Olivgrün, Braun, Terrakotta. Aber die Kleidung des Mädchens war so knallig-bunt wie ein sonniger Frühlingstag: königsblaue Shorts, smaragdgrüne Leggins, pinkfarbene Plateau-Sneakers mit Erdbeermuster und ein pink-blau-gelb gestreiftes Top.

Das Mädchen bedankte sich bei dem Taxifahrer, reichte ihm einen Geldschein und drehte sich dann zum Buchladen um. Als sie die Kinder bemerkte, strahlte sie. «Ihr müsst Rosa, Oliver und Iris sein! Wie schön!»

Sie kannte ihre Namen?

Als ob sie die Gedanken der Kinder lesen konnte, setzte das Mädchen hinzu: «Cornelia hat mir alles über euch erzählt.»

Die Ladentür flog auf und Cornelia stürzte heraus. «Lucia! Wie schön, dich zu sehen!» Cornelia und das Mädchen umarmten sich, und dann wandte sich Cornelia an Rosa, Oliver und Iris. «Lucia ist meine Patentochter. Aus New York. Ihr werdet euch bestimmt gut verstehen. Ihre Mutter ist eine alte Freundin von mir. Sie ist auf einer Expedition, deshalb wohnt Lucia eine Zeitlang bei mir und Bernd.»

«Auf einer Expedition?», fragte Iris, wissbegierig wie immer.

«Ja», sagte Lucia. «Meine Mutter forscht in einer historischen Stätte in der Schweiz.»

Oliver gefiel die Stimme des Mädchens. Sie war samtig, obwohl sie einen leichten Akzent hatte.

«Deine Mutter ist Archäologin?», hakte Iris nach.

«... in gewisser Weise», antwortete Lucia. «Sie analysiert Informationen über alte Kulturen, um zu erfahren, wie die Menschen früher lebten. Und diese Informationen helfen uns, unsere Gegenwart besser zu verstehen.»

«Wo in der Schweiz ist denn diese Ausgrabung?», wollte

Iris wissen. «Ich dachte, mittlerweile hätte man dort so ziemlich alles gefunden, was es zu finden gibt. Oder ist es in einer Gegend, wo sich früher ein Gletscher befand, der erst kürzlich geschmolzen ist? Oder in einer versteckt liegenden Höhle?»

«Der Ort ist so geheim, dass nicht einmal ich weiß, wo er liegt», sagte Lucia mit strahlendem Lächeln.

«Ein geheimer Ausgrabungsort?», sagte Iris. «Wie aufregend! Wenn –»

«Leute», mischte sich Cornelia ein und nahm den Griff eines Koffers. «Ich denke, Lucia muss sich ausruhen. Ich bringe sie zu mir nach Hause. Ihr werdet noch viel Gelegenheit haben, euch besser kennenzulernen.»

Lucia folgte Cornelia über die Straße, wo die beiden in dem Haus direkt gegenüber verschwanden, in dem Cornelia wohnte.

Iris drehte sich zu Oliver um und kicherte. «Du kannst den Mund jetzt wieder zumachen.»

Oliver hatte gar nicht gemerkt, dass sein Mund offen stand. Er fragte sich, wie lange er schon so dastand.

«Ich kenne dieses Mädchen von irgendwoher», sagte Rosa gedankenverloren.

Iris nickte. «Ich auch.»

«Gleichfalls», meldete sich Oliver zu Wort. «Aber woher?»

Die schwere Holztür des Hauses, in dem Oliver und Rosa wohnten, öffnete sich knarrend, und heraus trat Thilo.

Rosas Wangen röteten sich, und sie fing an zu kichern, als Thilo vorbeiging. Er murmelte einen Gruß und ging weiter.

«Er ist nicht gerade gesprächig», bemerkte Iris.

Sie sahen, wie Thilo an der Ecke an einem Jungen in schwarzen Jeans und einem schwarzen Kapuzenpulli vorbeiging, der an einem Laternenpfahl lehnte und sich eine Zigarette anzündete. Er hatte die Kapuze über den Kopf gezogen, sodass Oliver sein Gesicht nicht sehen konnte. Nur die Augenbrauen, die außergewöhnlich dick und dunkel waren, ragten aus den Schatten. Oliver bildete sich ein, dass Thilo und der Junge sich mit einem Nicken begrüßten, aber er war sich nicht sicher.

Über ihnen im ersten Stock schlug der Wind knallend ein Fenster zu. Die Kinder zuckten erschrocken zusammen, schauten nach oben, und Oliver sah, wie die Sonne hinter den schnell ziehenden Wolken verschwand. Als er wieder zu der Straßenecke blickte, war der Junge in Schwarz verschwunden.

Genau wie Thilo.

4. KAPITEL

Tischtennis

An einem Dienstagnachmittag etwa zwei Wochen später waren Oliver und Thilo in ihrem Zimmer, als die lauten Stimmen ihrer Eltern durch die Wand drangen. Oliver machte gerade Hausaufgaben, und Thilo, der sich inzwischen in einem Oberstufenzentrum eingeschrieben hatte, lernte für eine Klausur in Medientechnik. Ihre Mutter war mit einer Erkältung zu Hause geblieben, und ihr Vater war gerade müde und schlecht gelaunt von der Arbeit heimgekommen. Sie stritten sich wegen Geld – wegen was sonst? Jedes Wort war ein Schlag in Olivers Magen.

Oliver setzte seine Kopfhörer auf, damit er seine Eltern nicht mehr hören musste. Seine Großmutter aus Bad Salzschlirf hatte ihm die CD *Best of the Beatles* geschenkt. Es war ihre Lieblingsmusik gewesen, als sie in seinem Alter war. «Wenn wir uns das nächste Mal sehen», hatte sie zu ihm gesagt, «dann erzählst du mir, wie es dir gefallen hat.» Er arbeitete sich Stück für Stück durch die CD. Ein paar Songs waren okay, andere waren blöd, wieder andere waren –

«He, O», sagte Thilo und zog Oliver die Stöpsel aus den Ohren. «Lass uns rausgehen.»

Jetzt drang der Streit seiner Eltern wieder zu Oliver durch. Thilo hatte recht – sie sollten abhauen. Oliver holte das Tischtennis-Set aus dem Schrank, Thilo griff sich seine Zigaretten und ein Feuerzeug – und weg waren sie.

Die Jungen jagten johlend und schreiend die Stufen hinunter. Oliver hätte das Wettrennen vermutlich sogar gewonnen, aber im ersten Stock packte Thilo ihn am Arm, zerrte ihn von den Stufen weg und schubste ihn gegen Herrn Pfeiffers Wohnungstür. Oliver holte ihn nicht mehr ein.

Draußen wandten sich die Jungen nach links, vorbei am Buchladen BLÄTTERRAUSCHEN, vor dessen Fenster Kunden an den Tischen saßen und in der Sonne lasen. Es war Anfang November, aber trotzdem noch warm wie im Sommer.

Oliver überlegte, ob Thilo nun endlich mit der Sprache herausrücken würde, wo er gesteckt hatte, nachdem er von zu Hause weggelaufen war. Aber Thilos Gedanken kreisten um ein ganz anderes Thema. «Wer war das Mädchen, das ich letztens mit dir vor dem Buchladen gesehen habe?»

«Rosa?»

Thilo warf ihm einen vernichtenden Blick zu. «Ich weiß, wer Rosa ist, du Flachpfeife. Ich meine das Mädchen mit den langen, schwarzen Haaren. Die scharfe Braut. Die mit den Möpsen.»

Olivers Wangen wurden heiß. Er und Thilo hatten sich noch nie über Mädchen unterhalten. Und schon gar nicht so. Die Beschreibung, die Thilo ihm gerade gegeben hatte, passte jedenfalls nicht auf Iris. «Meinst du Lucia?»

«Lu-ci-a», sagte Thilo und ließ sich die Silben auf der Zunge zergehen. Er legte den Kopf schräg und schaute himmelwärts, als würde er dem Vogelgesang lauschen. «Ja», sagte er schließlich und blickte Oliver an, «das passt zu ihr. Perfekt. Oh Mann, die ist vielleicht scharf. Aber mit Stil. Und klug. Da gehen bei mir sämtliche Warnlampen an.»

«Hä?»

«Scharf? Stil? Klug? Eine gefährliche Kombination.»

Oliver begriff, warum Thilo diese Worte benutzte, wenn er von Lucia redete, auch wenn er das Grinsen auf Thilos Gesicht nicht besonders mochte und er selbst nie von einer «scharfen Braut» oder «Möpsen» gesprochen hätte. Lucia hätte das Cover einer der Modezeitschriften zieren können, die er manchmal im Friseurladen seiner Mutter durchblätterte.

«Woher willst du überhaupt wissen, dass sie klug ist?», fuhr Oliver Thilo an.

«Ich hab sie beobachtet. Das merkt man doch.»

Oliver schnaubte, aber es stimmte: Lucia war klug. Es ärgerte ihn bloß, dass Thilo das wusste, ohne überhaupt mit ihr gesprochen zu haben. Sie besuchte ein privates Internat in New York mit einem sehr hohen Bildungsstandard, wie sie ihm nach dem Treffen des Leseclubs vergangene Woche erzählt hatte, dem ersten nach den Herbstferien. Und in Berlin wurde sie von einem Privatlehrer zu Hause unterrichtet. Lucia war also tatsächlich super gebildet. Aber was Oliver an ihr viel mehr faszinierte, war die geheimnisvolle Aura, die sie umgab. Er fragte sich unentwegt, wieso er den Eindruck hatte, sie wären sich schon früher begegnet.

Vor lauter Grübeln bekam er Kopfschmerzen – ähnlich wie bei dem Versuch, das Rätsel des Geräteschuppens zu lösen. Oder das Rätsel um Fabian.

Vor anderthalb Wochen – an dem Tag, an dem Lucia eintraf – waren er, Rosa und Iris übereingekommen, dass sie bis zum nächsten Treffen des Leseclubs warten würden, um die Sache mit Fabian zu klären. Vielleicht hatte Cornelia, die ständig in Stress war, die Namen einfach nur verwechselt. Aber Fabian tauchte an dem Tag nicht auf. Auf seinem Platz saß ein Junge namens Felix, der ebenfalls dreizehn war und den Ayça, Anna und Zoe, die anderen Clubmitglieder, zu kennen schienen. Rosa hatte Zoe, die mit Fabian zur Schule ging, gefragt, ob Fabian kommen würde. «Fabian?», hatte Zoe gefragt. «Wer ist Fabian?»

Zoes Reaktion hatte Rosa, Oliver und Iris dermaßen aus der Fassung gebracht, dass sie sich kaum auf den Leseclub konzentrieren konnten und daher völlig vergaßen, Cornelia nach Samantha Rosetti, der Phantomautorin, zu fragen. Existierten Fabian und Samantha Rosetti bloß in ihrer Einbildung? Das war wirklich zu unheimlich. Sie hatten gleich nach dem Clubtreffen darüber sprechen wollen, aber Lucia hatte sich draußen vor dem Laden zu ihnen an den Tisch gesetzt, und ihnen war klar, dass sie in ihrer Gegenwart nicht darüber reden konnten.

Wenn er Lucia anschaute, dachte Oliver manchmal, dass irgendetwas an ihr … merkwürdig war. Sie war freundlich und locker, gleichzeitig aber auch … irgendwie kontrolliert. Ihre Augen schienen alles wahrzunehmen, als ob es zwei Kameralinsen wären, die ständig Bilder schossen.

«Lucia wohnt bei Frau Eichfeld, während ihre Mutter in der Schweiz ist», sagte Oliver zu Thilo. «Lucia ist ihr Patenkind.»

«Frau Eichfeld?»

«Cornelia! Ihr gehört der Buchladen.»

«Ach, die von deinem ultrahippen Leseclub, ja?», sagte Thilo spöttisch.

Thilo hatte kein Recht, ihn deswegen aufzuziehen! Zugegeben, bis vor zwei Monaten hatte sich Oliver selbst nicht vorstellen können, dass er jemals in seinem Leben zu einem Leseclub gehen würde, aber ... das war vor zwei Monaten gewesen. Jetzt hatte er gar nichts gegen das Lesen, auch wenn er nicht so eine Leseratte war wie die Mädchen.

«Also echt, ich fasse es nicht, dass du zu einem Leseclub gehst», zog Thilo ihn auf.

«Das geht dich doch überhaupt nichts an», schoss Oliver zurück. «Und Lucia kannst du vergessen, die ist zu jung für dich. Sie ist erst vierzehn. Außerdem hat sie einen guten Geschmack. Also lass deine dreckigen Pfoten von ihr, verstanden?»

«Hilfe! Da kriege ich ja richtig Angst. Ich mach mir gleich in die Hosen.» Und er wuschelte Oliver durch die Haare, als ob er ein kleiner Junge wäre.

Oliver schlug seine Hand weg.

Thilo schaute ihn überrascht an. «Du bist in sie verknallt, stimmt's?»

«Quatsch!», protestierte Oliver.

«Aber hallo! Aber findest du nicht, dass sie für dich ein bisschen zu *alt* ist?»

«Ich bin nicht in sie verknallt.» Das war er wirklich nicht. Glaubte er wenigstens. «Ich mag's bloß nicht, wie du über sie redest.»

«Ganz ruhig, Kumpel, das ist doch bloß Spaß. He, warum streiten wir uns überhaupt über Mädchen? – Wer als Erster am Tisch ist!» Er stieß Oliver nach hinten und sprintete dann lachend los. Das war wenigstens eine Sprache, die Oliver verstand. Er war ein schneller Läufer, holte Thilo ein und blieb in diesem Wettrennen der Sieger.

Beim Tischtennis allerdings sah die Sache schon wieder anders aus.

Oliver schlug einen Ball viel zu hoch auf die Gegenseite. Thilo nutzte den schlechten Schlag und konterte mit einem Schmetterball, den Oliver nicht erwischte. Der Ball landete weit hinten im Sandkasten. *Wo hat Thilo so gut Tischtennisspielen gelernt?*, dachte Oliver, als er den Ball holte.

«Du lahme Ente!», höhnte Thilo.

Wütend feuerte Oliver den Ball so fest und in einem so scharfen Winkel auf Thilo ab, dass der ihn nicht erreichte und der Ball weit davonflog und irgendwo hinter ihm in der Hecke landete. Während er darauf wartete, dass Thilo den Ball holte, schaute Oliver in westliche Richtung zur Goethestraße. Wie üblich fand sein Blick inmitten der anderen Ladenfronten das rote Vordach über dem Friseursalon seiner Mutter.

«Tauschen wir mal die Seiten», sagte Thilo, der wieder zum Tisch gekommen war. «Du schlägst auf.»

Oliver umrundete den Tisch. «Seit du weg warst, hast du

richtig gut spielen gelernt», sagte er. Sie standen jetzt beide am Netz.

Thilo zuckte mit den Schultern. «Ich war schon immer gut.»

«Aber nicht *so* gut.» Oliver überlegte, ob dies vielleicht ein guter Zeitpunkt war, um seinen Bruder zu fragen, wo er das ganze Jahr gewesen war, was er gemacht hatte und wie er ohne Geld klargekommen war. «T, erzählst du's mir irgendwann mal?», setzte er zögernd an.

«Was erzählen?»

«Warum du weggegangen bist. Wo du warst.»

Thilo verzog das Gesicht. «Fang doch nicht schon wieder damit an.»

«Ich bin dein Bruder! Mensch, wir dachten, du wärst tot! Wir dach –»

Thilo stieß ihn weg. «Du bist wie eine von Mamas alten Schallplatten, bei denen die Nadel immer in der gleichen Rille hängenbleibt. «Another brick in the wall. The wall. The wall.» Er versetzte Oliver eine Kopfnuss. «Au!», schrie er und tat so, als hätte er große Schmerzen. «Dein Kopf ist so hart wie ein Stein, Stein, Stein!»

«Mach dich nicht über mich lustig, du Vollarsch!», sagte Oliver und versetzte ihm einen Stoß.

«Langsam!» Thilo hatte offensichtlich nicht mit Olivers Wut gerechnet. «Okay. Tut mir leid, O. Tut mir wirklich leid.» Er fing an zu lachen. «Aber ehrlich, das Wort ‹Vollarsch› habe ich noch nie von dir gehört. Wo hast du das denn her?»

Oliver war von sich selbst überrascht und musste ebenfalls lachen.

Thilo verpasste ihm mit dem Tischtennisschläger einen Klaps auf den Hintern. «Los, rüber auf deine Seite, Alter.»

Oliver gab es auf. Er würde wohl nie eine befriedigende Antwort von Thilo bekommen.

Von der anderen Tischseite aus überblickte Oliver den Spielplatz: die Mütter auf den Bänken und die Kinder im Sandkasten, auf der Seilbrücke und mit wild schwingenden Beinen auf der Schaukel. Rechts war die Kirche mit ... *Moment mal!* Oliver sah einen Jungen in einem schwarzen Kapuzenpulli neben dem Kirchenportal stehen. Er starrte auf ein Handy in seiner Hand. Es war derselbe Typ, der an dem Tag, als Lucia ankam, an dem Laternenpfahl an der Straßenecke gelehnt hatte. Oliver erinnerte sich daran, dass der Junge und Thilo sich zugenickt hatten. Waren sie befreundet? Aber wenn sie Freunde waren, warum blieb er dann immer auf Abstand? Es sah eher so aus, als würde er Thilo verfolgen.

«Jetzt mach schon!», sagte Thilo ungeduldig. Er stand mit dem Rücken zur Kirche und sah den Jungen hinter sich nicht. «Schlag endlich auf!»

«Thilo, schau dir das mal an», sagte Oliver und tat so, als hätte er auf seiner Seite des Tischs etwas entdeckt.

«Was ist denn jetzt schon wieder?», stöhnte Thilo genervt und ging zu ihm.

«Der Typ hinter dir», flüsterte Oliver, als Thilo näher kam. «In dem Kapuzenpulli. Vor der Kirche. Kennst du den?»

Thilo ging am Tisch entlang wieder zu seiner Seite und musterte den Jungen, der sich jetzt abgewandt hatte und davonschlenderte. «He!», rief Thilo ihm nach.

Der Junge ging weiter, ohne sich umzudrehen.

Thilo rannte hinter ihm her, holte ihn ein und riss ihn am Ärmel herum. «Hau ab hier, verstanden?» Der Junge in dem Kapuzenpulli hob schützend die Hände. Thilo versetzte ihm einen Stoß. «Lass uns in Ruhe, du Freak.»

«Was hast du denn für ein Problem?», sagte der Junge.

Thilo gab ihm noch einen Stoß, und der Junge zog ab.

«Wer war das?», fragte Oliver, als Thilo zum Tisch zurückkam. «Kennst du den?»

«Ein Alki, irgendein Penner.»

«Der sieht aber nicht aus wie ein Alki.»

«Ach, und was weißt du über Alkis und Penner? Er hat mich letztens über Lucia ausgefragt.»

«Über Lucia? Ich dachte, du kennst nicht mal ihren Namen.»

«Kannte ich auch nicht. – Ach, vergiss es einfach. Er ist bloß ein Idiot. Spielen wir weiter.» Er ging wieder auf seine Tischseite.

Aber Oliver konnte die Sache nicht einfach vergessen. Und das merkte man. Er bekam kaum noch einen Ball über das Netz. Er wurde das Gefühl nicht los, dass Thilo etwas vor ihm verheimlichte. Doch nach ein paar Minuten war das Spiel sowieso abrupt zu Ende. Thilo ließ die Hand mit dem Schläger sinken, und der Ball flog an ihm vorbei in den Sandkasten. Er starrte auf die Straße. Oliver drehte sich um – und sah Rosa, Iris und Lucia, die beladen mit Einkaufstüten in ihre Richtung kamen. Thilo stieß einen leisen Pfiff aus.

5. KAPITEL

Mädchen

Thilos Augen klebten auf Lucia. Olivers klebten auf allen drei Mädchen, selbst auf Iris. Sie, Rosa und Lucia hatten sich herausgeputzt, mit Wimperntusche, Rouge und Lippenstift. Ihrer Unterhaltung nach zu urteilen, waren sie in der Kosmetikabteilung eines großen Kaufhauses auf dem Kurfürstendamm gewesen und hatten sich bei den Testprodukten bedient.

Rosa lächelte Thilo mit glühenden Wangen und weichem Blick an, aber Thilos ganze Aufmerksamkeit galt Lucia. «Du bist also Lucia», murmelte er und machte einen Schritt auf sie zu. Er lächelte schief und sah damit ziemlich dämlich aus, fand Oliver. Er bemerkte auch, dass Thilo ganz plötzlich um zehn Zentimeter gewachsen zu sein schien. Seine Brust hatte sich geweitet, und die Armmuskeln unterhalb seiner hochgerollten T-Shirt-Ärmel wölbten sich vor.

«Ja», sagte Lucia. «Ich bin Lucia.»

«Du besuchst also ... Cornelia?»

Lucia warf Thilo einen fragenden Blick zu.

«Das hat mir O erzählt», sagte Thilo.

«O?»

«Ich vermute mal», sagte Iris eifrig, «damit ist Oliver gemeint, obwohl ich noch nie gehört habe, wie ihn jemand O nennt.»

«Das ist eine Sache zwischen uns», sagte Thilo und zündete sich eine Zigarette an. Er nahm einen tiefen Zug. «Zwischen mir und Oliver. Er ist O und ich bin T. T steht für Tiger, O für Ochse.»

Rosa kicherte prustend los, und ihr Kopf nickte auf und ab wie ein Wackeldackel auf der Hutablage eines Autos.

«Komisch», sagte Oliver zu seinem Bruder, «ich dachte immer, T steht für Trottel.»

Lucia lächelte Oliver an.

«Ha-ha», sagte Thilo und zog Oliver mit dem Tischtennisschläger eins über.

Aua! Oliver versuchte, den Hieb zu erwidern, aber Thilo duckte sich. «Immer langsam, O!»

«Also, ich bin mir ziemlich sicher», sagte Iris, «dass T für Thilo steht und O für Oliver.»

Wäre Rosas Blick eine Pistolenkugel gewesen, wäre Iris auf der Stelle tot umgefallen.

«Dann erzähl mal, Lucia», sagte Thilo und zog erneut an seiner Zigarette. «Woher kommst du überhaupt? Wenn du nur zu Besuch hier bist.»

«Weißt du eigentlich», wandte sich Iris an Thilo und wedelte mit der Hand den Zigarettenrauch weg, «dass 30 Prozent aller Teenager, die mit dem Rauchen anfangen, nicht mehr damit aufhören können und vorzeitig an irgendeiner Raucherkrankheit sterben? Außerdem leiden sie übermäßig häufig an Panikattacken, Unruhezuständen und Depression.»

Thilo starrte Iris ein paar Sekunden lang an, als ob er überlegte, zu welcher Art Menschenaffe sie gehörte. Schließlich sagte er, «Wie heißt du doch gleich?»

«Iris Riebesecker», antwortete die Zwölfjährige fröhlich.

«Wir sind alle im BLÄTTERRAUSCHEN-Leseclub», ergänzte Rosa und lächelte Thilo strahlend an.

«Ach ja, der Leseclub.» Thilo gab sich Mühe, nicht zu lachen. Er wollte offensichtlich keinen schlechten Eindruck auf Lucia machen. Wieder wandte er sich ihr zu. «Also, woher kommst du?»

«Aus New York. Genauer gesagt von Fire Island. Das ist eine Insel vor der Südküste von Long Island.»

«Wow!», sagte Thilo schwer beeindruckt. «Wir haben eine echte New Yorkerin in unserer Mitte.» Er verneigte sich tief. «Nice to meet you.»

Der trägt aber echt dick auf, dachte Oliver.

«Wie kommt's, dass du Deutsch sprichst?», fragte Thilo Lucia.

«Der Partner meiner Mutter spricht Deutsch.»

«Partner?», fragte Oliver. Er fand es seltsam, den eigenen Vater so zu nennen.

«Rouge, meine Mutter, und Raoul, ihr Partner, sind nicht verheiratet. Sie ist auch nicht meine leibliche Mutter. Ich habe meine biologischen Eltern nie kennengelernt. Rouge hat mich ausgetragen. Und mich dann adoptiert.»

«Echt?», sagte Thilo, der diese Information erst einmal verarbeiten musste.

«Der akkurate Ausdruck hierfür ist wohl ‹Leihmutter›», meldete sich Iris zu Wort.

«Danke, Iris», sagte Lucia freundlich. «Ich war mir nicht sicher, wie man das auf Deutsch sagt.»

«Gern geschehen. Die menschliche Fortpflanzung ist ein faszinierendes Thema. Ich würde mich gerne einmal mit dir darüber unterhalten. Und es würde mich brennend interessieren, wie man sich fühlt, wenn man weiß, dass man adoptiert wurde.»

«Adoptiert!», rief Thilo, der nun ganz und gar von Lucia fasziniert war.

«Ich finde diese Unterhaltung sehr langweilig!», mischte sich Rosa rüde ein.

Lucia wandte sich Rosa zu und begriff sofort: Rosa war sauer über die Aufmerksamkeit, die Thilo Lucia schenkte. Darum wechselte sie rasch das Thema. «Du trägst ja einen Ohrring», sagte sie zu Thilo. «Ich habe noch nie einen Jungen gesehen, der einen Ohrring hat.»

Rosa fand das umwerfend komisch und fing an zu lachen. «Sie kommt echt von einem anderen Planeten. Wir mussten ihr sogar erklären, was ein Emoji ist.»

Rosa war gemein, dachte Oliver. War ihre Mutter vielleicht wieder zu einem Foto-Trip abgereist?

«Ich benutze mein Handy nur, um meine Mutter anzurufen», verteidigte sich Lucia.

«Ich kann dir zeigen, wie man Emojis runterlädt», sagte Thilo zu Lucia und zog noch einmal an seiner Zigarette. Dann ließ er die Kippe zu Boden fallen und trat sie mit dem Absatz aus.

Rosa schien auf einmal zu merken, wie garstig sie zu Lucia gewesen war. Sie wurde so rot wie ihr Lippenstift. «Es tut mir leid, Lucia, ich –», aber weiter kam sie nicht. Iris fiel ihr ins Wort. «Du solltest den Zigarettenstummel in den Mülleimer werfen», sagte sie zu Thilo. «Ansonsten heben ihn vielleicht kleine Kinder auf.»

Thilo verdrehte die Augen, aber als er merkte, dass alle ihn anschauten, hob er gehorsam die Kippe auf, blickte sich um und entdeckte einen Mülleimer in der Nähe der Kirche. Oliver drehte sich ebenfalls um – und zuckte zusammen: Da war er wieder, der Junge in dem schwarzen Kapuzenpulli. Er hastete an der Kirche vorbei und entfernte sich vom Spielplatz. Oliver merkte, dass auch Lucia den Jungen gesehen hatte. Sie blickte ihm nach. War es möglich, dass sie ihn kannte?

Thilo schlenderte zu dem Mülleimer und warf die Kippe mit einer theatralischen Geste hinein. Iris und Rosa lachten und gingen zu ihm.

«Kennst du den Typen?», fragte Oliver Lucia, als die anderen außer Hörweite waren.

«Wen?», wollte sie wissen.

«Den Typen in dem schwarzen Pulli.» Er deutete auf den sich entfernende Jungen.

«Ich ... glaube nicht», sagte sie vage.

«Ich habe das Gefühl, er verfolgt dich.»

«Mich? Du hast ihn schon mal gesehen?»

«Schon ein paarmal.»

«Spielen wir ein Doppel», schlug Rosa da vor. Sie hatte zwei weitere Tischtennisschläger in der Tasche entdeckt, die neben dem Tisch auf dem Boden lag.

«Tut mir leid, aber ich muss jetzt gehen», sagte Lucia. «Ich habe ganz vergessen, dass Cornelia auf mich wartet. Aber ihr könnt ja ohne mich spielen.» Sie klang ein bisschen gehetzt, und einen Augenblick lang hatte Oliver das Gefühl, dass sie nicht so gelassen war, wie sie immer tat. Doch dann drehte sie sich zu Iris und Rosa um und sagte mit fröhlicher Stimme: «Vielen Dank für den schönen Nachmittag. Ich schicke euch nachher ein Emoji.» Dann machte sie sich auf den Weg.

«Ihr wisst natürlich», sagte Iris, «dass Tischtennis in gesundheitlicher Hinsicht ein äußerst vielseitiger und nützlicher Sport ist. Man kann damit die Augen-Hand-Koordina –»

«Jaja, wir wissen Bescheid», sagte Oliver, der kein bisschen Bescheid wusste über die gesundheitlichen Auswirkungen von Tischtennis. Aber er hatte im Moment wirklich keine Lust auf einen von Iris' Vorträgen. Er dachte über Lucia nach und fragte sich, warum sie, statt links um die Kirche direkt zum Buchladen zu gehen, in die andere Richtung ging und dem Jungen mit dem schwarzen Kapuzenpulli gefolgt war.

«Ich bin gleich wieder da», sagte Oliver. «Ich hole mir was zu trinken. Ihr könnt ja schon mal ohne mich anfangen.» Und damit ging er Lucia nach, die hinter den Bäumen an der Straßenecke verschwunden war. Er hatte ein ungutes Gefühl, was diesen Jungen anging.

Als Oliver die Straßenecke erreichte, sah er Lucia wieder: Sie unterhielt sich vor dem indischen Schnellimbiss mit dem Jungen. Es sah so aus, als ob sie sich stritten. Sie kannten sich also tatsächlich! Der Junge lachte hochmütig, wandte ihr den Rücken zu und schlenderte davon. Lucia rief ihm etwas nach, aber als er nicht reagierte, wirbelte sie wütend herum und stapfte davon, direkt auf Oliver zu. Er huschte in den Zeitungsladen und wartete, bis sie vorbeigegangen war. Dann kaufte er sich eine Dose Limo. Als er herauskam, war Lucia nirgends zu sehen.

Irgendetwas stimmte nicht. Er nahm sich fest vor, Lucia nach dem Jungen zu fragen. Andererseits ... wenn er das tat, dann erfuhr sie, dass er ihr gefolgt war. Diese Vorstellung war ihm äußerst unangenehm.

Oliver seufzte. Noch ein Rätsel in einem Meer von Fragen ...

6. KAPITEL

Bonsais

Im Hinterzimmer des Buchladens BLÄTTERRAUSCHEN stand ein großer, runder Tisch, auf dem sich normalerweise haufenweise Bücher, Magazine und Verlagskataloge stapelten. Hier fand auch alle zwei Wochen das Treffen des Leseclubs statt. Der Club traf sich allerdings erst wieder nächste Woche, und in dieser Woche wurde der Tisch für etwas anderes genutzt: Es war Zeit, die Bonsais umzutopfen. Auf der Tischplatte standen ein halbes Dutzend Minibäume, dazwischen lagen zierliche Gartenscheren, Wurzelhaken, Kupferdraht und eine Reihe von Pflanzgefäßen. Cornelia begutachtete das Chaos. «Das hätten wir schon vor Wochen machen sollen», seufzte sie und hob behutsam Olivers Bonsai aus dem Topf. Rosa, Oliver und Iris schauten zu, wie sie mit dem Wurzelhaken vorsichtig die Baumwurzeln entwirrte und überflüssige Erde entfernte. «Oliver, bitte sei so nett und mach den Sack mit Erde auf.»

Oliver öffnete den Sack mit einer Schere und steckte die Nase hinein. Er liebte den Duft von frischer Blumenerde. Er erinnerte ihn an den Sommer, als er sechs Jahre gewesen war und er mit seiner Familie zwei Wochen lang an der Ostsee Urlaub gemacht hatte. Seine Eltern hatten ein Ferienhaus gemietet, das an einem Waldrand stand. Zwischen den Bäumen hindurch schlängelte sich ein Weg bis zum Meer. Egal ob bei Regen oder bei Sonnenschein, ob es kalt war oder heiß, nass oder trocken, unter dem Blätterdach hatte der Wald immer frisch, feucht und erdig gerochen.

Aber das war vor langer Zeit gewesen. Seit Jahren war Olivers Familie nicht mehr in den Urlaub gefahren.

Oliver seufzte und sah seinen Vater vor sich, der zwei Stockwerke über dem Buchladen in der Küche am Tisch saß und sich betrank. Er hatte seinen Job wieder verloren. Und letzte Nacht war Thilo nach einem üblen Streit mit dem Vater aus der Wohnung gestürmt und seitdem nicht mehr nach Hause gekommen. Seine Mutter machte sich natürlich schreckliche Sorgen, dass Thilo vielleicht nie mehr heimkam. Hätte Thilo nicht wenigstens warten können, bis er achtzehn war?

Die Deckenlampe im Hinterzimmer flackerte und ging aus, und die Kinder sahen hoch. Das Licht kam gleich wieder, aber Oliver sah durch die offene Tür auch das Licht im Ladengeschäft flackern.

Die Türglocke läutete. Kundschaft. Oliver fühlte einen kühlen Luftzug auf seiner Wange. Die Tür zwischen dem Laden und dem Hinterzimmer schlug zu, und die Kinder zuckten zusammen.

Cornelia öffnete die Tür wieder. «Iris, Rosa, ihr könnt eure Bäume vorsichtig aus den Gefäßen holen. Wir müssen nachsehen, ob sie umgetopft werden müssen. Die Tür lassen wir am besten geschlossen, damit sie nicht dauernd zuknallt», sagte sie, trat wieder in den Laden und zog die Tür hinter sich zu.

«Ein Sturm zieht auf», sagte Iris, die am Fenster stand.

Oliver schaute aus dem Fenster auf die Straße. Es war immer noch ungewöhnlich warm für die Jahreszeit, aber am Himmel ballten sich dicke, dunkle Wolken zusammen. Er sah Lucia über die Straße zum Laden rennen. Er nahm sich vor, sie bei der ersten Gelegenheit nach dem Jungen in dem schwarzen Kapuzenpulli zu fragen. «Lucia kommt», sagte er zu den Mädchen.

«Na und?», gab Rosa zurück.

Oliver warf Rosa einen fragenden Blick zu. Was war denn jetzt schon wieder los?

«Was denn?», sagte Rosa. «Darf ich nicht mal auf sie sauer sein? Wir waren gestern Nachmittag verabredet, aber sie ist nicht aufgetaucht. Und sie antwortet auch nicht auf meine Nachrichten.»

«Ihr beiden hattet eine Verabredung und habt mich nicht eingeladen?», beschwerte sich Iris.

Rosa stellte ihren Baum ab. «Iris, wo ist dein Problem? Wir sind doch keine siamesischen Drillinge, die an meiner Hüfte zusammengewachsen sind, oder?»

Iris stellte ebenfalls ihren Bonsai auf den Tisch. «Na, Gott sei Dank. Wenn Zwillinge – und erst recht *Drillinge* – im Verlauf ihrer intrauterinen Entwicklung zusammenwachsen, ist das eine äußerst lebensbedrohliche Situation.»

«Intrauterine Entwicklung?», sagte Rosa. «Was ist denn das?»

Iris grinste sie an. «Wenn ihr an meinem *Gehirn* statt an deiner Hüfte zusammengewachsen wärt, dann wüsstest du, was das ist.»

Kommentarlos machte sich Rosa wieder an ihrem Bonsai zu schaffen. Sie hatte ihre Prothese nicht angelegt, weshalb es ihr ein bisschen schwerfiel, die Pflanze aus dem Topf zu heben. Oliver machte Anstalten, ihr zu helfen. «Es geht schon», sagte sie etwas barsch.

Oliver nickte. Ihm war aufgefallen, dass Rosa seit ein paar Tagen die Prothese nicht mehr trug, wenn sie unter Freunden war. *Unter Freunden.* Das hörte sich schön an. Und es stimmte auch.

Die Tür ging auf, und Lucia und Cornelia kamen herein.

«Rosa!», rief Lucia. «Es tut mir so leid wegen gestern. Ich war in der Schweiz. Meine Mutter hatte frei und wollte mich sehen, deshalb bin ich ganz kurzfristig da hingeflogen.»

«Du hättest anrufen können. Oder mir eine Nachricht schicken», sagte Rosa abweisend.

«Das wollte ich auch! Aber wir waren in den Bergen, und da gab es kein Netz, und ...»

Rosa zuckte unbeeindruckt mit den Schultern. «Ist ja auch egal.»

Cornelia bemerkte die ungemütliche Stimmung. «Lucia», sagte sie, ging zum Tisch und deutete auf eine Kiefer. «Dein Bäumchen sollte umgetopft werden. Hier sind ... Ach je, ich habe vergessen, die unglasierten Töpfe mitzubringen.»

Sie seufzte tief auf und holte einen Schlüsselbund aus ihrer Hosentasche, von dem sie einen löste. «Das ist der Schlüssel für den Geräteschuppen im Hof.» Sie reichte ihn Lucia. «Such dir bitte einen Topf aus. Sie stehen auf dem mittleren Regalbrett, wenn du reinkommst, links. Du brauchst unbedingt einen unglasierten Topf für die Kiefer.»

Lucia nickte.

«Und er muss größer sein als der hier.»

Lucia ging zur Tür. «Bin gleich wieder da.»

«Das Schloss an der Tür zum Schuppen klemmt ein bisschen», meinte Oliver. Er schaute zu Cornelia hoch. «Seit dem Sturm vor ein paar Wochen.» Er wandte sich wieder an Lucia. «Du musst die Tür zu dir ziehen und mit dem Schlüssel ein bisschen im Schloss herumruckeln.»

Lucia nickte ihm zu. Als sie hinausging, fiel sein Blick auf ihre Crossbag, die er ziemlich cool fand. Sie war schwarz, schmal und sah robust aus, nicht so klobig wie sein blauer Rucksack.

Ein paar Augenblicke später ertönte wieder die Türglocke. Lucia hatte den Laden verlassen.

Oliver kam ein Gedanke: Da das Schloss an der Schuppentür wirklich schwergängig war, könnte er hinausgehen und Lucia helfen. Dann wären sie allein und er könnte sie nach dem Jungen in dem Kapuzenpulli fragen. Oder würde sie finden, dass er sich in Dinge einmischte, die ihn nichts angingen?

«Hm», sagte Cornelia und betrachtete die Wurzeln von Rosas und Iris' Bonsais. «Die brauchen neue Töpfe. Und dann –»

Vorne im Laden ertönte wieder die Glocke. «Hermes!», rief eine Männerstimme. «Ein Paket für Sie!»

«Ich komme!», antwortete Cornelia und klatschte vor Freude in die Hände. «Ich erwarte eine Lieferung antiquarischer Bücher. Wie aufregend!» Sie zog die Tür hinter sich zu.

Oliver fand das Lesen ganz in Ordnung, aber er verstand wirklich nicht, was an alten Büchern so besonders war. Cornelia hatte ihm im Laden ein paar antiquarische Bücher gezeigt. Sie waren zerfleddert und abgewetzt und rochen nach Moder und Staub.

Oliver schnappte sich seinen Rucksack. Seine Schlüssel, die an einer Kette am Rucksack baumelten, rasselten. Er ging zum Fenster, das zum Hinterhof hinausführte. Draußen ging Lucia gerade zum Geräteschuppen.

«Stimmt was nicht?», fragte Rosa, kam zu ihm und schaute ebenfalls hinaus.

«Nö. Aber wenn sie das Schloss alleine nicht aufkriegt, gehe ich raus und helfe ihr.»

Lucia war am Geräteschuppen angekommen.

«Wow! Guck mal, wie windig es ist», sagte Rosa.

Iris trat ebenfalls ans Fenster.

Tief hängende, dunkle Wolken hatten den Nachmittag in abendlichen Dämmer getaucht. Das Rascheln der Blätter veranstaltete einen ziemlichen Lärm: *zsch-zsch-zsch.*

Sie sahen, dass Lucia mit dem Schloss kämpfte und den Schlüssel hin und her ruckelte, wie Oliver es ihr geraten hatte. Als das nichts half, drückte sie mit der Schulter gegen die Tür.

«Seht ihr? Ich hab's ja gesagt», meinte Oliver, schloss die Hintertür auf und warf sich den Rucksack über. «Sie klemmt.» Er wollte nach draußen gehen.

«Ach, komm schon», sagte Rosa. «Das schafft sie nun wirklich alleine. Ich bin zwar sauer auf sie, aber selbst ich muss zugeben, dass sie weder dämlich noch zu schwach ist.»

«Wer sagt denn, dass sie dämlich ist?» Oliver seufzte, beschloss dann aber abzuwarten, was passieren würde.

Einen Augenblick später sah er eine Bewegung zwischen den Bäumen, nur ein paar Meter vom Schuppen entfernt. Es war Thilo, der aus dem Schatten trat.

«Thilo?», sagte Oliver. «Was macht der denn da?»

Lucia, die Thilo nicht gesehen hatte, stemmte sich gegen die Tür, und diesmal ging sie auf. Sie verschwand im Inneren. Einen Augenblick später leuchtete der Geräteschuppen auf wie ein Weihnachtsbaum in einer sternenlosen Nacht. Gerade als sie die Tür schließen wollte – wie windig es geworden war! –, machte Thilo einen Satz in den Schuppen und knallte die Tür hinter sich zu.

Olivers Wangen brannten.

«Was macht er denn da?», wiederholte Iris Olivers Frage.

«Egal was er vor hat», sagte Oliver, «das kann er vergessen!» Er stieß die Tür zum Hinterhof auf.

«Warte!», rief Rosa und packte ihn am T-Shirt.

Oliver riss sich los und rannte zum Geräteschuppen. Iris und Rosa sausten ihm nach. Sie wollten das Spektakel auf keinen Fall verpassen. Als sie Oliver an der Tür des Schuppens einholten, hantierte der gerade mit seinen Schlüsseln.

«Geh jetzt, Thilo, bitte!», hörten sie Lucia drinnen sagen. «Ernsthaft, bitte geh!»

«Sie klingt nicht gerade verängstigt», flüsterte Rosa Oliver zu. «Nur sauer. Außerdem weiß ich zufällig, dass sie Kung-Fu kann. Sie kann auf sich selbst aufpassen.»

Oliver hörte gar nicht hin. In seinen Ohren rauschte es nur. Sein Atem ging stoßweise. Er war so unglaublich wütend auf Thilo! Donner grollte in der Dunkelheit, und einen Moment später zuckten helle Blitze über den Himmel. Dank des Lichts fand Oliver den richtigen Schlüssel, schob ihn in das Schloss, drehte ihn ruckelnd hin und her und stieß dann die Tür auf.

Erschrocken starrten Lucia und Thilo Oliver an. Beide hatten die Augen weit aufgerissen, wie Rehe im Licht von Autoscheinwerfern.

Lucia fasste sich als Erste wieder und schenkte Oliver ein Lächeln. «Alles in Ordnung. Thilo wollte gerade wieder gehen.»

Thilo machte einen Schritt auf Oliver zu. «Was willst du hier?»

«Genau das Gleiche wollte ich dich gerade fragen», fauchte Oliver und schleuderte seinen Rucksack zu Boden.

Thilo versetzte Oliver einen Stoß, der rückwärts aus dem Schuppen in den Hof taumelte. Thilo schubste ihn wieder, aber Oliver hielt ihm stand und verpasste nun Thilo auch einen Stoß.

«Hört auf, ihr zwei!», rief Lucia. «Kommt schon! Hört auf damit!»

«Ich hole Cornelia», sagte Rosa, aber in diesem Moment

zielte Oliver mit seiner Faust auf Thilos Gesicht, und im Ausweichen stieß Thilo gegen Rosa, die daraufhin verängstigt zu Lucia in den Schuppen floh. Iris eilte ihr nach.

Oliver und Thilo hatten einander vor dem Schuppen am Kragen gepackt, aber Oliver konnte sich losreißen. Sein Rücken war der offenen Schuppentür zugewandt. Es goss mittlerweile in Strömen, und der Himmel war rabenschwarz geworden. Das Rauschen der Blätter in den Bäumen war ohrenbetäubend. Donner dröhnte, Blitze durchstießen die Dunkelheit. Oliver schlug wieder nach Thilo, verfehlte ihn aber. Thilo, der Stärkere von beiden, konterte mit einem Kopfstoß, der direkt auf Olivers Nase landete. Schmerz explodierte in Olivers Schädel. Das Blut spritzte und tropfte ihm in den Mund, es war klebrig und schmeckte nach Metall. Er holte aus und trat Thilo mit voller Wucht gegen das Schienbein. Der ältere Junge heulte auf vor Schmerz und stieß Oliver von sich weg. In dem Moment, in dem Oliver rückwärts taumelte, wurde der Himmel von Blitzen taghell erleuchtet, und er sah, wie jemand zwischen den Bäumen hervorschlich. Es war der Junge mit dem schwarzen Kapuzenpulli. Und anscheinend bog er sich vor Lachen. Doch dann fegte eine kräftige Windböe über den Hof, packte Oliver, der damit nicht gerechnet hatte, und stieß ihn zurück in den Geräteschuppen. Noch im Fallen sah er, wie die Tür zuschlug. Oliver fiel gegen Iris, die gegen Rosa prallte, die wiederum Lucia aus dem Gleichgewicht brachte, die daraufhin gegen eine Schubkarre stolperte. Einer nach dem anderen kippten sie um wie Dominosteine. Das Deckenlicht flackerte und erlosch. Das Letzte, woran sich Oliver erinnerte, ehe ihm schwarz vor Augen wurde, war das Klicken des Türschlosses und das sanfte Schnurren eines Motors. Aber da brach er schon auf dem Boden zusammen. Und erinnerte sich an nichts mehr.

7. KAPITEL

Muh

WUMP. WUMP. In Olivers Kopf hämmerte es. Er schlug die Augen auf, konnte aber nichts erkennen. Die Welt drehte sich, war ein einziger Wirbel aus Farben, aus Hell und Dunkel, aus Schemen und Schatten. Ein gleißender Blitz hinterließ einen blendend hellen, zerklüfteten Lichtstreifen auf seiner Netzhaut. Blinkende Formen tauchten vor seinen Augen auf und verschwanden schlingernd wieder.

WUMP. WUMP. In seinem Kopf häm-mer-te-und-häm-mer-te es. Wieder sauste der Hammer nieder und spaltete ihm den Schädel. *BUMM.* Und noch einmal. *BUMM.* Und noch einmal. *WUMS. KNACK. QUETSCH.* Als würde jemand unentwegt mit einem Knüppel auf ihn einschlagen!

Ihm war übel. So unfassbar übel. Er rollte sich auf die Seite und erbrach sich.

Oliver wusste nicht, wie lange er so dalag, reglos, mit dem Gesicht nach unten, nur wenige Zentimeter von seinem säuerlich stinkenden Erbrochenen entfernt, sein Kopf genauso leer wie sein Magen. Gut möglich, dass er sogar eine Weile schlief.

Als er die Augen wieder aufschlug, war der Schwindel vorbei, genauso wie die Blitze, das Hämmern und das Wirbeln. Es war vorbei! Erschöpft rollte er sich auf den Rücken. Seine Augen fixierten die Decke. Holzbalken. Ein kleines Fenster links von ihm. Es schneite. *Es schneite?*

Ist noch alles an mir dran?, fragte sich Oliver. Er hob die rechte Hand. Sie war zur Faust geballt. Er öffnete sie, und etwas fiel heraus auf seine Stirn. Er zuckte zusammen und schlug sich gegen die Stirn, um zu töten, was auch immer ihn da angriff, aber dann merkte er, dass es etwas Lebloses war. Vorsichtig betastete er es mit den Fingern und hielt es dann ins Licht. Es war ... Stroh? Seit wann wurde im Geräteschuppen Stroh gelagert? Und gab es an der Schuppendecke überhaupt Holzbalken? Und – warum war er eigentlich im Schuppen? Und warum lag er auf dem Boden?

Dann erinnerte er sich.

Thilo.

Er hatte sich mit Thilo geprügelt. Oliver fuhr mit der Hand an seine Nase. Sie tat weh. Er fühlte getrocknetes Blut ... Er war stocksauer auf Thilo gewesen, weil der sich an Lucia herangemacht hatte. Und ... da war noch ein Junge gewesen, ein Junge zwischen den Bäumen. Ein Fremder mit dicken, dunklen Augenbrauen ... Thilo hatte Oliver geschubst. Er war rückwärts gefallen und k. o. gegangen, und jetzt träumte er immer noch, war immer noch ohne Bewusstsein und ...

Oliver schloss die Augen. *Ich träume bloß*, dachte er. *Wenn ich aufwache, wird alles wieder in Ordnung sein.* Erleichterung machte sich breit. Sein Atem verlangsamte sich, sein Kopf wurde klar. Er war in Sicherheit.

Aber …

Bäh! Irgendetwas stank ganz gewaltig. Es stank nach … Zoo. Nur schlimmer. Konnte man im Traum riechen?

Igitt! Etwas war auf seinem Gesicht. Es war warm, feucht und klebrig, aber rau wie Schmirgelpapier. Es rutschte über seine Wange. Was war das? Eine Raupe? … Nein. Etwas … etwas *leckte* ihm über das Gesicht!

Oliver riss die Augen auf. Eine riesige Schnauze mit zwei Löchern – Nasenlöcher, so groß wie Walnüsse – tauchte in seinem Blickfeld auf. Die Schnauze öffnete sich. Heißer, stinkender Atem strömte heraus. Oliver sah ein riesiges Maul, aus dem eine monströse Zunge glitt und ihm über das Gesicht schlabberte.

Aaargh! Oliver sprang auf und schlug nach dem Tier. Er rannte zur Tür. Die Tür! Wo war die Schuppentür geblieben? Er stolperte über ein Bündel und landete bäuchlings darauf.

Muh, hörte er und erstarrte. Eine Kuh? Eine Kuh hatte ihn abgeleckt? Konnte sie ihm gefährlich werden? Wo war er? Vielleicht war das doch kein Traum. Vielleicht hatte ihn jemand hierher geschleppt. Konnte es …

Ein ganzer Chor aus *Muhs* trompetete ihm in die Ohren.

Oliver hob den Kopf. Er zählte sechs Kühe.

Unter ihm regte sich etwas. Das Bündel, das von einer kratzigen Wolldecke verhüllt war, bewegte sich. Erschrocken sprang Oliver auf und duckte sich hinter einen Holzpfosten, wobei er über seinen blauen Rucksack stolperte. Sein Rucksack!

Ein Kopf mit dunklen Locken tauchte unter der Decke

auf. Iris! Und dann wusste er es wieder: Er war mit Rosa und Iris im Geräteschuppen gewesen.

Oliver rannte zu Iris, doch die hob die Hand. «Nicht! Ich glaube, ich muss mich übergeben.»

«Wo ist Rosa?» Seine Stimme klang piepsig, ein klares Zeichen dafür, dass er Angst hatte.

Iris konnte ihm keine Antwort geben. Sie würgte gerade ihr Mittagessen wieder hoch.

Olivers Augen zuckten durch den Stall und fielen auf ein zweites Fenster und eine Tür nach draußen. Hatte jemand sie hierher geschleppt? Waren sie entführt worden? Er musste Rosa finden. Und was war mit Lucia? War sie auch bei ihnen? Wer hatte sie hierher gebracht? Thilo? Sollte das vielleicht ein Witz sein? Was war passiert? Wo waren …?

Hinter ihm öffnete sich knarrend eine Tür. Oliver duckte sich wieder hinter den Pfosten. Doch dann erkannte er Rosa in dem dämmrigen Licht. Er rannte zu ihr. Ihr Gesicht war kreideweiß. Und auf ihrer Stirn, direkt über dem rechten Auge, prangte eine Beule, so groß wie ein Tischtennisball.

«Irgendwas stimmt nicht», murmelte sie benommen. «Irgendwas stimmt nicht. Irgend…»

Sanft nahm Oliver sie bei den Schultern. «Rosa?»

Sie schaute zu ihm hoch. Ihr Blick klärte sich. «Oliver?»

«Ist Lucia bei dir?»

Ihre Zähne fingen an zu klappern. «Lucia? Ist sie nicht bei dir?»

Oliver schüttelte den Kopf.

«Ich habe Angst, Oliver.» Ihre Hand fuhr zu ihrer Stirn. «Und ich habe mich verletzt. Ich bin wohl hingefallen. Oder irgendwas hat mich getroffen.» Sie berührte die Beule und schrie auf vor Schmerz.

«Es ist alles okay», sagte Oliver tröstend.

Rosa schnüffelte. «Äh! Was stinkt denn hier so?» Sie würgte. «Das ist ja eklig! Mir wird schlecht!»

«Ich glaube, das sind die Kühe», sagte Iris und trat zu ihnen. Sie hatte sich die kratzige Decke übergeworfen. Der Rand schleifte auf dem Boden, und Strohhalme verfingen sich in dem rauen Stoff. «Es ist eiskalt hier drin.»

«Kühe?», wiederholte Rosa.

Eine Kuh muhte.

Rosa kreischte auf.

«Vor Kühen muss man keine Angst haben», versicherte Iris. Sie zog ein Taschentuch aus ihrer Jeans und wischte sich damit den Mund ab. «Kühe benehmen sich Menschen gegenüber für gewöhnlich nicht aggressiv.»

Rosa hielt sich die Nase zu und musste wieder würgen.

«Der beißende Gestank», fuhr Iris fort, «ist natürlich unangenehm. Das ist das Stroh, wisst ihr, das die Ausscheidungen der Tiere aufnimmt.»

«Die Ausscheidungen?», sagte Rosa.

«Die Exkremente. Ihr wisst schon, Kot, Urin und so weiter. Ausscheidungen enthalten Proteine, die sich in Ammoniak verwandeln, was einen scharfen, widerwärtigen Geruch verströmt, der auch tatsächlich unsere Lungen schädigen kann, wenn –»

«Okay, okay!», sagte Oliver ruppig. «Das reicht!» Er war ganz und gar und überhaupt nicht in der Stimmung für einen von Iris' Vorträgen.

«Wir haben da drin gelegen?», kreischte Rosa, und ihr Ton wurde hysterisch. «In Kuhkacke? Oh. Mein. Gott. Ich muss unter die Dusche. Sofort. Jetzt gleich!» Sie schaute sich um. «Wo sind wir? Was ist passiert? Ich bin völlig verwirrt.»

Olivers Blick fiel auf eine Holzbank mit zwei großen Blechkrügen darauf. Sie erinnerten ihn an die riesigen Thermoskannen im Friseursalon seiner Mutter, die mit dampfend heißem Kaffee für die Kunden gefüllt waren. Mit einer Armbewegung fegte er die Krüge von der Bank, die laut scheppernd zu Boden fielen. Die Kühe muhten. «Setzt euch hin», sagte er zu Iris und Rosa.

Gehorsam setzte sich Rosa.

«Nein, danke», gab Iris zurück. «Mir geht's schon wieder besser.» Sie schaute Rosa an. «Du hast eine Beule auf der Stirn.»

«Ach nee.»

«Und», sagte sie zu Oliver, «du hast eine blutige Nase.»

Oliver zuckte mit den Schultern. Es kümmerte ihn nicht weiter. Solange er die Nase nicht anfasste, tat es nicht weh.

Seufzend blickte sich Iris im Stall um. «Ich will ehrlich sein, Leute, ich bin ziemlich durcheinander. Lasst mich mal einen Moment nachdenken.» Sie schaute zu beiden Fenstern hinaus. «Ist euch schon aufgefallen, dass es schneit? Ich kann da draußen gar nichts erkennen.» Sie atmete tief ein und aus und dachte nach. «Es muss eine vernünftige Erklärung für all das geben», sagte sie. «Aber im Augenblick weiß ich auch nicht weiter.»

Oliver deutete auf die Tür, durch die Rosa hereingekommen war. «Was ist dahinten?», fragte er.

Rosa wollte etwas sagen, aber ihre Zähne klapperten zu heftig.

«Hier», sagte Iris und nahm die Decke von ihren Schultern. «Wir können sie uns teilen.»

Ihr Atem stand in kleinen Wölkchen vor ihren Mündern, so kalt war es.

Rosa nickte und nahm die Decke dankbar an. «Es ist ein Laden», stieß sie zähneklappernd hervor. «Glaube ich wenigstens. Ich bin nicht sicher. Ich habe nicht genau hingeschaut. Und die Fensterläden sind zu.»

«Ist Lucia da drin?»

«Ich weiß nicht.» Das Mädchen war den Tränen nah. «Ich habe Angst, Oliver.»

«Wir sollten nachsehen, was da drin ist», sagte Oliver und überlegte, ob er Rosas Hand nehmen sollte, um sie zur Tür zu führen. Sie kam ihm so hilflos vor. Aber da packte Iris sie schon an den Schultern und schob sie auf die Tür zu.

«Ich glaube, da drin hat es besser gerochen als hier», sagte Rosa und versuchte zu lächeln. «Nicht viel, aber ein bisschen.»

Oliver ging ihnen voraus an den Kühen vorbei und öffnete die Tür. Langsam, ganz langsam. «Lucia?», rief er.

Keine Antwort.

Gemeinsam traten sie über die Schwelle.

Durch die Schlitze in den Fensterläden drang schwaches Licht. Rosa hatte recht. Es war ein … Käseladen, aber er hatte offensichtlich geschlossen. Was keinen Sinn ergab. Wie spät war es? Spätnachmittag, soweit sich Oliver entsinnen konnte. Kurz nach vier. Donnerstag. Ein Donnerstagnachmittag Anfang November. Ein sehr warmer Tag.

Wie Rosa gesagt hatte, roch es auch im Laden streng, aber der Geruch war lange nicht so schlimm wie der Gestank im Stall. Es roch käsig, nach den Sorten, die sein Vater gerne aß, Munster und Tilsiter, aber viel intensiver als bei ihm zu Hause, weil es hier viel mehr Käse gab. Im Laden stapelte sich der Käse in jeder Nische und jedem Winkel bis zur Decke. Riesige runde Laibe, so groß wie Wagenräder, lagen hinter Glas auf einem Tresen aus Marmor, kleinere, angeschnittene Stücke standen unter Glasglocken, und die cremigen Weichkäsesorten machten sich auf hölzernen Schneidebrettern und Porzellanplatten breit.

«Lucia?», rief Oliver noch einmal.

«Hier ist sie auch nicht», sagte Iris, die hinter der Verkaufstheke nachschaute.

Oliver bemerkte einen großen Korb aus dickem Weidengeflecht. So einen Korb hatte seine Mutter auch. Er stand im Badezimmer und wurde als Wäschesammler benutzt. Früher hatte er ihrer Großmutter Erna gehört, hatte sie ihm erzählt, Olivers Urgroßmutter. Aber in diesem hier lagen keine dreckigen Socken, sondern Eier. Eier in allen Größen und Schattierungen: dunkelbraune, hellbraune, reinweiße, elfenbeinfarbene, beige, rosig angehauchte. Einige waren gesprenkelt oder gepunktet. Die Eier bei ihm zu Hause im Kühlschrank sahen alle identisch aus. Sie waren weiß und hatten alle die gleiche Größe, als wären sie in einer Fabrik hergestellt worden. Was, so dachte er bei sich, vielleicht auch stimmte.

«Schaut mal», sagte Iris. «Butter. In einem echten Holzfass.»

«Und eine alte Kasse», sagte Rosa, die das riesige, mit Ornamenten und verschnörkelten Buchstaben verzierte Messingmonstrum fasziniert betrachtete. Es hatte Tasten aus Elfenbein und eine Kurbel an der Seite. «Das sieht aus wie ein einarmiger Bandit. Meine Mutter hat mal eine Fotoreportage über Spielautomaten in den Casinos von Las Vegas gemacht.»

Iris nahm den Bereich hinter der Verkaufstheke unter die Lupe. Auf dem Boden standen große Behälter. Sie nahm den Deckel von einem ab. «Da ist Milch drin», sagte sie. «Mit Sahne obendrauf! Nicht homogenisiert!» Ihre Augen huschten durch den Raum. «Das ist wahrscheinlich einer von diesen neuen, trendigen biodynamischen Milch-und-Käse-Läden. Aber ... wie sind wir ... hierher gekommen? Wie ...» Sie verstummte und schaute die beiden an. «Ich stehe irgendwie neben mir ... Wonach suchen wir noch mal?»

Oliver rieb sich die Stirn. Er fühlte sich ebenfalls ganz durcheinander. «Ich glaube, wir suchen Lucia. Sie war bei uns. Wisst ihr noch? Vielleicht sollten wir draußen nachsehen?»

«Im Schnee?» Rosa schrie jetzt. «In unseren Sommerklamotten? Ich hole mir eine Lungenentzündung! Wir alle!»

Oliver schluckte schwer. Zugegeben, eine blöde Idee.

Iris ging zur Ladentür und versuchte, sie zu öffnen. Sie war abgeschlossen. Iris legte das Ohr an das Türblatt. «Ich höre gar keinen Verkehr. Sollen wir die Fensterläden aufmachen?»

«Vielleicht dürfen wir nicht hier sein und kriegen Ärger, wenn jemand uns sieht», gab Oliver zu bedenken.

Iris runzelte die Stirn. «Habt ihr sonst noch eine Tür gesehen? Vielleicht im Stall.»

«Ja, da ist eine», sagte Oliver und rieb sich die Hände. Seine Finger wurden langsam taub vor Kälte. «Ich glaube, sie führt nach draußen.»

«Mir tut der Kopf weh», beklagte sich Rosa und betastete die Beule. «Sehr sogar.»

Oliver bemerkte, dass die Beule rot geworden und inzwischen zur Größe eines Jo-Jos angeschwollen war.

Rosa lehnte sich an den Tresen. «Mir ist ... schwindelig.»

Iris sprang hinter die Verkaufstheke und kehrte mit einem Stuhl für Rosa zurück. Die ließ sich darauf fallen und steckte den Kopf zwischen die Knie. Als sie nach einer Weile hochschaute, hatte sie wieder etwas Farbe im Gesicht. «Ich glaube, es geht schon besser, aber –»

Es klopfte.

Sie keuchten auf und schauten sich um.

Es klopfte wieder. Lauter.

Die Stalltür stand einen Spalt offen, aber das Klopfen kam nicht von dort. Wer immer – oder was immer – es auch war, war hier. Bei ihnen. In diesem Raum.

Rosa fing wieder mit dem Zähneklappern an. Olivers Kehle wurde staubtrocken. Iris schnappte hektisch nach Luft.

Mitten im Holzboden öffnete sich die Luke einer Falltür.

Wieder keuchten sie auf.

Heraus sprang Lucia. «Ahoi!», rief sie fröhlich.

Ein eisiger Wind brauste durch die offene Falltür. Lucia schlug die Luke zu, schüttelte den Schnee aus ihren Haaren und trampelte den Matsch von ihren Schuhen. Die Kühe muhten.

Und Rosa fiel in Ohnmacht.

8. KAPITEL

Molkerei Pfennig

Lucia fischte ein schmales, fingergroßes Plastikfläschchen aus ihrer Crossbag wie ein Zauberer ein Kaninchen aus dem Zylinder. Sie hielt Rosa die durchsichtige Flüssigkeit unter die Nase. Es erinnerte Oliver an Riechsalz, mit dem die Damen in alten Schwarz-Weiß-Filmen wiederbelebt wurden, wenn sie in Ohnmacht gefallen waren. Lucia drängte Oliver und Iris, ebenfalls daran zu riechen. «Das wird euch den Nebel aus den Köpfen vertreiben.»

Lucia wirkte ruhig und gefasst. Oliver hatte den Eindruck, dass sie wusste, was sie tat, daher nahm er eine Nase voll von der geruchlosen Substanz. Sogleich fühlte er sich erfrischt.

«Siehst du?», sagte Lucia munter. «Das ist viel besser als die Pillen, die man früher benutzt hat. Ich bin froh, dass ich ein Fläschchen davon dabeihatte, aber wir müssen sparsam damit umgehen. Mehr habe ich nicht.»

Rosa, Oliver und Iris hatten keine Ahnung, wovon Lucia redete. Was für Pillen? Aber sie plapperte ohne Punkt und Komma und gab den anderen keine Gelegenheit, auch nur eine Frage zu stellen.

«Ihr friert bestimmt», meinte Lucia, steckte das Fläschchen wieder in ihre Tasche und zog Rosa die Decke von den Schultern. Jede ihrer Bewegungen war flink und effektiv, als wollte sie sparsam mit ihren Kräften umgehen. «Ich gebe dir etwas Wärmeres. Außerdem wimmelt es in dieser Decke von Mottenlarven.»

«Was?», rief Rosa angewidert.

«Mottenmaden», sagte Iris.

«Ich weiß, was Larven sind, Iris!», fuhr Rosa sie an.

«He, hört auf, euch zu streiten!», sagte Lucia. «Hier, nehmt meinen Mantel.»

Jetzt erst stellte Oliver überrascht fest, dass Lucia einen roten Mantel trug – hatte sie den vorhin schon getragen, als sie im Schuppen waren? Oder war er in ihrer Crossbag gewesen?, überlegte er. Und wieso war der Stoff kein bisschen nass vom Schnee? Er schaute den Mantel genauer an. Der rote Stoff hatte weder einen Gürtel noch einen Reißverschluss. Vorne befand sich aber ein großer silberner Knopf, ein bisschen größer als ein Kaugummistreifen, der mit winzigen, glitzernden Steinen besetzt war. Lucia wischte mit den Fingerspitzen über die Vorderseite ihres Mantels, der sich daraufhin öffnete. Sie schüttelte ihn ab. Darunter trug sie ihren Jeansrock, Leggins, T-Shirt und eine Jeansjacke. Oliver sah verblüfft, dass in dem Mantel noch mehr steckte, als es den Anschein hatte. Lucia wischte mit den Fingern hin und her, und immer mehr Stoff schob sich aus dem Futter. Sie hüllte die Mädchen in den Mantel ein, der mittlerweile einer Plane ähnelte, zog rechts und links, dehnte den Stoff immer weiter, bis er vorne überlappte. Rosa schob ihren rechten Arm in den rechten Ärmel, Iris ihren linken in den linken Ärmel. Es sah aus, als hätten sie eine überdimensionierte Zwangsjacke an. Lucia kicherte. «Eigentlich ist er nicht für zwei Leute gemacht, aber für jetzt ist das okay. Iris, wenn du deinen rechten Arm dahin legst ...» Sie öffnete den Mantel und schob Iris' Arm um Rosas Taille. «... dann könnt ihr eure Bewegungen besser aufeinander abstimmen.» Sie verschloss den Mantel wieder.

Rosa und Iris schauten sich entsetzt an.

Oliver kicherte. «Klasse. Das sieht so aus, als ob ihr beste Freundinnen wärt.»

«Und?», fragte Lucia die Mädchen.

«Der ist ja beheizt!», sagte Iris.

Rosa kuschelte sich in den Stoff. «Gar nicht übel», sagte sie widerwillig. «Wie eine Heizdecke.»

Iris' Augen leuchteten. «Wie außergewöhnlich! Ich habe so etwas noch nie gesehen! Wie funktioniert das? Ist da eine Heizspirale drin? Läuft es mit Batterien? Kann man –?»

«Leider muss ich dich unterbrechen», sagte Lucia, «aber wir haben jetzt keine Zeit für ein Schwätzchen.» Sie drehte sich zu Oliver um. «Für dich habe ich auch etwas.» Sie huschte in den Stall und kam gleich wieder mit Olivers Rucksack. Die Kühe muhten laut. Lucia zog die Tür hinter sich zu. «Brr! Da drinnen ist es vielleicht kalt!» Sie gab Oliver den Rucksack. «Da ist deine Kapuzenjacke drin.»

«Stimmt! Hatte ich total vergessen.» Er verengte die Augen. «Woher weißt du das?»

«Weil ich geguckt habe, du Blödi. Du warst bewusstlos, schon vergessen? Ihr wart alle bewusstlos.»

Oliver war sich ziemlich sicher, dass er immer noch bewusstlos und dies bloß ein Traum war. Trotzdem zog er seine Sweatjacke aus dem Rucksack. Womöglich konnte man sich auch in seinen Träumen einen Schnupfen holen.

«Zieh sie an», drängte Lucia.

«Was ist mit dir?» Er bot Lucia seine Jacke an. «Zieh du sie an. Ich komme schon klar.» Er hatte nur ein Langarmshirt an, aber er würde ja sowieso gleich aus dem Traum aufwachen.

Lucia war gerührt von Olivers Großzügigkeit. Sie schaute ihn einen Moment lang mit offenem Mund an. Ihr Gesicht wurde weich. «Danke, Oliver», murmelte sie. «Aber mach dir keine Sorgen. Mir geht's gut. Ich bin an die Kälte gewöhnt. Bitte zieh deine Jacke an.» Nachdem das geklärt war, ging sie schnurstracks auf eine Anrichte hinter dem Verkaufstresen zu, wo sie eine Schublade aufzog und ein paar Messer herausholte. Die Kühe hatten anscheinend die Geräusche gehört und muhten immer lauter. «Hört mir jetzt genau zu. Wir müssen uns beeilen. Das ist das Allerwichtigste. Wir müssen so schnell wie möglich hier raus. Ich möchte, dass jeder von euch etwas Käse einpackt. Fürs Abendessen.»

«Fürs Abendessen?», sagte Rosa.

«Ja.» Lucia breitete eine Zeitung aus, die auf dem Tresen gelegen hatte. «Wickelt den Käse hier hinein. Und dann steckt ihn zusammen mit den Messern in den Rucksack. Beeilt euch!»

«Hallo?», sagte Rosa und riss die Augen auf. «Ist dir klar, dass man das Diebstahl nennt?»

«Diebstahl?» Lucia stemmte die Hände in die Hüften.

«Ebenfalls *hallo*? Das nennt man *Überleben*! Ihr müsst etwas essen, oder etwa nicht? Hast du vielleicht eine bessere Idee?»

«Warum können wir nicht einfach nach Hause gehen und dort etwas essen?»

«Weil wir nicht mehr zu Haus *sind*. Wir sind nicht einmal mehr in der Nähe von ‹zu Hause›.»

Einen Moment lang herrschte Schweigen.

Dann stampfte Rosa mit dem Fuß auf. «Ich will sofort wissen, wo wir sind.»

«Pass auf», sagte Lucia und wickelte ein Stück Tortenbrie in eine Zeitungsseite. «Es tut mir leid, wenn ich euch beunruhigt habe. Aber bitte, konzentriert euch auf das Wesentliche.»

«Wo sind wir?», beharrte Rosa.

«In der Molkerei Pfennig, wenn du es genau wissen willst», sagte Lucia. «Ich habe das Schild draußen über der Tür gesehen. Glücklicherweise haben wir Sonntagnachmittag, und alles ist geschlossen.»

«Sonntag?», fragte Rosa.

Oliver wurde immer verwirrter. Vielleicht musste er noch einmal an Lucias Fläschchen riechen. War heute nicht Donnerstag? ... So ein Durcheinander, da kam er einfach nicht mehr mit. Er kümmerte sich wohl besser erst einmal um den Käse ...

Oliver schnitt sich ein große Ecke Tilsiter ab, ein Stück von einem bläulichen Schimmelkäse und eine dicke Scheibe Käse mit Löchern. Mit einem Blatt Zeitungspapier wickelte er alles ein ... Überrascht sah er, dass auf der Zeitung gar keine Fotos zu sehen waren. Er schaute genauer hin. «He», sagte er. «Die Zeitung ist so alt, ich kann nicht einmal lesen, was da steht.»

«Zeig mal», sagte Iris und zog Rosa, die neben ihr in dem Mantel gefangen war, mit sich. Sie schaute Oliver über die Schulter. «Die Zeitung ist in Frakturschrift gedruckt! Das macht man seit hundert Jahren nicht mehr. Mal sehen, ob ich das lesen kann … Da steht …» Sie kniff die Augen zusammen. Es war offensichtlich nicht einfach, die Wörter zu entziffern. «Volks. Zeitung. Organ. Für. Jedermann. Aus. Dem. Volke.»

«Von wann ist die?», fragte Oliver.

«Samstag. Dezemb – Unglaublich! 1891! Das ist eine Antiquität!» Sie drehte sich zu Lucia um. «Und die lag einfach so hier auf dem Tresen? Ich glaube nicht, dass wir die benutzen sollten.»

«Leute!», sagte Lucia streng. «Bitte wickelt den Käse ein! Wir müssen los!»

Rosa nahm Iris' Hand und zog sie von der Zeitung weg.

«Wartet mal», sagte Lucia zu den Mädchen. Sie streckte die Hand nach ihrem Mantel aus, nahm den Knopf – oder was immer es war – von der Vorderseite ab und steckte ihn in ihre Jackentasche. Oliver hatte das komische Gefühl, dass er etwas Vergleichbares schon einmal gesehen hatte. Iris und Rosa starrten Lucia ebenfalls an.

«Was ist das?», fragte Iris.

«Ein PockDock», sagte Rosa sachlich. «Glaube ich.»

Lucia schaute Rosa an. «Was hast du gesagt?»

«Ich sagte, das Ding nennt man PockDock.» Ihre Augen

wurden kugelrund. «Ich weiß nicht, warum ich das weiß, aber ich weiß es.»

Erstaunen machte sich auf Lucias Gesicht breit.

«Und die blinkenden Punkte dadrauf nennt man Pocks», fuhr Rosa fort, die in ihrem Gedächtnis angestrengt nach weiteren Informationen kramte. «Also ... Pocken auf Deutsch. Deshalb heißt es PockDock ... Aber auch, weil ... weil man es in der Tasche tragen kann. Und Tasche heißt auf Englisch ... pocket. Ein tragbares Dock für die Hosentasche. Ein PockDock. Richtig?» Sie zog eine Grimasse. «Oh Mann, mir brummt der Schädel. Ich habe echt Kopfweh.»

«Ein PockDock?», sagte Iris. Sie fixierte Lucia. «Wieso weiß *sie* das, aber ich nicht? Ich hätte gerne eine Erklärung, wenn es recht ist. Anscheinend bist *du* diejenige, die weiß, was hier abgeht.»

Lucia blieb hart. «Später. Ich erkläre euch alles später.»

«Und dieser ... Mantel», fuhr Rosa mühsam fort, als müsse sie sich durch ihre Kopfschmerzen pflügen, «das ist eine ... Comfy. Eine Thermo-Comfy. Richtig?»

Lucia schüttelte den Kopf. «Nicht jetzt, Rosa.»

«‹Sie passt sich jedem Wetter an. Sie wärmt, oder sie kühlt, je nach Bedarf.› Dein Bruder hat uns das erzählt, Lucia. Habe ich recht?»

«Uns?», sagte Iris.

«Ihr *Bruder*?», wollte Oliver wissen. Er hatte keine Ahnung wovon Rosa redete, aber er sah, dass Lucia auf einmal nicht mehr so gelassen wirkte, sondern sogar richtig nervös. Etwas sehr Beunruhigendes lag in der Luft.

Rosa nickte. «Ihr ... Stiefbruder. Colin.»

«Das Phantom?», fragte Iris. «Dieser geheimnisvolle Typ, der deine Prothese bekritzelt hat?»

«Er … hat mich geküsst», sagte Rosa verträumt. Sie fixierte Lucia. «Warum weiß ich das plötzlich?»

«Ich begreife auch nicht, wieso du das weißt, Rosa», sagte Lucia, «aber so ist es. Der Schlag auf deinen Kopf hat wahrscheinlich deine Erinnerung geweckt. Aber jetzt –»

«Diese ganzen Bilder!», rief Rosa aus. Sie hatte anscheinend Schmerzen und rieb sich die Stirn. «Woher kommen die? Es tut so weh!» Sie schaute zu Lucia hoch. «Was ist los mit mir?»

«Beruhige dich, Rosa», sagte Lucia eindringlich. «Es ist alles in Ordnung.»

Iris stampfte mit dem Fuß auf. «Ich will wissen, was hier los ist! Offensichtlich haben wir drei etwas erlebt, woran sich Rosa erinnert, Oliver und ich aber nicht!»

War das möglich?, fragte sich Oliver. Hatte es etwas mit dem Geräteschuppen zu tun? Mit dem Sturm vor ein paar Wochen?

«Ruhe!», schrie Lucia.

Sie verstummten. Die Kühe allerdings muhten weiter.

«Bitte», flehte Lucia. «Kümmern wir uns erst einmal um das Wichtigste. Wir müssen hier weg. Und zwar sofort. Sie können jede Sekunde hier sein. Es wäre richtig übel, wenn sie uns hier finden würden.»

«*Wer* wird gleich hier sein?», wollte Oliver wissen. Seine Stimme zitterte – vor Kälte oder vor Angst?

«Die Leute, die die Kühe melken. Die werden gleich verrückt da drin im Stall.»

Rosa schien mit einem Mal zu begreifen. Sie zog Iris zu einem hölzernen Schneidebrett, wo kleine Weichkäsetorten mit einer weißen Schimmelrinde aufgestapelt waren. «Willst du auch eins?»

Iris nickte. Rosa nahm zwei mit ihrer rechten Hand, und gemeinsam stolperten sie zum Tresen, um sie in Zeitungspapier einzuwickeln.

«Ich verspreche, dass ich euch alles erklären werde, sobald wir im Warmen sind», sagte Lucia. «Hat sich jeder etwas zu essen eingepackt?»

Rosa, Oliver und Iris nickten.

«Okay», sagte Lucia. «Dann los. Oliver, nimm du bitte den Rucksack. Mädchen, ihr bleibt beide in dem Mantel. Wir gehen durch den Stall. Es ist –»

Vor der Ladentür hörten sie Stimmen und laute Geräusche.

«Schnell!», flüsterte Lucia. «In den Stall. Da gibt's eine Tür zum Hof. Ich habe sie aufgeschlossen.»

Lucia öffnete die Tür zwischen Laden und Stall, aber in dem Moment ging im Stall die Tür zum Hof auf – genau die, von der Lucia eben gesprochen hatte. Licht, Schnee und Wind strömten herein. Und dazu zwei stämmige Männer.

«Horst», sagte einer der Männer. «Hast du vergessen, die Stalltür abzuschließen? Sie war offen.»

«Ich habe sie abgeschlossen!», antwortete Horst. «Das weiß ich genau!»

Leise schloss Lucia die Tür zum Laden.

Hinter ihnen klapperte ein Schlüssel im Schloss der Ladentür.

«Wir sitzen in der Falle!», sagte Rosa. «Sie haben uns umzingelt!»

«Los!», befahl Lucia. «In den Keller!» Sie hastete zur Falltür und hob die Luke hoch. «Oliver, du als Erstes. – Warte! Nimm das.» Sie gab ihm das PockDock, drückte zweimal auf ein Pock, und ein Licht ging an. «Die Stufen sind steil. Hilf den Mädchen. Beeilt euch!»

Oliver kletterte die Leiter hinunter. Lucia riss den beiden Mädchen den Mantel von den Schultern. «So geht's besser. Jetzt runter mit euch!»

Die Kühe waren extrem unruhig. Sie muhten, stampften mit den Hufen und rissen an ihren Ketten. «Heinz, sieh mal!», hörte Oliver den Mann namens Horst sagen. «Jemand hat die Milchkannen von der Bank gestoßen.»

Rosa stieg die Leiter hinab, dann kam Iris. Oliver war schon halb unten, immer mit einem Auge nach oben schauend, ob er Rosa auffangen musste. Er sah Lucia oben auf der Leiter stehen. Sie streckte den Arm nach der Luke aus, aber in dem Augenblick ging wohl die Ladentür auf. Ein eiskalter Wind zog heftig durch die Falltür, als Lucia die Luke zuklappte. Erschrocken ließ Oliver das PockDock fallen, und sie standen in völliger Dunkelheit.

«Oliver», flüsterte Lucia. «Hol das PockDock! Drücke zweimal den weißen Pock. Wir können überhaupt nichts sehen!»

Oben im Laden hörten sie die Rufe eines Mannes und einer Frau. «Was ist denn hier passiert?», fragte der Mann. «Diebe!», schrie die Frau.

Oliver war am Fuß der Leiter angekommen. Das Gerät

lag anscheinend mit der Vorderseite nach unten, denn er sah keine Pocks aufblinken. Auf allen vieren tastete er hektisch den kalten Boden ab.

«Ich kann nichts sehen», wimmerte Rosa.

Oliver hörte Schritte über ihnen.

«Die sind bestimmt durch den Keller!», hörten sie die Frau sagen.

Oliver fand das PockDock, aber seine Finger waren vor Kälte so steif, dass ihm das Gerät wieder aus der Hand rutschte. Wieder ging er auf die Knie, fand es und drückte zweimal den weißen Pock. Das Licht ging an.

Rosa polterte die Sprossen hinunter. Iris verlor den Halt und rutschte ein Stück nach unten, aber Oliver konnte sie auffangen. *Uff!* Zum Schluss kam Lucia.

«Mir nach!», befahl sie. «Oliver, du gehst als Letzter, du musst uns den Weg leuchten.»

Sie tasteten sich einen schmalen, tunnelähnlichen Weg entlang, immer Lucia hinterher. Oliver hörte Rosa und Iris mit den Zähnen klappern. Oder war er das? Er sah Mäuse ängstlich vorbeihuschen, fühlte die klebrigen Fäden von Spinnweben auf dem Gesicht. Und es roch hier ganz eklig, modrig und feucht.

Sie kamen an eine Tür. Lucia schlug ihren roten Mantel auseinander. «Zieht ihn wieder an», sagte sie zu Rosa und Iris. «Schnell.» Rasch half sie den beiden, sich in den Stoff einzuhüllen. «Wir bleiben zusammen, habt ihr verstanden? Unter allen Umständen! Wenn wir Glück haben, fällt der Schnee so dicht, dass uns niemand sieht. Folgt mir.»

«Aber … wohin gehen wir denn?», fragte Rosa mit dünner Stimme.

Von oben drang Licht in den Keller. Die Luke war offen! Ihre Verfolger kamen die Leiter herunter! «Hier ist es viel zu dunkel!», rief einer der Männer. «Bring mir eine Lampe!»

Die Kinder hörten hastige Schritte über ihren Köpfen.

«Ihr sitzt in der Falle!», rief die Frau nach unten. «Die Kellertür ist abgeschlossen! Ha!»

Lucia legte die Hand auf den Türgriff. «Keine Sorge», flüsterte sie. «Ich habe sie aufgeschlossen.»

Das Licht des PockDock hüpfte auf und ab, so sehr zitterte Olivers Hand. Lucia griff nach ihr und hielt sie ruhig. «Hört mir jetzt genau zu», sagte sie. «Es gibt etwas, das ich euch bisher nicht gesagt habe, das ihr aber jetzt unbedingt wissen müsst. Es ist wichtig. Hört ihr zu?»

Rosa, Oliver und Iris nickten zähneklappernd.

«Wenn ich diese Tür öffne, dann werdet ihr eure Stadt nicht wiedererkennen.» Sie schluckte schwer. «Das ist nicht das Berlin, das ihr kennt. Wir sind in das Berlin von vor hundertfünfundzwanzig Jahren zurückgeworfen worden. Habt ihr das verstanden?»

«Zurückgeworfen?», wiederholte Oliver.

«Willst du damit sagen», hauchte Iris, «dass wir … durch die Zeit gereist sind?»

Lucia nickte. «Ja.»

Iris traute ihren Ohren kaum. «Wie aufregend!»

Aufregend? Da war sich Oliver nicht so sicher. Sein Traum verwandelte sich gerade in den verrücktesten Albtraum aller Zeiten. Glücklicherweise hatte er keine Gelegenheit, weiter darüber nachzudenken: Er hörte, wie die Männer die Leiter nach unten in den Keller kletterten. «Sie kommen!», sagte er.

Lucia nahm Oliver das PockDock aus der Hand, schob es in ihre Tasche und drückte die Tür auf. Wind und Schnee, die in einer heftigen Böe hereinwirbelten, warfen sie beinahe um. Lucia schob Oliver über die Schwelle in den dunkelgrauen Spätnachmittag, dann Rosa und Iris. Schließlich schlug sie die Tür hinter sich zu. «Mir nach!», rief sie. «Lauft! So schnell ihr nur könnt! Los!»

Und so taumelten sie in eine unbekannte und weit entfernte Vergangenheit, hinein in einen bitterkalten, schneeverwehten und tiefdunklen Dezembertag des Jahres 1891.

9. KAPITEL

Lauft!

Der Schnee brandete mit aller Macht gegen sie an. Eisige Flocken zwängten sich in Olivers Nasenlöcher, stachen auf seinen Wangen und zwickten an seinen Ohren. Oliver rannte und rannte. Sein Rucksack schlug hart auf seinen Rücken. Jeder Atemzug tat weh. Er hatte das Gefühl, sein Brustkorb würde gleich bersten, sein Herz mit dem nächsten Schlag erfrieren. Seine Finger waren taub, die Zehen brannten vor Kälte, und an seinen Haarspitzen bildeten sich Eiszapfen. *Lauf!*, befahl er sich. *Lauf!* Wenn er hinfiel, würde er nicht mehr aufstehen können, und so zwang er seine Füße zu tun, was Lucia befohlen hatte: *Lauft!*

Es war schon fast dunkel. Oliver konnte bloß ein paar Meter weit sehen, trotzdem rannte er immer weiter. Ihre Verfolger hatten die Jagd nach zwei Häuserblocks aufgegeben. Ihre Flüche und Drohungen waren im Flüstern des Schnees untergegangen, der die Stadt in eine dicke Decke aus fedrigem Weiß einhüllte. Iris und Rosa in dem roten Mantel, die ihre Bewegungen exakt aufeinander abstimmten, liefen vor Oliver. An ihnen orientierte er sich. Lucia war schon längst hinter dem dichten Vorhang aus Schnee verschwunden, der unentwegt aus dem Himmel niederging. Aber er wusste, dass sie da war. «Nur noch ein paar Straßen weiter!», hörte er sie rufen. «Bleibt zusammen!»

An der nächsten Ecke spendeten Straßenlaternen ein trübes, goldschimmerndes Licht. Jetzt konnte man die Häuser besser sehen. Links und rechts ragten sie in die Höhe. Das war das Berlin, das Oliver kannte. Das Berlin, das er liebte. Selbst in seiner Angst und seiner Erschöpfung erkannte er die Schönheit in der schneeweißen Stille. Er sah ein Ladenschild: *Gastwirtschaft. Destillation. Rum. Arac. Cognac.* Eine Tür flog auf, und ein Mann kam herausgetaumelt und landete auf seinem Hintern im Schnee. Der Hut war ihm vom Kopf gefallen, und er brabbelte irgendetwas vor sich hin. Der Gestank nach Alkohol, abgestandener Luft, Sauerkraut und Schimmel waberte zu Oliver hin. Auch dieses Berlin kannte er.

Ein Pferdefuhrwerk ratterte an ihm vorbei. Ein Pferdefuhrwerk? Er hatte einmal Touristen in einer Kutsche auf dem Pariser Platz am Brandenburger Tor gesehen. Waren sie jetzt in der Nähe des Pariser Platzes? *Nein! Nicht dran denken!*, befahl er sich. *Nur weiterlaufen!*

Seine Füße taten ihm weh. Sie fühlten sich an wie Bleiklumpen. Der Bürgersteig schlug hart von unten gegen seine Sohlen, und immer wieder rutschte er auf den Pflastersteinen aus. Es war, als würde er barfuß über Felsen rennen.

Die Straßen waren geisterhaft still und menschenleer. Dann, ganz plötzlich, tauchte die vierschrötige Gestalt einer Frau aus dem Schneetreiben vor ihm auf. Sie stapfte durch den Schnee, eingewickelt in schwerer Wollkleidung, mit einem bodenlangen Rock, den Kopf gesenkt, den Rücken gekrümmt. Neben ihr her zog ein großer Hund mit hechelnder Zunge eine Hundekarre.

Oliver glitt auf den unebenen Pflastersteinen aus, stieß sich den Zeh an und fiel bäuchlings in den Schnee. Er rappelte sich auf die Knie, hatte aber nicht die Kraft, um aufzustehen. Würde er hier sterben? In dieser düsteren, gespenstischen, feindlichen Welt? Heiße Tränen schossen ihm in die Augen und kullerten über seine Wangen.

Ein Stück weiter voraus lehnten sich die Mädchen an einen Laternenpfahl. Sie krümmten sich und schnappten nach Luft. Der rote Mantel, in den Rosa und Iris gehüllt waren, leuchtete orangefarben in dem trüben, goldschimmernden Licht. Lucia schwenkte die Arme. «Hier entlang, Oliver! Komm schon!», rief sie. An der Ecke bog sie rechts ab.

Oliver hätte nicht gedacht, dass er dazu fähig wäre, aber mit letzter Kraft stemmte er sich hoch.

Lauf!, befahl er sich. *Lauf!* Und er lief. An der Ecke bog er rechts ab und rannte Lucia nach.

Iris keuchte und Rosa hustete, als er sie einholte. Sie lehnten jetzt an einem Holzzaun etwa in der Mitte des Häuserblocks. Auf einem Schild stand: *Unbefugten ist das Betreten dieses Platzes streng verboten.*

Anders als Rosa und Iris war Lucia die Ruhe selbst. Das war doch kaum zu glauben! Wie lange waren sie durch das Schneegestöber gerannt? Zehn, vielleicht fünfzehn Minuten, schätzte er. Jedenfalls lange genug, dass jeder normale Mensch außer Atem gewesen wäre. Er jedenfalls bekam kaum noch Luft, und seine Zähne schmerzten vor Kälte.

«Meinst du, wir haben sie abgehängt?», fragte Oliver keuchend und schaute über seine Schulter nach hinten.

«Ich denke schon», sagte Lucia. «Aber wir müssen trotzdem unauffällig bleiben.» Sie deutete auf die nächste Querstraße vor ihnen. «Wir gehen dort entlang, nach links, noch etwa einen Häuserblock weiter.»

Oliver war sich nicht sicher, ob er noch so weit laufen konnte. Ihm zitterten die Knie.

«Obwohl», fuhr Lucia fort, «es durchaus möglich ist, dass ich mich irre. Hoffen wir einfach, dass meine Erinnerung mich nicht im Stich lässt.»

«Warst du etwa schon mal hier?», fragte Iris mit großen Augen.

«Nein. Nein, ich erinnere mich nur an etwas, das mein Lehrer erzählt hat.»

«Dein Lehr–»

«Gehen wir weiter», fiel ihr Lucia ins Wort. Sie griff nach Olivers Rucksack. «Den nehme ich.» Sie streifte sich die Gurte über, sodass sie den Rucksack vorne auf ihrer Brust trug.

Sie gingen langsamer. Hier war mehr los, und obwohl die meisten Leute mit gesenkten Köpfen an ihnen vorbeistapften, wollten die Kinder keine Aufmerksamkeit erregen. Außerdem schneite es so heftig, dass sie kaum mehr als ein paar Schritte voraus sehen konnten.

An der nächsten Ecke überquerten sie die Straße nach

links. «Hinter der nächsten Querstraße», sagte Lucia und schaute die Straße entlang.

«Was ist hinter der nächsten Querstraße?», fragte Oliver.

«Bodo Herschel & Compagnie. Wir brauchen anständige Kleidung.»

«Ist das ein Kaufhaus?», fragte Iris. «Oder ein Bekleidungsgeschäft? Ich dachte, es wäre Sonntag. Haben sonntags nicht alle Läden geschlossen?»

«Das ist nicht das Problem», erwiderte Lucia und musterte die Hausnummern.

«Und was ist dann das Problem?», wollte Iris wissen. «Ich bin nämlich ziemlich gut darin, Probleme zu lösen.»

«Erstens brauchen wir einen Ort, den wir schnell zu Fuß erreichen können. Wir können nämlich nicht mit der Straßenbahn oder der Droschke fahren. Nicht ohne Geld, und nicht so, wie wir aussehen. Und zweitens brauchen wir so schnell wie möglich warme Kleidung. Sonst erfrieren wir.»

«Danke, ich bin schon erfroren», bibberte Oliver.

«Aber warum brauchen wir neue Kleidung? Warum können wir nicht einfach nach Hause gehen?», jammerte Rosa. Genau wie Oliver war auch sie noch völlig verwirrt.

«Das wäre natürlich *die* Lösung all unserer Probleme», sagte Lucia. «Wenn es möglich wäre.»

«Wenn was möglich wäre?», fragte Oliver, dem wieder die Zähne klapperten.

«Nach Hause zu gehen. Ich meine, natürlich kommen wir nach Hause. Aber … nicht direkt.» Sie wandte sich zu Rosa. «Ich werde alles erklären, sobald wir im Warmen sind und unsere nassen Sachen ausgezogen haben.» Sie vergewisserte sich, dass alle zuhörten. «Ich bin zuversichtlich, dass wir alle bald wieder zu Hause sind. Vielleicht sogar schon heute Abend.»

«Wozu die Eile?», sagte Iris. «Ich finde das Ganze ja so was von spannend!»

Oliver konnte Iris' Begeisterung nicht ganz teilen.

Schweigend gingen sie weiter. Als sie nach kurzer Zeit die Straße überquerten, sagte Lucia: «Es müsste eigentlich gleich hier sein. Wenn wir da sind, gehen wir nach links in das Haus, dann durch den Hausflur bis zum ersten Hinterhof, und zwar als wäre es das Normalste auf der Welt. Verstanden?»

Sie kamen an einem Bestattungsinstitut vorbei, an einem Metzger, wo Schweinehälften an den Füßen aufgehängt im Schaufenster zu sehen waren, und an einer Kolonialwarenhandlung. Vor dem nächsten Haus blieb Lucia stehen. An der Wand hing eine Tafel: Hof 1, Eingang I: Schuhmachermeister Papp. Eingang II: Polsterei Karl-Heinz Detmold. Eingang III: Bodo Herschel & Compagnie. Theaterkostüme. Hof 2 –

«Ja!», rief Lucia. «Ich hab's gewusst. Bodo Herschel & Compagnie – Theaterkostüme! Es ist eine Kostümschneiderei. Sie entwerfen und verleihen Theaterkostüme.»

«Ist der Laden geöffnet?», fragte Iris. «An einem Sonntag?»

«Nein», sagte Lucia. «Glücklicherweise nicht.»

«Aber wie sollen wir dann ...?»

«Wir müssen ganz leise sein.» Lucia blickte Iris warnend an.

Iris nickte.

«Guck mal, Oliver», flüsterte Rosa. «Im dritten Hof auf der vierten Etage gibt es einen mit Nachnamen Valentin. Verwandte von dir?»

Oliver schüttelte den Kopf. «Glaube ich nicht. Die Familie meines Vaters kommt aus Tilsit. Sie kamen erst nach dem Krieg nach Berlin.»

«Valentin ist ein ziemlich häufiger Name», sagte Iris.

«Pst!», zischte Lucia.

Sie ging auf die schwere, verglaste Eisentür zu, die hellgrün lackiert und mit weißen schmiedeeisernen Lilien verziert war.

«Das gibt's doch nicht!», rief Iris aus.

«Iris!», herrschte Lucia sie an. «Was habe ich gerade gesagt?»

Iris senkte ihre Stimme. «Mein Kieferchirurg hat in diesem Haus seine Praxis! Dr. Pfeffermann. Das ist doch die Kantstraße, oder?»

«Ja.»

«Ich habe die Tür erkannt! Es ist noch genau dieselbe!»

«Ruhe jetzt», befahl Lucia. «Wir reden später.»

Lucia öffnete die Tür. Im Hausflur war es stockdunkel. Das einzige Licht drang von außen hinein.

«Wo ist der Lichtschalter?», wollte Oliver im Flüsterton wissen.

«Es gibt keinen Lichtschalter», flüsterte Lucia zurück. «Hier gibt es nur Gaslicht. Der Hausmeister hat die Lampe noch nicht angezündet.»

«Die Praxis meines Kieferorthopäden ist genau hier», flüsterte Iris und deutete in eine dunkle Ecke, wo man gerade so die Kontur einer Tür erkennen konnte. «Man kann es jetzt nicht sehen: Er hat einen Türklopfer aus Messing. Mit einem Löwen. Mit zwei großen Reißzähnen. Ziemlich ironisch für einen Kieferchirurgen, findet ihr nicht?»

Es war aber zu düster im Hausflur, um zu erkennen, ob der Türklopfer überhaupt da war.

Lucia schob die Tür zum Hinterhof auf.

«Was, wenn jemand kommt?», flüsterte Rosa.

«Wenn jemand uns sieht und fragt, wohin wir wollen, sagen wir, wir gehen zu Valentins. Es gibt nur wenige Wohnungen hier, die Mieter sind hauptsächlich Handwerker und ein paar Büros, glaube ich», antwortete Lucia. «Wir müssen trotzdem vorsichtig sein.» Sie schaute betont zu Iris. «Und leise!»

Lucia ging ihnen voraus zum Eingang III. Auch dort war es dunkel. Lucia drückte ein Pock auf ihrem PockDock, und ein sanftes Leuchten erhellte eine Treppe sowie eine Tür. Dies war die Tür zur Werkstatt von Bodo Herschel & Compagnie. Aber sie war verschlossen. Lucia gab Iris das PockDock, schob die Hand in ihr Crossbag und zog etwas Metallisches heraus, das im Licht des PockDock aufblitzte. Sie schob es in das Schloss, ruckelte leicht daran herum, und nach ein paar Augenblicken öffnete sich das Schloss klickend.

«Wow! Wo hast du gelernt, ein Schloss zu knacken?», wollte Rosa wissen.

«In der Schule. Zeitreise-Überlebenstraining für Anfänger, Übung 7.»

«In *die* Schule will ich auch!», rief Iris.

«Iris! Hast du mich nicht gehört?», zischte Lucia.

«'tschuldigung.»

«Leise sein, bis ich sage, dass wir in Sicherheit sind. Verstanden?»

Die Kälte bereitete Oliver buchstäblich Schmerzen. Sein ganzes Denken war darauf ausgerichtet, ins Warme zu kommen und seine Finger und Zehen aufzutauen. Auch Lucia sah aus, als könnte sie ein heißes Bad und eine Tasse dampfenden Kakao gut gebrauchen.

Die Tür öffnete sich knarrend. Lucia, Rosa, Oliver und Iris traten in die Werkstatt und drückten die Tür hinter sich zu.

10. KAPITEL

Bodo Herschel & Compagnie – Theaterkostüme

Lucia inspizierte die Kostümschneiderei mit der Gründlichkeit eines Piloten, der einen Aufklärungsflug über feindliches Gebiet absolviert. Nachdem sie sich vergewissert hatte, dass alle Fensterläden geschlossen waren, schaltete sie das Licht an ihrem PockDock heller und untersuchte einen Raum nach dem anderen. Bodo Herschel & Compagnie bestand aus einem Büro, einer großen Nähwerkstatt, einem Raum mit Schuhen, die auf hölzernen Regalen aufgereiht waren, einem anderen mit Accessoires wie Mützen, Hüten und Schmuck und etlichen Zimmern mit langen Reihen von Kleiderständern, auf denen alle möglichen Kostüme hingen, angefangen bei griechischen Togas über mittelalterliche Rüstungen, elisabethanische Gewänder und Barockwämser bis hin zu Reifröcken aus dem Rokoko. In der Abteilung mit dem Schild *1870 – heute* fand Lucia Wollmäntel für Rosa, Oliver und Iris. Sie waren in dunklen Farben gehalten, Grau, Olivgrün und Braun, und sie kratzten, aber sie waren warm. Sie selbst hatte ja ihre Comfy, aber sie legte einen dunkelblauen Mantel beiseite, den sie anziehen wollte.

Während Rosa, Oliver und Iris sich in dem ungeheizten Zimmer mit den Schuhen trockenes Schuhwerk aussuchten, machte sich Lucia auf die Suche nach einem zweiten Ausgang, falls sie schnell fliehen mussten. Ganz hinten, hinter einer Küche und einer ekelhaft stinkenden Toilette, entdeckte sie eine Tür. Von dort aus gelangte man über eine Treppe in den Hof 2. Das musste reichen.

In dem wärmsten Raum der Kostümschneiderei – einem Anprobe-Zimmer für Schauspieler, so vermuteten sie – machten sie es sich bequem. Der Boden war mit einem dicken Perserteppich ausgelegt, es gab einen Sessel, eine Chaiselongue, einen leeren Kleiderständer, einen dreiteiligen Paravent, hinter dem sich die Kunden an- und auskleiden konnten, sowie einen großen Spiegel, der sogleich von Rosa mit Beschlag belegt wurde, um darin die jo-jo-große Beule auf ihrer Stirn zu begutachten. In der Ecke stand ein zwei Meter hoher weißer Kachelofen. «So etwas habe ich noch nie gesehen», erklärte Lucia. «Das sieht aus wie ein Riesengrabstein.»

«Ein Berliner Kachelofen», sagte Oliver. «Mein Vater behauptet, das sei der beste Ofen, der je erfunden wurde.» Er legte seine Hand auf die gekachelte Oberfläche. «Er ist immer noch ein bisschen warm, wahrscheinlich noch von gestern. Ich kann ihn wieder anzünden, wenn ihr wollt.» Er deutete auf die Kohlebriketts in der Messingschütte neben dem Ofen und den kleinen Haufen aus Feuerholz und Zeitungspapier.

«Du jagst uns auch ganz bestimmt nicht in die Luft?», fragte Lucia und beäugte den Ofen misstrauisch. «Diese Heizmethode ist mir völlig unbekannt.»

«Was? Das haben sie dir in Zeitreise-Überlebenstraining für Anfänger nicht beigebracht?», sagte Rosa spitz.

Lucia ließ sich nicht provozieren. Sie lächelte unbekümmert. «Die Gründerzeit wird erst in den oberen Klassen ausführlich besprochen. Aber ich habe natürlich einige Grundkenntnisse über diese Epoche. Wie wir alle.»

Oliver hatte Angst, dass Lucia und Rosa aneinandergerieten. Es war schlimm genug, dass Rosa und Iris sich ständig stritten.

Lucia betrachtete den Ofen und wandte sich dann zu Oliver. «Kannst du das Ding wirklich in Gang setzen?»

«Meine Oma hat genau den gleichen. Man muss bloß Zeitungspapier hineinlegen, obendrauf ein paar Holzspäne, und dann legt man ein in Zeitungspapier eingewickeltes Brikett drauf. Kreuzberg-Überlebenstraining für Anfänger, Übung 9.»

Oliver war selbst überrascht, dass er in dieser ernsten Situation noch Scherze machen könnte. Und noch überraschter war er, als Rosa den Daumen hob. Ihr Lächeln wärmte ihn mehr als jeder Kachelofen.

«Tja, ein bisschen mehr Wärme würde uns wirklich guttun», sagte Lucia, die weder die Anspielung auf Kreuzberg noch den Scherz verstanden hatte.

Oliver machte sich an die Arbeit. Er leerte den Aschekasten aus, fand eine Packung Streichhölzer und zündete den Ofen mit Zeitungspapier und Holzspänen an.

Schweigend schauten die Kinder zu, als erst das Papier und dann die Späne Feuer fingen.

«So. Darf ich jetzt etwas sagen?», meldete sich Iris zu

Wort. «Ich habe nämlich ungefähr tausend Fragen, wie ihr euch ja vorstellen könnt.»

«Ich auch», sagte Rosa, «und meine erste wäre: *‹Kann mir bitte mal jemand sagen, was wir überhaupt hier machen?!?›*»

«Ich weiß», sagte Lucia, «dass das alles ziemlich unheimlich für euch ist, aber ich glaube, es wäre besser, wenn wir zuerst trockene Sachen anziehen, ehe wir uns hinsetzen und reden. Wir sollten jederzeit in der Lage sein, sofort abzuhauen.»

«Wir sind also hier nicht sicher?», wollte Oliver wissen.

«Doch. Doch … eigentlich schon.» Lucia hatte den Raum verlassen und ging durch einen Flur. Die anderen folgten ihr.

«*Eigentlich* schon?», sagte Oliver.

Lucia wirbelte herum. «Leute, ganz ehrlich. Ihr müsst euch überhaupt keine Sorgen machen. So was passiert ständig. Es ist ein Abenteuer.»

Rosa fuhr sich mit der Hand an ihre Beule. «Vielleicht hat ja mein Gehirn einen Schlag abbekommen, denn ich habe nämlich keine Ahnung, was an der Sache hier abenteuerlich sein soll.»

«Ich will damit nur sagen, dass wir jederzeit bereit sein müssen, abzuhauen. Ich weiß, wovon ich rede. Wir wurden für solche Situationen ausgebildet.»

«Mal sehen, ob ich das richtig verstehe», sagte Iris und eilte neben Lucia. «Wir reisen also wirklich und wahrhaftig durch die Zeit? Wir sind im Jahr 1891 gelandet?»

«Korrekt», sagte Lucia und öffnete noch einmal die Tür mit dem Schild *1870 – heute*. Dahinter befanden sich voll bepackte Kleiderständer.

Iris schlang die Arme um ihren Körper, stieß ein Quietschen aus und vollführte einen kleinen Tanz. Mitten in der Pirouette hielt sie inne. «Und du schwörst, dass das kein Traum ist?»

«Ich schwöre.»

«Für einen Traum kommt es mir tatsächlich ein bisschen zu realistisch vor», sagte Iris.

Lucia durchwühlte die Kleiderständer mit den kleineren Größen, wobei sie einen Bügel nach dem anderen nach kurzer Prüfung beiseite schob.

«Das da ist doch sehr elegant», sagte Rosa und zog ein zartrosafarbenes Seidentaftkleid heraus, das Lucia verworfen hatte. «Und es scheint auch meine Größe zu haben.»

«In einer solchen Situation ist es ratsam, möglichst unauffällige Kleidung zu tragen. Haute Couture wäre da falsch. Nur reiche Leute haben so etwas getragen. Wir würden bloß die Aufmerksamkeit auf uns lenken, zumal wir keine Erwachsenen dabeihaben. Kinder der Oberschicht in dieser Zeit hatten immer eine Begleitung dabei.»

«Stimmt!», rief Iris. «Sie waren entweder mit ihren Eltern unterwegs oder mit ihren Kinderfrauen oder Gouvernanten. Vielleicht mal mit der Köchin auf dem Markt oder –»

«Genau. Und das ist der Grund, warum wir uns als Straßenkinder verkleiden», sagte Lucia und betrachtete einen schmuddelig wirkenden, abgewetzten braunen Rock, der an einigen Stellen eingerissen war. Die ausgefranste Spitze eines Unterrocks lugte hervor.

«Straßenkinder?», sagte Rosa entgeistert.

Lucia nickte. «Straßenkinder waren in Gruppen unterwegs, so wie wir jetzt. Sie waren ständig draußen, spielten und stellten Unfug an, hatten kein Zuhause und schliefen oft einfach auf der Straße. So was gab's damals.»

«Du erwartest doch wohl nicht, dass wir auf der Straße schlafen!», rief Rosa empört aus. «Du hast gesagt, dass wir heute Abend wieder zu Hause sind!»

«Ich sagte ‹vielleicht›», antwortete Lucia bestimmt. «Ich habe nichts versprochen. Ich sagte: ‹Vielleicht sogar schon heute Abend.›» Sie drehte sich zu Iris um. «Probier doch diesen Rock mal an, ja? Er könnte dir passen.»

Iris betrachtete das Kleidungsstück mit einem entsetzten Blick.

«Er ist bestimmt sauber», versicherte Lucia. «Das ist ein Theaterkostüm. Er sieht bloß schmutzig aus!»

«Das ist nicht das, was mich daran stört!», erwiderte Iris. «Es ist bloß ... das ist ein *Rock*! Du kannst nicht von mir verlangen, dass ich einen *Rock* trage! Ich habe noch nie in meinem Leben einen Rock angezogen!»

Einen Augenblick lang verschlug es Lucia die Sprache, doch sie fasste sich schnell wieder. «1891 trugen Mädchen noch keine Hosen. Da können wir leider nichts machen.»

Iris war klug genug, um zu wissen, wann sie eine Schlacht verloren hatte. Sie riss Lucia den Rock aus der Hand und zog ihn über ihre Jeans. «Okay?»

«Du musst die Jeans ausziehen. Wir suchen dir Wollstrümpfe.» Sie musterte eine fadenscheinige, geflickte braune Wolljacke und hielt sie neben Rosas Gesicht. «Perfekt! Das ist die ideale Farbe für dich. Vielleicht können wir dir auch noch das Gesicht mit Asche aus dem Ofen beschmieren. Dann wirkst du noch echter. Na? Was meinst du, Rosa?»

Eine knappe Stunde später waren aus Rosa, Oliver, Iris und Lucia waschechte Straßenkinder des ausgehenden 19. Jahrhunderts geworden. Rosa und Lucia hatten die Haare geflochten und wollene Kopftücher umgebunden. Iris hatte ein rotes Tuch mit Edelweiß-Muster gefunden, das ihr gefiel und das sie um den Hals geschlungen hatte. Ihre Locken hatte sie unter eine rote Wollmütze geschoben. Oliver trug eine karierte Sherlock-Holmes-Kappe mit Ohrklappen. Dank der ausgeleierten Handschuhe, von denen kein Paar zusammenpasste, würden alle Hände warm bleiben. Fingerhandschuhe waren allerdings für Rosa wegen ihrer fehlenden Hand ungeeignet. Fäustlinge, meinte sie, würde sie vermutlich verlieren. Sie bekam einen mottenzerfressenen Muff.

Oliver fühlte sich unwohl in seinen langen Wollunterhosen, den Knickerbockern und knielangen Strümpfen, aber alle vier waren dankbar für die ausgetretenen, aber robusten Schnürstiefel aus Leder. Die Mädchen trugen Röcke, Blusen, Schürzen, Jacken und Mäntel. Oliver war in einen löchrigen Überzieher gehüllt, der ganz offensichtlich zur Leibspeise der hiesigen Motten gezählt hatte. Außerdem waren auch noch die Ärmel zu kurz. Dann wurde Oliver mit einem braunen, altertümlichen Tornister ausgestattet. Er enthielt zwei Feldflaschen, die außen mit Filz überzogen waren. Sie waren mit Wasser gefüllt, das die Kinder erst abgekocht und dann noch mit einem Laserstrahl aus Lucias PockDock gefiltert hatten. Seinen Zeichenblock sowie die Bunt- und Kohlestifte hatte er in ein Taschentuch gewickelt und ebenfalls in dem Tornister verstaut.

«Bei den Buntstiften bin ich mir nicht sicher», sagte Lucia. «Möglicherweise sind sie noch nicht erfunden worden. Ich muss darüber nachdenken.»

Die Kinder hatten ihre Sneakers und die Kleidung aus dem 21. Jahrhundert in Olivers blauen Rucksack gepackt, den sie in einen Jutesack gestopft und in dem Keller unter den Handwerksbetrieben in Hof 2 versteckt hatten, hinter ein paar Holzkisten und einem Stapel Tontöpfe. Auch Lucias Crossbag kam in den Rucksack. «Wenn jemand all das bei uns finden würde, kämen wir in Schwierigkeiten.» Sie bat Oliver, sein Handy und seinen Schlüsselbund im Rucksack zu verstauen. Doch ihr PockDock behielt sie. «Und wir brauchen das Chronotonin.»

«Chronotonin?» sagte Oliver.

«Die Zeitlag-Medizin», sagte sie. «Zeitlag ist so etwas Ähnliches wie ein Jetlag.» Sie gab ihrem Plastikfläschchen einen Schmatz. «Unsere Notfallapotheke.» Im geheizten Ankleidezimmer schwitzten die Kinder in ihren dicken Sachen. Sie zogen ihre Mäntel und Jacken aus und setzten sich – endlich! – hin, um etwas zu essen und ihre Fragen loszuwerden. Sie waren ausgehungert und dankbar, dass Lucia so viel Weitsicht besessen hatte, um an ihr Essen zu denken. Beim Durchstöbern der Küche hatte Lucia auch noch einen Laib Schwarzbrot zutage gefördert und – in Herrn Herschels Büro – eine hübsche, ungeöffnete

Schachtel Pralinen, die nur darauf warteten, verspeist zu werden.

«Bevor wir mit dem Essen und dem Informationsaustausch beginnen», sagte Lucia, «überlegt noch mal: Gibt es noch irgendetwas an Kleidungsstücken oder Accessoires, was wir unbedingt brauchen?»

«Ja», sagte Iris. «Zahnbürsten.»

Aber keiner hörte auf sie – die Pralinen waren einfach zu verlockend.

11. KAPITEL

Erinnerungen

Rosa, Oliver und Lucia warfen sich jeder eine Handvoll Pralinen in den Mund, ehe sie mit ihrer eigentlichen Mahlzeit begannen. Iris dagegen beschränkte sich auf Brot und Käse. Alle vier aßen gierig und schweigend.

«Fang einfach an zu erzählen, Lucia», sagte Rosa nach einer Weile. «Wir unterbrechen dich dann, wenn wir Fragen haben.» Sie griff nach einer Trüffel aus dunkler Schokolade, die mit einer vollkommen geformten Mandel verziert war.

Lucia, die Gelassenheit selbst, legte die Hände auf den Schoß und schloss die Augen, um sich zu konzentrieren. «Wie ihr mittlerweile erfahren habt», begann sie, «sind wir durch die Zeit gereist, und zwar rückwärts ins Jahr 1891. Ihr wollt bestimmt wissen, wie es jetzt weitergeht. Ob wir in den nächsten Tagen nur von Brie und Pralinen leben werden, ob wir vielleicht eine Stadtrundfahrt machen, schnell am Brandenburger Tor ein T-Shirt mit Königin Luise drauf kaufen, ein paar Postkarten, und dann gemütlich nach Hause gehen. Also. Natürlich gehen wir nach Hause. Aber damit ihr begreift, was uns davor wirklich erwartet, möchte ich euch erst erklären, was überhaupt passiert ist. In Ordnung?»

Die Kinder nickten zustimmend.

«Ich war gerade auf dem Weg nach Hause, also auf dem Weg in meine Zeitzone, ins Jahr 2281. Deswegen bin ich in den Geräteschuppen gegangen.»

«2281?» Iris blieb der Mund offen stehen, und ein Stück Brot fiel heraus in ihren Schoß. «Das sind mehr als 250 Jahre in die Zukunft.»

«So ist das. Darf ich fortfahren?»

Die Kinder nickten wie hypnotisiert.

«Cornelia hat mich in den Schuppen geschickt, um einen Topf für meinen Bonsai zu holen. Ich hatte vor, nach Hause zu fahren und mir dann den Topf auszusuchen, sobald ich wieder zurückgekehrt war.»

Jetzt blieb Rosa der Mund offen stehen. «Da komme ich nicht mit.»

«Du musst es dir so vorstellen: Ich wollte den Geräteschuppen um fünf nach vier verlassen und ins Jahr 2281 reisen. Um genau zu sein: um fünf Minuten und zehn Sekunden nach vier, also um 4:05:10 Uhr. Nach einer Nanosekunde wollte ich wieder zurück im Schuppen sein. Um der Einfachheit willen: Eine Sekunde später, also um 4:05:11 Uhr, wäre ich zurück gewesen. In anderen Worten, in eurer eigenen Zeitzone wäre ich nur eine Sekunde fortgewesen. Nach meiner Rückkehr wollte ich mir einen Topf aussuchen und dann wieder in den Buchladen gehen. Keiner von euch hätte gemerkt, dass ich in dieser Sekunde in Wahrheit drei Tage lang zu Hause gewesen wäre.»

«Das also hätte passieren *sollen*», meldete sich Oliver zu Wort, «aber dann ist mein blöder Bruder aufgetaucht und hat alles durcheinandergebracht, richtig?»

«Ich glaube nicht, dass er das Problem war. Etwas anderes ist schief gegangen. Und ich weiß nicht, was oder warum, aber –»

«Moment mal!» Rosa sprang auf. «Ich habe eine Erinnerung! Cornelia! Sie ist eingeweiht, nicht wahr? Sie wusste, was du in dem Geräteschuppen vorhattest.»

Iris sprang ebenfalls auf. «Warum weiß Rosa das, ich aber nicht? Was haben wir gemeinsam gemacht, woran ich mich nicht erinnern kann? Was –»

«Sei froh, dass du keine Erinnerungen daran hast», fiel ihr Rosa ins Wort. «Sie machen fürchterliche Kopfschmerzen. Es fühlt sich an, als ob mir jemand mit dem Hammer einen Nagel in den Schädel schlagen würde.»

In diesem Moment hörten sie Schritte. Besser gesagt, sie hörten jemanden, der sich sehr schnell bewegte. Alle vier sprangen auf, sofort bereit, zur Hintertür hinauszustürzen ... Da war es schon wieder! Es war ein scharrendes, schnelles Trappeln. Jemand war in der Werkstatt! Lucia griff nach ihrem Mantel und bedeutete den anderen stumm, sich ebenfalls anzuziehen.

«Wartet mal!», flüsterte Oliver. Er hatte das Geräusch erkannt. «Das sind nur Mäuse. In den Wänden. Fehlalarm.»

«Mäuse?», wiederholte Rosa angeekelt.

Oliver grinste. «Wir haben früher oft Mäuse gehört, ehe das Haus saniert wurde. Sie lebten in den Wänden.»

Die Kinder setzten sich wieder.

«Du hast gerade von Cornelia gesprochen», sagte Iris zu Rosa.

«Und ich wollte gerade was dazu sagen», sagte Lucia. «Rosa hat recht. Cornelia ist das, was wir einen ‹Troubleshooter› nennen. Sie bewacht das Tor. Den Geräteschuppen.»

«Der Geräteschuppen ist eine Zeitmaschine?», juchzte Iris.

«Also ...»

«Ich fasse es nicht!», quietschte Iris und hüpfte hoch.

«Nicht so laut!», mahnte Lucia. «Ich glaube zwar nicht, dass um diese Zeit noch jemand im Haus ist – außer den Mäusen natürlich –, aber nur für den Fall, dass oben in den Büros noch Leute arbeiten, sollten wir so leise wie möglich sein.» Sie wandte sich wieder an Iris. «Der Schuppen ist keine Zeitmaschine. Er ist ein Zeit*portal.*»

«Ein Zeitportal? Wie ein Vortex?» Iris' Augen strahlten.

Lucia nickte. «So ähnlich.»

«Dann stimmt es, was man in den Science-Fiction-Filmen sieht. Da werden nämlich immer die Zeitreisenden in einen Vortex gezogen.»

Erst in diesem Moment begriff Oliver wirklich und wahrhaftig, dass er tatsächlich durch die Zeit gereist war und diese Geschichte nicht träumte. Was hier passierte, passierte *tatsächlich*. Er, Oliver Valentin, 13 Jahre alt, und Rosa, Iris und Lucia waren wirklich in der Vergangenheit gelandet. Und woher wusste er das? Er wusste es, weil er nie im Leben das Wort «Vortex» hätte träumen können. Er war sich nämlich sicher, das Wort noch nie im Leben gehört zu haben. Und wie hätte er von etwas träumen können, was er nicht kannte?

Der Gedanke, dass er 125 Jahre von seinem Zuhause entfernt war, war schrecklich. In seinen Ohren rauschte es – womöglich würde er gleich in Ohnmacht fallen. Oliver trank einen großen Schluck Wasser … Das war alles echt: das PockDock. Lucias Zeitreise-Überlebenstraining für Anfänger. Die Pferdefuhrwerke …

«Alles in Ordnung, Oliver?», fragte Lucia. «Du siehst ziemlich blass aus.»

«Schon in Ordnung», sagte er – aber ging es ihm wirklich gut? Oliver betrachtete die drei Mädchen, die auf der Chaiselongue, dem Sessel und dem Perserteppich saßen und ihn besorgt anschauten. Zugegeben, er war erschöpft. Und er hatte Angst. Und er war immer noch ein bisschen durcheinander. Aber da waren Rosa, Iris und Lucia. Seine Freunde. Sie waren sein «Zuhause», zumindest für den Moment. «Ja», sagte er. «Es ist wirklich alles in Ordnung. – Aber was ist eigentlich ein Vortex?»

«Ein Wirbel, entweder ein Wasserwirbel oder ein Luftwirbel», sagte Iris. «Man kann davon angezogen und eingesaugt werden. Wie von einem Zeitportal.»

«In Wirklichkeit ist diese Wissenschaft natürlich viel komplizierter, Iris», sagte Lucia. «Aber bitte, frag mich nicht! Ich kann es dir auch nicht erklären, weil –»

«Weil was?», maulte Rosa. «Weil es erst in den oberen Klassenstufen unterrichtet wird?» Sie bedachte Lucia mit einem bissigen Lächeln.

Lucia tat Oliver leid. Rosa nervte sie schon den ganzen

Tag. Doch Oliver war froh, dass Lucia die Wissenschaft des Zeitreisens nicht erklären würde. Ihm war klar, dass er sowieso kein Wort davon verstehen würde. Aber eine Sache musste er doch wissen.

«Lucia», sagte er zögernd, «seit ein paar Wochen hatten wir alle ein … komisches Gefühl, was den Geräteschuppen anging. Es spukte irgendwie da. Als ob er uns etwas sagen wollte. Aber wir wussten nicht, was. Jetzt ist das alles schon ein bisschen klarer: Der Schuppen ist ein Zeitportal. Und Rosa hat sogar ein paar Erinnerungen, die mit dem Schuppen zusammenhängen. Iris und ich aber nicht. Ich kapier das alles nicht.»

«Ich bin nicht hundertprozentig sicher», sagte Lucia. «Aber – und fallt jetzt nicht vor Schreck in Ohnmacht – ich kann mich erinnern, dass ihr mich zu Hause in Heart's Landing im Harzgebirge besucht habt. Und zwar, als ich sechs Jahre alt war. Das war im Jahr 2273. Vor acht Jahren. Acht Jahre in meiner Zeitrechnung, natürlich. Für euch sind seither erst drei Wochen vergangen. Es passierte während eines Gewitters.»

Das Gewitter!

«Deshalb hatten wir also alle das Gefühl, dass wir dich kennen», sagte Oliver.

«Wir sind in die *Zukunft* gereist?», rief Iris. «Im Ernst?» Sie hob die Faust und hämmerte sie gegen ihre Stirn. Wieder und wieder. «In die Zukunft? Und ich kann mich daran nicht erinnern? Warum nicht?»

Lucia packte Iris am Arm und hielt sie fest. «Weil eure Erinnerungen gelöscht wurden.» Sie schaute zu Rosa. «Das dachten die jedenfalls. Offensichtlich hat es nicht ganz funktioniert. Rosa erinnert sich allmählich an einige Dinge.»

«Man hat unsere Erinnerungen *ausgelöscht*?» Iris war außer sich vor Zorn. Oliver hatte sie noch nie so erlebt. Ihr Gesicht wurde krebsrot, wie bei einer Zweijährigen, die gleich einen Wutanfall bekommt.

«Wie können die es wagen?!», kreischte Iris.

«Ich finde, sie hat recht», sagte Rosa. «Wer sind wir denn ohne unsere Erinnerungen? Das ist ja so, als würden sie uns ganz auslöschen. Was wir fühlen. Was wir wissen. Was wir träumen. Auch die schlechten Sachen. Erinnerungen an die schlechten Sachen machen uns stärker. Das ist echt mies, dass man uns unsere Erinnerungen gestohlen hat.»

«Ich bin ja so was von sauer, ich kann euch gar nicht sagen, *wie* sauer ich bin!» Iris stampfte mit dem Fuß auf.

Lucia packte sie wieder an den Schultern. Sie wollte Iris damit beruhigen, und tatsächlich hörte das jüngere Mädchen auf zu schreien. Lucia sprach langsam und überdeutlich, als ob Iris kein Deutsch verstünde. «Es wurden nur eure Erinnerungen an die *Zeitreise* gelöscht. Sonst nichts.»

«Nur?» Für einen Augenblick versagte Iris die Stimme. «Und was ist mit meiner Spange, an die ich mich nicht erinnern kann?»

Lucia streichelte ihr sanft den Arm. «Schhh», sagte sie tröstend.

Aber Iris war so aufgewühlt, dass ihr Tränen aus den Augen quollen. «Diese Erinnerungen an die Zukunft waren vielleicht die schönsten Erinnerungen, die ich je hatte», wimmerte sie. «Das größte Geschenk, das uns jemals gemacht wurde.»

Lucia steuerte Iris zur Chaiselongue. «Man löscht Erinnerungen aus, wenn das Erlebte den Zeitreisenden aus dem Gleichgewicht bringen könnte oder wenn Zeitreisende zufällig in die Zukunft reisen. Das war bei euch der Fall. Wir haben strenge Gesetze gegen Zeitreisen in die Zukunft. Es gibt bei uns etwas, das sich ‹Zukunftsschutzverordnung› nennt. Diese Verordnung verbietet jede Kenntnis über die Zukunft, einige wenige Ausnahmen ausgenommen. Und diese Ausnahmen müssen viele Jahre im Voraus beantragt werden.»

Iris atmete jetzt wieder normal, aber sie weinte immer noch. «Darfst du uns das überhaupt erzählen?»

«Ich werde euch alles erzählen, was ihr wissen müsst, damit wir nicht in Gefahr geraten. Sicherheit ist unsere oberste Priorität. Ich möchte, dass du aufhörst, mit der Faust gegen deine Stirn zu schlagen. Du wirst dir noch weh tun. Und dadurch bekommst du deine Erinnerungen auch nicht zurück. Aber ihr musstet wissen, woher Rosas Erinnerungen stammen, damit wir uns wieder auf das Wesentliche konzentrieren können. Das ist der Grund, warum ich euch das erzähle. Offenheit ist immer der beste Weg, wenn möglich.»

«Lernen Neuntklässler so was in ‹Psychologie für Zeitreisende›?», sagte Iris gereizt. Mit dem Handrücken wischte sie sich die Tränen ab. «Doch wenn ich es mir überlege, kannst du gar nichts falsch machen, wenn du uns das erzählst. Eure Zeitreisenleute können ja jederzeit unsere Erinnerungen wieder löschen. Pfft! – Und weg sind sie! Dank eurer ‹Vergangenheitsschutzverordnung› werden wir vermutlich später auch nicht mehr wissen, dass wir im Jahr 1891 waren.»

Lucia dachte kurz nach. «Das weiß ich nicht. Ich weiß wirklich nicht, wie man mit diesen Erinnerungen verfahren wird.»

Nach Iris' Ausbruch senkte sich eine düstere Stimmung über die vier Kinder. Einige Minuten lang saßen sie schweigend da. Ein- oder zweimal hörten sie die Mäuse in den Wänden auf und ab huschen. Iris ging auf die Toilette. Als sie zurückkam, saßen Lucia, Rosa und Oliver noch genauso trübsinnig da wie zuvor.

«Lucia», sagte Iris, «ich möchte dir Folgendes mitteilen: Sollte dich jemand fragen, so kannst du bestätigen, dass ich hiermit persönlich und ausdrücklich meine Erlaubnis dazu gebe, die Erinnerung an diese Toilette zu löschen. Abgemacht?»

Sie prusteten los und lachten geraume Zeit über Iris' Bemerkung – bis ein Geräusch, ein metallisches Klappern aus dem Nebenzimmer, sie aufschreckte. Jemand war in der Kostümwerkstatt … Man hörte gedämpfte Schritte. *Das sind keine Mäuse*, dachte Oliver. Lucia schnappte sich ihren Mantel und winkte die anderen in Richtung Hintertür. Dann hörten sie zwei schwere Schritte – *wump-wump* – gefolgt von dem Splittern von Glas. Lucia hielt das PockDock vor sich, und Oliver fragte sich, ob in dem Gerät wohl eine Waffe versteckt war.

Die Tür schob sich knarrend auf … man hörte ein bedrohliches Zischen … und herein trottete eine dicke, rot getigerte Katze mit einer toten Maus im Maul. Die Katze ließ ihre Beute vor Lucias Füße fallen, als ob sie das schon hundertmal getan hätte, schaute zu ihr hoch, schnurrte – *gurrhr* – und tippelte wieder zur Tür hinaus, auf der Suche nach neuen Abenteuern.

Lucia schob die Tür hinter der Katze zu, und sie alle sanken erleichtert auf den Teppich.

12. KAPITEL

Zeitsturz

Eine Weile lagen Rosa, Oliver, Iris und Lucia auf dem Perserteppich im Ankleidezimmer von Bodo Herschels Kostümschneiderei, die Bäuche voll mit Käse, Schwarzbrot und Pralinen, schläfrig und seltsam entspannt. Ihre Köpfe berührten einander leicht, und sie lauschten auf das kaum hörbare Rieseln des Schnees, der so leicht wie Federn vom Himmel fiel. *Vollkommene Stille,* dachte Oliver, bis auf ihre eigenen Atemgeräusche und das gelegentliche Rascheln der Mäuse, die auf den Leitungsrohren in den Wänden hin und her huschten. Sonst war nichts zu hören, nicht einmal das Ticken einer Uhr, obwohl er wusste, dass die Sekunden verstrichen. Kein Hintergrundgeräusch, kein Surren von irgendwelchen Elektrogeräten, kein Hämmern aus Thilos Kopfhörern, kein Fernseher, kein Verkehr (nicht hier hinten im zweiten Hof), keine Spülmaschine, die Wasser pum-pum-pumpte. Oliver döste weg ...

«Mir ist gerade etwas klargeworden», durchbrach Iris die Stille. «Ich glaube, wenn ich die Wahl hätte, würde ich nicht in die Vergangenheit reisen. Nicht, dass ich es im Jahr

1891 nicht interessant finde und Goethe oder Kopernikus oder Alzheimer schon gerne mal kennenlernen würde. Aber wenn ich die *Wahl* hätte, würde ich lieber in die Zukunft reisen.» Sie setzte sich auf und stupste Lucia an. «Siehst du das auch so?»

Lucia richtete sich ebenfalls auf. «Nein, ganz im Gegenteil. Und nicht nur, weil es uns verboten ist, in die Zukunft zu reisen. Ich war immer schon fasziniert vom 21. Jahrhundert und seiner Kultur. Das will ich später mal in der Oberstufe als Leistungsfach nehmen.»

«Bist du deshalb in unsere Zeitzone gekommen?»

Lucia nickte. «Für ein sechswöchiges Praktikum, das jeder in der 9. Klasse machen muss. Das gehört zum Lehrplan.»

«Bei uns auch», sagte Oliver. «Komisch, einige Dinge ändern sich wohl nie. Ich will mich in einer Werbeagentur bewerben, wenn ich mein Praktikum mache.»

Lucia nickte. «Und ich will mein Wissen über den Alltag im 21. Jahrhundert vertiefen.»

«Aber was machst du dabei? Was ist deine Aufgabe?», fragte Rosa.

«Ich beobachte euch.»

«Uns?», sagte Iris. «Wie eine Spionin?»

«Nein. Mehr wie eine Insektenforscherin, die einen Ameisenhügel erforscht.»

«Ha-ha», sagte Rosa.

«Wow!» Oliver war ehrlich beeindruckt. «Aber warum uns?»

Lucia schüttelte den Kopf. «Das erzähle ich euch ein andermal.»

«Oh nein!», widersprach Iris. «Du sagst es uns jetzt sofort. Du verschweigst uns etwas! Dabei hast du gesagt, dass Offenheit wichtig ist!»

Lucia runzelte die Stirn, machte den Mund auf, als wollte sie sprechen, doch dann zögerte sie.

Oliver spürte, dass in dieser kurzen Pause alles steckte, was sie wissen wollten. Er hielt den Atem an.

«Also gut», sagte Lucia. «Vielleicht sollte ich es euch wirklich sagen.»

Jetzt setzten sich alle auf.

«Ich habe euch ja erzählt, dass wir uns schon mal begegnet sind», fing Lucia an. «Und zwar im Jahr 2273. Ihr seid sicher wieder zu Hause gelandet – ist ja klar. Aber …» Sie schluckte. «Aber ihr seid in einer ‹alternativen Realität› gelandet, einer etwas anderen Wirklichkeit, eine, die sich ein winzig kleines bisschen von eurer Welt unterscheidet. Diese unendlichen ‹alternativen Realitäten› existieren eben, und manchmal, wenn Zeitreisende wieder nach Hause geschickt werden, geraten sie in eine falsche. Mehr als 99,99 % eurer Erfahrungen in der neuen Realität sind genau die gleichen wie vorher, bevor ihr durch den Vortex, also den Wirbel in die Zukunft gezogen wurdet. Trotzdem gibt es eben dieses winzige bisschen …»

«Meine Spange!», rief Iris. «Deshalb wusste ich nichts von meiner Zahnspange!»

«Genau.»

«Und deshalb gibt es auch keinen Fabian in unserem Leseclub», sagte Rosa.

«Und deshalb hat Thilo keine Akne», sagte Oliver. Er kicherte, aber in Wahrheit war das alles ganz schön unheimlich.

«Ein paar klitzekleine Kleinigkeiten in eurer Welt sind verschoben», sagte Lucia.

«Klitzekleine Kleinigkeiten?», wiederholte Rosa. «Also ich würde Fabian nicht als ‹klitzekleine Kleinigkeit› bezeichnen. Er existiert nicht mehr! Wenigstens nicht da, wo wir sind. Wenn du mich fragst, ist das eine ziemlich große Sache. Außerdem war er ziemlich nett.»

«Felix ist aber auch nett», wandte Iris ein.

«Aber darum geht's doch gar nicht!», beharrte Rosa. «Wenn Fabian weg ist, sind vielleicht auch andere Leute weg, Leute, von denen wir jetzt noch nichts wissen, die aber wichtig für uns sind. Oder wichtig gewesen wären, wenn wir dahin zurückgekehrt wären, wo wir hingehören.»

«Sie hat recht», sagte Iris. «Ich finde meine Spange ja grundsätzlich gut, aber mir ist auch klar, dass das Leben in einer falschen Realität nicht unproblematisch ist.»

«Kann das wieder passieren?», fragte Oliver. «Wenn wir nach Hause gehen, können wir dann unter Umständen wieder woanders landen?»

Lucia schüttelte den Kopf. «Diese Probleme haben wir seitdem in den Griff bekommen.»

«Aber das war doch erst vor ein paar Wochen», sagte Rosa.

«Vor acht Jahren», widersprach Lucia, «in *meiner* Zeit.»

«Wenn wir wieder nach Hause gehen, könnte es dann sein, dass wir wieder in der ursprünglichen Welt landen?», fragte Iris. «Ist das möglich?»

«Wenn die Zentrale das für angebracht hält, ja», sagte Lucia.

Iris schüttelte den Kopf. «Das wäre wirklich seltsam. Was würde wohl meine Mutter sagen, wenn ich von der Schule heimkomme und plötzlich eine Spange habe? Sie würde wahrscheinlich einen Herzanfall bekommen.»

«Aber andererseits», sagte Oliver, «müsste sie nichts dafür bezahlen. Die Spange ist ja schon bezahlt.»

«Ich finde es superanstrengend, sich so etwas so genau vorzustellen», sagte Rosa.

Iris verschränkte trotzig die Arme vor der Brust. «Und ziemlich problematisch, wenn man sich die Sache richtig überlegt.»

«Aber so ist das Leben nun einmal», sagte Lucia. «Man weiß nie, was mit einem passieren wird, nirgendwo. Es gibt so viele Möglichkeiten, so viele Wege, die man einschlagen kann. Menschen, die man liebt, sterben und sind dann nicht länger Teil deines Lebens. Oder du wirst krank und kannst nicht zu deinem Zahnarzttermin gehen. Nichts ist in Stein gemeißelt.»

«Meine Spange», sagte Iris und grinste breit, «die ist jetzt in Stein gemeißelt.»

«In Zahnschmelz», verbesserte Rosa sie.

«Das war eine Metapher.»

Die Kinder versuchten Lucias Informationen zu verdauen. «Und was hat das alles eigentlich mit deinem Praktikum zu tun?», fragte Iris schließlich.

«Jetzt nicht sauer werden, okay?», sagte Lucia.

Sie nickten.

«Ich wurde gefragt, ob ich bereit wäre, Informationen darüber zu beschaffen, was sich alles in eurem Leben verändert hat.»

«Du meinst also, du bist ein Geheimagent?», sagte Oliver.

«Also hatte ich doch recht!», sagte Iris. «Du *bist* eine Spionin!»

«Du hast dich bei uns eingeschlichen, um herauszufinden, wie viel wir wissen?», hakte Oliver nach. «Ich glaube nicht, dass Insektenforscher so was machen.»

«Leute, ich weiß, das ist ziemlich viel auf einmal, aber denkt mal in Ruhe darüber nach. Ich wollte euch helfen. Ganz ehrlich. Wir wollten dafür sorgen, dass ihr ein glückliches und langes Leben lebt. Cornelia war sich nicht sicher, ob ihr euch ihr anvertrauen würdet. Aber wir mussten wissen, ob es euch nach eurer Rückkehr wirklich gut ging in eurer Welt.»

«Und? Ging es uns gut?», wollte Oliver wissen.

«Ja. Alles in Ordnung. Kein Grund zur Sorge.» Sie stand auf und machte ein paar Kniebeugen. «Okay?»

«Nein, nicht okay», sagte Iris. «Wer entscheidet das? Wer entscheidet, ob alles in Ordnung ist? Vielleicht wäre mein Leben ohne Spange besser verlaufen.»

Rosa schnaubte. «Wohl kaum.»

«Leute», sagte Lucia, «wir müssen bei der Sache bleiben, klar? Es wird schon spät. Es gibt noch mehr, was ihr wissen müsst.» Sie nahm eine Praline aus der Schachtel und warf sie Iris zu. «Iss ein bisschen Schokolade. Das ist gut, wenn man durch die Zeit reist.»

«Aber nicht, wenn man sich danach nicht die Zähne putzen kann.» Iris verschränkte die Arme vor der Brust. «Außerdem willst du bloß vom Thema ablenken.»

Iris hatte recht. Oliver fand Lucia nett, aber sie war irgendwie schwer zu durchschauen.

«Darf ich damit fortfahren, euch zu erklären, was heute mit uns passiert ist?», sagte Lucia. «Es ist wichtig, dass ihr Bescheid wisst.»

Sie nickten.

«Ich war also», fuhr Lucia fort, «auf dem Weg nach 2281, als – wie Oliver es ausdrückte – ‹sein blöder Bruder› auftauchte. Aber wie ich bereits sagte, ist so etwas normalerweise kein Problem. Wenn ein unbekannter und nicht spezifizierter Passagier, wie in diesem Fall Thilo, zufällig oder absichtlich eine Operation unterbricht, wird automatisch ein Sicherheitsmechanismus aktiviert, und das Zeitportal schließt sich. Aber aus irgendeinem Grund hat das System euch, als ihr in den Schuppen gekommen seid, als ‹zeitreisetauglich› eingestuft. Vielleicht, weil ihr das Portal drei Wochen zuvor schon einmal benutzt habt. Das System hat seinen Fehler erkannt, aber zu spät, hat versucht, die Abreise zu verhindern, was aber nicht funktionierte. Und dann ist es kollabiert. Als Folge davon sind wir in eine Wirbelströmung geraten, die uns in eine Aufprallzone katapultierte, wo ...»

«Das klingt wie ein Wetterbericht», sagte Rosa. «Wirbelströmung, Aufprallzone. Vielleicht bin ich bloß müde, aber ...»

«Eine Aufprallzone ist, wenn parallele Zeitachsen sich versehentlich berühren und sich ineinander verheddern.

Der Punkt, an dem sie sich berühren, ist die Aufprallzone. Wenn man zufällig hineingerät, wird es ziemlich holprig. Man wird herumgewirbelt, als wäre man im Schleudergang einer eurer antiken Waschmaschinen gefangen. Es ist ratsam, Aufprallzonen zu meiden, aber wenn man einmal darin festsitzt, sollte man versuchen, sich dem Zeitenfluss anzupassen, anstatt dagegen anzukämpfen.»

«Du meinst also, wir haben dagegen angekämpft?», mutmaßte Rosa. «Und meine Beule ist der Beweis dafür?»

«Ja. Aber dass ihr euch gewehrt habt, ist natürlich absolut verständlich. Ihr hattet keine Ahnung, was passiert, und ihr hattet Angst. Es ist die normalste Reaktion auf etwas, was euch völlig verrückt vorgekommen ist. Kurz und gut: Wir haben eine Bruchlandung im Jahr 1891 gemacht. Ich war die ganze Zeit bei Bewusstsein, und ich kann euch sagen, es war heftig, wirklich ein beängstigendes Erlebnis. In Hawking haben wir ein besonderes Wort dafür.»

«In Hawking?», wiederholte Iris und spitzte die Ohren.

«Das ist meine Schule: Die Hawking School of Time Travel.»

Iris blieb kurz die Luft weg, so erstaunt war sie, fand aber dann ihre Sprache wieder. «Du gehst in eine Schule, in der Zeitreise unterrichtet wird?»

«Ja.»

Iris schoss in die Höhe. «Da will ich auch hin!»

«Ruhe!», fuhr Rosa sie an und zog sie wieder nach unten. «Lucia will etwas erklären!»

Lucia formte ein stummes Danke in Rosas Richtung und fuhr dann fort. «Unter anderem lernen wir bei Hawking, wie man sich bei den unterschiedlichsten Störfällen verhält. Der Störfall, den wir heute erlebt haben, nennt man einen ‹Zeitsturz›.»

Rosa schluckte hörbar. «Es war also bloß ein Zufall, dass wir ausgerechnet hier im Jahr 1891 gelandet sind?»

Lucia wurde wieder ernst. «Das wäre jedenfalls im Augenblick meine Vermutung. Glücklicherweise sind wir dabei mehr oder weniger auf demselben Längen- und Breitengrad gelandet, von wo wir gestartet sind. Unsere Umgebung ist uns also nicht völlig fremd.»

Iris dachte angestrengt nach und runzelte dabei die Stirn. «Heißt das, dass wir genauso gut im Berlin der Jurazeit hätten landen können, sozusagen als Mittagessen für einen Tyrannosaurus?»

«Bestimmte irdische Zeitperioden sind selbst für zertifizierte Zeitreisende verboten. Und die Jurazeit gehört dazu. Einige frühe Zivilisationen sind freigegeben, aber zum Beispiel die Pestjahre in Europa 1347 bis 1351 sind tabu. Das gilt auch für andere Epochen. In jüngerer Zeit etwa ...» Ein Schatten legte sich über ihr Gesicht. Sie ließ den Satz unvollendet.

«Etwa was?», fragte Iris. «Hör mal, das machst du andauernd. Ich finde das wirklich sehr nervig. Du sagst uns irgendwas, und dann hörst du mitten im Satz auf. Was war in jüngerer Zeit?» Sie wandte sich Rosa zu. «Weißt du, was sie uns verschweigt? Du bist doch diejenige mit den Erinnerungen!»

Rosa schüttelte den Kopf. «Ich habe keine Ahnung.»

Lucia stand auf. «Ich verschweige gar nichts. Mir ist nur

gerade eingefallen, dass wir unbedingt ein bisschen schlafen müssen.» Sie schaute Oliver an. «Du schläfst ja schon halb. Aber vorher will ich noch von dir wissen, ob der Ofen bis morgen einfach so weiterbrennen kann.»

«Wir können noch ein Brikett auflegen. Die werden sich morgen wundern, wie schön warm es hier noch ist», murmelte Oliver.

«Moment mal!», rief Rosa. «Wie geht's weiter? Was ist unser Plan?»

«Richtig», sagte Lucia. «Also. Ich würde Folgendes vorschlagen: Ihr schlaft ein paar Stunden. Unter Umständen werdet ihr morgen unter einem ziemlich üblen Zeitlag leiden. Ich halte Wache, während ihr schlaft. Aber es kann jederzeit passieren, dass wir von einer Sekunde auf die andere verschwinden müssen. Spätestens kurz vor Sonnenaufgang müssen wir hier sowieso weg sein.»

«Und wohin gehen wir? Was essen wir? Wir brauchen Geld. Und da draußen schneit es immer noch wie verrückt!»

«Uns wird schon nichts passieren», sagte Lucia heiter.

«Und wie kommen wir nach Hause?», fragte Rosa aufgeregt. «Ich habe nicht vor, den Rest meines Lebens hier im 19. Jahrhundert zu verbringen!»

«Beruhige dich, Rosa. Das wollte ich euch gerade sagen. Spätestens nach 24 Stunden wird uns ein Scout holen kommen. Ich habe einen Tracker bei mir, der ein Signal aussendet, und dieses Signal wird den Scout zu uns führen. Er weiß genau, wo wir sind. Deshalb müsst ihr unbedingt in meiner Nähe bleiben. Wenn man mich findet, findet man auch euch. Und dann bringt man uns nach Hause.»

«Tatsächlich?», sagte Iris fasziniert. «Ein Tracker?»

«Ein Implantat. In meinem rechten Ohrläppchen.»

«Wie eine Black Box?», fragte Oliver.

Lucia überlegte kurz. «Eine Black Box?»

«Von einem Flugzeug.»

«Ach ja, richtig. Ja, so ähnlich. Aber es ist nur ein winziger Chip.»

«Aber was, wenn wir versehentlich getrennt werden?», wollte Rosa wissen. «Oder wenn du versehentlich von deinem Ohrläppchen getrennt wirst?»

Lucia verdrehte die Augen. «Das wird schon nicht passieren.»

«Und warum ist der Scout dann noch nicht da?»

«Es wird jemand kommen. Es dauert bloß eine Weile, um mich zu orten.»

«Manchmal», sagte Rosa, «finden sie die Black Box nie.» Nervös lief sie auf und ab. «Wisst ihr, das alles hätte nie passieren dürfen. Das ist viel zu gefährlich! Wie kann Cornelia dir bloß erlauben, durch die Zeit zu reisen? Sie ist doch deine Patentante!»

«Nur zu deiner Information: Diese Technologie ist sehr sicher!», empörte sich Lucia, die sich in ihrer Ehre gekränkt fühlte. «Genauso gut könnte ich euch fragen, warum ihr immer noch in Automobilen unterwegs seid. Bei Verkehrsunfällen sterben jährlich weltweit mehr als eineinviertel Millionen Menschen. Du könntest jederzeit auf der Straße von einem Auto überfahren werden oder von einem …» Lucias Blick fiel auf Rosas Armstumpf. «Oh … Es … es tut mir leid», stammelte sie. «Ich wollte nicht …»

Rosa versteckte den Stumpf in dem Muff auf ihrem Schoß.

«Ich wollte damit nur sagen, dass es sehr selten zu einem Zeitsturz kommt», sagte Lucia. «Und wenn doch, dann sind ganz außergewöhnliche Umstände der Grund dafür. Und in den allermeisten Fällen geht alles gut aus.»

Oliver hatte das Gefühl, dass Lucia nicht nur ihn, Rosa und Iris zu überzeugen versuchte, sondern auch sich selbst.

«Ist irgendjemandem von euch etwas aufgefallen?» fragte Lucia. «Bevor die Tür zum Geräteschuppen zuschnappte?»

«Meinst du den Sturm?», fragte Rosa.

«Ich weiß nicht. Vielleicht.»

«Ich habe jemanden gesehen», sagte Oliver. «Einen Jungen.»

Lucia fixierte Oliver. «Einen Jungen? Wen?»

«Ich bin nicht sicher. Er stand hinter einem Baum. Und als er aus dem Schatten kam, sah es so aus, als würde er lachen. Aber in dem Moment stolperte ich nach hinten und –»

«Wie sah er aus?»

Ein Blick in Lucias Gesicht genügte, und Oliver wusste, dass er an was dran war. Aber er war unsicher, ob er Lucia verraten sollte, dass er sie zusammen mit dem Jungen in dem Kapuzenpulli gesehen hatte. «Groß sah er aus», sagte er. «Sehr dünn. Er hatte buschige, dunkle Augenbrauen. Wahrscheinlich auch dunkle Haare, aber die konnte ich nicht sehen, wegen der Kapuze. – Kennst du den?»

«Erzähl mir alles, was du weißt.»

«Ich habe ihn vorher schon zweimal gesehen. An dem Tag, als du in Berlin ankamst, stand er an der Straßenecke herum. Ich dachte, er wäre vielleicht ein Freund von Thilo. Und dann, vorgestern, beim Tischtennisspielen mit Thilo, habe ich ihn wiedergesehen.»

«War Thilo jedes Mal dabei, wenn du den Jungen gesehen hast?»

Oliver dachte kurz nach. «Ja, stimmt. Vielleicht kennen sie sich. Thilo hat gesagt, er würde in der Gegend herumhängen. Aber *du* kennst ihn, nicht wahr?»

Lucia schwieg gedankenverloren.

«Lucia?»

Sie schaute hoch.

«Als wir auf dem Spielplatz waren, beim Tischtennisspielen, da hast du ihn gesehen, richtig? ... Er hat sich hinter der Kirche versteckt. Und ... du bist ihm nachgegangen.»

Lucia starrte durch ihn hindurch.

«Du machst mir Angst!», sagte Oliver. «Wer ist das, Lucia? Was ist los?»

Lucia legte den Finger auf ihre Lippen. Rosa und Iris lagen nebeneinander auf der Chaiselongue. Sie waren eingeschlafen. Auf Zehenspitzen ging Lucia zu den Mänteln, hob zwei auf und deckte die beiden Mädchen damit zu. Dann wandte sie sich wieder zu Oliver. «Du solltest auch schlafen», flüsterte sie. «Du bist bestimmt ganz erledigt.»

In dem Augenblick, in dem sie das sagte, wurde er von einer so überwältigenden Müdigkeit gepackt, dass er glaubte, auf der Stelle umzukippen und einzuschlafen. «Aber wer ist dieser Junge?», fragte er, während ihm schon die Augen zufielen.

«Sein Name ist Krit. Krit Sriwanichpoom. Er geht auf die

Hawking-Schule wie ich. Ich hätte gleich wissen müssen, dass er dahintersteckt. Er ist ein Feigling. Und ein Großkotz. Und absolut genial.»

«Oh. Das klingt nach einer gefährlichen Mischung.»

«Ist es auch.» Sie seufzte. «Total. Andererseits», sagte sie und schenkte Oliver ein strahlendes Lächeln, «so genial wie ich ist er nicht.»

Und Oliver glaubte ihr.

Und schlief gleich danach ein.

13. KAPITEL

Auf eigenes Risiko

Oliver schlug die Augen auf. Sonnenlicht flutete den Raum. Sonnenlicht ... ja! Er war zu Hause! In seinem Bett! Links von ihm lag Thilo unter der Daunendecke ...

Oliver setzte sich auf, rieb sich den Schlaf aus den Augen – und sah zu seiner großen Enttäuschung, dass er keinesfalls zu Hause in seinem Bett lag, sondern auf dem Boden von Bodo Herschels Ankleidezimmer, anno 1891. Das Sonnenlicht war in Wirklichkeit die Beleuchtung des PockDocks. Und es war auch nicht Thilo, der links von ihm unter der Decke lag und schlief, sondern Lucia, eine Schülerin der Hawking School of Time Travel. Das war unfassbar – und doch war es die neue Wirklichkeit.

Lucia hatte eigentlich wach bleiben wollen, aber sie war bestimmt genauso erschöpft wie er, Rosa und Iris. *Dann werde ich Wache halten*, dachte Oliver und überlegte, wie spät es wohl war. Er ging zum Fenster und lugte durch eine Ritze der geschlossenen Läden. Draußen war es immer noch dunkel. Aber es war Dezember, und vor acht Uhr wurde es nicht hell. Es war möglicherweise schon sechs oder sieben Uhr, und jeden Augenblick konnten die Angestellten der

Kostümschneiderei hier auftauchen. Er erinnerte sich daran, dass er im Büro eine Standuhr gesehen hatte. Wenn er die Tür zum Ankleidezimmer offen ließ, hatte er vielleicht genug Licht, um die Uhrzeit lesen zu können.

Auf Zehenspitzen ging er durch den Flur ins Büro. Es war zwanzig nach vier. Wie lange hatte er geschlafen? Vielleicht sechs oder sieben Stunden? Er würde Lucia um halb sechs wecken. Dann hätten sie noch genug Zeit, um aufzubrechen, bevor jemand kam.

Oliver verließ das Büro. Die Katze war nirgends zu sehen. Lucia hatte die tote Maus in den Flur gelegt, aber sie war nicht mehr da. Wahrscheinlich hatte die Katze sie gefressen. *Igitt.* Oliver ging zu der ekligen Toilette, um sich zu erleichtern – *igittigitt!* –, und ging dann auf Zehenspitzen zurück. Am anderen Ende des dunklen Flurs sah er plötzlich eine Frau stehen. Erschrocken keuchte er auf, erkannte dann aber gleich, dass es sich um eine Kleiderpuppe handelte. Er fand es unheimlich hier und außerdem ziemlich kalt, und so kehrte er schnell in das Ankleidezimmer zurück, wo es immer noch gemütlich warm war. Er würde die Tür einen Spalt offen lassen und die Ohren spitzen, ob Stimmen zu hören waren oder irgendwelche alarmierenden Geräusche.

Oliver knabberte an einem Stück Käse, trank etwas Wasser und holte seine Stifte aus dem Tornister. Er wollte Iris und Rosa auf der Chaiselongue zeichnen. Rosa lag auf dem Rücken. Der olivgrüne Mantel, mit dem Lucia sie zugedeckt hatte, war ihr bis zu den Knien gerutscht, und man konnte die offene braune Jacke aus fadenscheinigem Stoff sehen, die schmutzigweiße, eingerissene Bluse, einen festen grauen Wollrock und einen dunkelgrauen Unterrock aus Musselin. Sie war gekleidet wie ein Straßenkind, aber in seinen Augen sah sie immer noch aus wie eine Prinzessin. Einige Haarsträhnen hatten sich aus ihren Zöpfen gelöst und umschmeichelten ihre Wangen wie zarte Fäden aus reinem Gold. Die Beule auf ihrem Kopf sah böse aus, aber er beschloss, sie trotzdem zu zeichnen, schließlich gehörte sie ins Bild. Neben ihr lag Iris auf dem Bauch. Ihr löchriger dunkelbrauner Rock und der dazugehörige Unterrock lugten unter dem grauen Mantel hervor.

Oliver zeichnete schnell; er hatte nicht mehr viel Zeit, schon bald musste er die anderen wecken. Als er fertig war, wandte er sich zu Lucia um. Schade, dass ihre Augen geschlossen waren, dachte er. In ihrem schönen Gesicht waren die Augen das Schönste. Ein paar Mal hatte er sich schon darin verloren, so schwarz und glänzend und tief waren sie, unsagbar tief. Einmal, als er im Buchladen BLÄTTERRAUSCHEN herumgestöbert hatte, hatte er ein Buch mit Reisefotografien von Rosas Mutter entdeckt. Auf einigen der Fotos war eine unterirdische Höhle aus kristallisiertem Kalkstein zu sehen mit tiefen Seen, die schwarz glänzten. Lucias Augen sahen genauso aus.

Oliver war fast fertig mit seiner Zeichnung von Lucia und gerade dabei, den Mantel mit einem dunkelblauen Buntstift auszumalen, als sie erwachte. Sie schlug die Augen auf – und fuhr dann erschrocken hoch.

«Keine Sorge», flüsterte Oliver. «Alles in Ordnung. Ist noch niemand hier. Wir haben gleich halb sechs.»

Lucia stand auf und reckte sich, hielt aber inne, als sie die

Zeichnungen sah. «Die sind fantastisch», sagte sie, nahm sie in die Hand und betrachtete sie genauer. «Ich meine, richtig, richtig gut.»

Oliver zuckte mit den Schultern.

Sie deutete auf die Stifte, die herumlagen. «Aber du solltest jetzt zusammenpacken. Wir brechen bald auf. Halte die Stellung, ja? Ich muss mal auf die Toilette.»

«Auf eigene Gefahr», witzelte er.

Oliver raffte seine Malsachen zusammen, aber er wollte Rosa und Iris die Zeichnungen zeigen, ehe er sie in den Tornister steckte. Er wickelte das Gummiband um die Stifte, aber es riss – *schnapp*! Auf dem Schreibtisch im Büro hatten ein paar Gummiringe gelegen. Leise huschte er aus dem Zimmer …

WUMM. Wie lange war er weg? Nicht mal eine Minute, so viel stand fest. Aber in dem Moment, in dem er aus dem kleinen Häufchen Gummiringe auf Bodo Herschels Schreibtisch einen herauspflückte, hörte er ein merkwürdiges, dumpfes Geräusch von irgendwo in der Schneiderwerkstatt. *WUMM. WUMM*. Es klang wie Thilo, wenn er gegen die Badezimmertür hämmerte, um Oliver aus dem Bad zu scheuchen.

Oliver rannte ins Ankleidezimmer. Er musste Rosa und Iris warnen – aber Iris war bereits wach. Und was tat dieser brillante, geniale, zwölfjährige Hirni? Sie hämmerte mit ihrem Kopf gegen eine Tür! *WUMM. WUMM*.

«Iris? Was machst du denn da?» Oliver zog sie von der Tür weg.

«Habe ich eine Beule?», fragte sie, leicht benommen von den Schlägen.

Lucia kam angerannt. «Was ist passiert?»

«Sie hat ihren Kopf gegen die Tür gehämmert», sagte Oliver.

«Ich will meine Erinnerungen wieder!», sagte Iris. «Ich würde alles dafür geben, diese Erinnerungen zurückzubekommen.» Sie ging zum Spiegel und schaute hinein. «Meine Stirn ist rot. Aber keine Beule.»

Lucia lachte los. «Das ist doch wohl nicht dein Ernst, Iris. Wie soll das ...?»

«Was ist passiert?», fragte Rosa, die mittlerweile auch aufgewacht war.

«Nichts», sagte Iris ernst. «Unglücklicherweise – rein gar nichts.»

Rosa gähnte und betastete vorsichtig ihre Beule, worauf sie das Gesicht verzog. «Das tut immer noch weh.» Sie ging zum Spiegel. «Oh mein Gott! Das ist ja ganz blau und lila.»

«Und gelb und grün», kicherte Oliver, während er im Spiegel seine eigene Nasen-Kreation betrachtete, die ihm sein Lieblingsbruder Thilo beigebracht hatte. Die Kruste auf der Wunde löste sich bereits. Er zupfte an dem Schorf, während die anderen ihn mitleidsvoll betrachteten. «Oh mein Gott!», rief er plötzlich und wirbelte zu den Mädchen herum. «Ich erinnere mich plötzlich an etwas! Ich kann's nicht glauben! Oh, diese Erinnerungen! Oh, tut das weh!»

«Was?», sagte Iris. Sie drehte sich zu Lucia um. «Warum können die sich erinnern und ich nicht?» Sie wirbelte wieder zu Oliver herum. «Was ist es, Oliver? Woran erinnerst du dich?»

Oliver legte die Hand an die Nase und schloss die Augen, um sich zu konzentrieren. Seine Stimme klang fiebrig. «Ich habe mich gerade daran erinnert, dass … dass …» Er riss die Augen auf und grinste. «Ich habe mich gerade daran erinnert, dass ihr jetzt noch mal aufs Klo gehen solltet. Wir müssen bald von hier verschwinden.»

Iris und Rosa schlugen ihm auf den Oberarm. Fest. Sehr fest. Lucia hatte Lachtränen in den Augen. «Du hättest mich beinahe reingelegt!».

Als Rosa fand, sie hätte Oliver genug verdroschen, drehte sie sich auf dem Absatz um und ging zur Tür. «Bin gleich wieder da.»

«Auf eigene Gefahr!», rief Lucia ihr nach.

Iris entdeckte Olivers Zeichnungen und betrachtete das Bild von sich und Rosa. «Wo bin ich eigentlich hier auf dem Bild? Ich sehe nur Stiefel.»

Oliver lachte. «Du hast auf dem Bauch geschlafen. Ich konnte dein Gesicht nicht zeichnen.»

Iris ging zu dem Tisch neben der Chaiselongue und schnitt sich ein Stück Brot ab. «Wir haben nicht mehr viel zu essen», sagte sie, nachdem sie das Brot aufgegessen hatte. «Was machen wir?»

«Wir kaufen uns etwas», sagte Lucia. «Ich habe ein bisschen Geld gefunden.»

«Gefunden?», fragte Rosa, die gerade von der Toilette zurückgekommen war.

«Ich habe zufällig Herschels Portokasse entdeckt.»

«Zufällig?», sagte Rosa. «Ha-ha.»

«In seinem Büro.» Lucia räusperte sich und setzte verlegen hinzu: «In einer Schreibtischschublade.»

«Vermutlich nachdem du das Schloss geknackt hast.»

Lucia hob die Hände hoch. «Ich ergebe mich.»

«Zeitreise-Überlebenstraining für Anfänger, Übung 11», kam Oliver Lucia zu Hilfe.

Iris nahm ein paar Zeitungen von dem Stapel neben dem Ofen. «Lesefutter. Für die Toilette.»

«Auf eigene Gefahr!», rief Rosa Iris nach. Sie drehte sich wieder zu Lucia und Oliver. «Aber mal ehrlich. Wir kriegen echt Schwierigkeiten. Wir haben uns schon einiges hier geleistet: Einbruch, Mundraub, Diebstahl, Hausbesetzung …» Sie deutete auf die leere Pralinenschachtel und die Brotkrümel auf dem Teppich. «Verschmutzung fremden Eigentums.» Sie betrachtete den Kachelofen. «Versuchte Brandstiftung beziehungsweise eine Feuerstelle unbeaufsichtigt zurücklassen …»

«Du hast recht, das ist alles nicht erlaubt», sagte Lucia. «Aber wir haben keine andere Wahl. Außerdem, wenn all das vorbei ist, schreibe ich einen ausführlichen Bericht, und die Zentrale beauftragt jemanden, um Schadenersatz zu leisten.»

Das nahm Rosa einen Augenblick lang den Wind aus den Segeln. «Ehrlich? Wie denn?»

«Die von der Zentrale haben ihre Mittel und Wege. Ich weiß nicht genau, wie das funktioniert, aber alle bekommen eine Art Wiedergutmachung. Die Molkerei Pfennig und auch Herschel.»

«Guten Tag, Herr Herschel», sagte Rosa mit gespielt ernster Miene. «Sie werden es vielleicht nicht bemerkt haben, aber kürzlich haben einige Zeitreisende aus dem 21. und dem 23. Jahrhundert in Ihrer Schneiderei übernachtet. Wir möchten Ihnen gerne eine Wiedergutmachung für die Benutzung ihrer wunderbaren Toilette leisten, für die leere Pralinenschachtel und für jedweden Schaden, der Ihnen sonst noch entstan –»

«Leute!», schrie Iris und kam ins Zimmer gerannt. «Ihr werdet nicht glauben, was ich gerade gelesen habe!» Sie hielt die Zeitung hoch. «Guckt mal! Das ist ein Artikel über Mark Twain! Er ist in Berlin! Er ist hier! Jetzt. Genau jetzt. In. Dieser. Sekunde.»

«Mark Twain?», sagte Oliver fragend, doch dann fiel ihm ein, dass dies der Autor von *Die Abenteuer des Tom Sawyer* war.

Iris, die den Zeitungsartikel überflog, konnte sich vor Aufregung kaum halten. Entzückt hopste sie auf und ab. «Da steht, dass er eine ganze Weile in Berlin lebt. Mit seiner ganzen Familie. Er hat eine große Wohnung in der Körnerstraße gemietet. In der Nähe der Potsdamer Straße. Oh, ich würde ihn zu gerne kennenlernen!» Sie drehte sich zu Lucia um. «Meinst du, es wäre möglich, ihm einen Besuch abzustatten? Wäre es nicht ganz fantastisch, wenn ich ihn für meine Buchvorstellung interviewen könnte? Und ...»

Lucia schüttelte den Kopf. «Sosehr ich Mark Twains Bücher auch schätze – wir lesen sie auch, wisst ihr –, das geht wirklich nicht. So. Jetzt müssen wir los. Packt eure Sachen zusammen.»

Iris ließ die Zeitung fallen. «Wusstest du, dass Twain eine der ersten Zeitreisegeschichten der Literatur geschrieben hat? *Ein Yankee aus Connecticut an König Artus' Hof.* Das war vor zwei Jahren.»

«Vor zwei Jahren?» Oliver, der gerade dabei war, den Käse im Tornister zu verstauen, hielt mitten in der Bewegung inne. «Ein Schriftsteller aus dem 19. Jahrhundert –»

«In *dieser* Zeitzone, du Dummi! Das Buch wurde 1889 veröffentlicht. Es geht um einen amerikanischen Ingenieur, der versehentlich ins Mittelalter reist und dort Verwirrung stiftet und –»

«Jaja, wir wissen Bescheid», sagte Oliver, der kein bisschen Bescheid wusste über Mark Twain oder amerikanische Ingenieure und auch nichts über König Artus. Aber er hatte ganz und gar keine Lust auf einen von Iris' Vorträgen. Nicht jetzt. Sie mussten von hier verschwinden.

«Auch wenn euch das egal ist», sagte Iris, «ich würde ihn trotzdem zu gerne kennenlernen!» Sie hob die Zeitung auf, riss den Artikel über Mark Twain aus, faltete ihn zusammen und legte ihn neben Olivers Tornister.

«Und noch etwas», sagte Lucia zu Iris, «es tut mir wirklich leid, aber wenn wir da draußen sind und uns unter den Einheimischen bewegen, darfst du kein Wort sagen. Zu niemandem. Du musst den Mund halten. Überlass uns das Reden.»

«Und warum denn das, wenn ich fragen darf?», wollte Iris empört wissen.

«Wegen deiner Zahnspange! Die Leute hier gehen kaum zum Zahnarzt. Was meinst du, wie sie reagieren? Die meisten haben noch nie eine Zahnspange gesehen. Und schon gar keine mit einer regenbogenfarbenen Legierung. Wir dürfen unter keinen Umständen auffallen, unter gar –»

«Aber –»

«*Unter. Gar. Keinen. Umständen.* Hast du das kapiert, Iris?»

Iris drehte ihnen schmollend den Rücken zu und packte ihren Käse zusammen.

Rosa schaute Lucia an. «Wie sieht der heutige Tagesplan aus? Müssen wir –?»

Kr-kr-kr. Ein lautes Klappern und Knarren ließ die Kinder erschrocken hochfahren.

«Die Läden!», zischte Oliver. «Jemand ist hier! Die Läden werden geöffnet.»

Sie hörten eine Männerstimme mit der Katze sprechen. Lucia zog geräuschlos die Tür zum Flur zu. «Los jetzt! Zur Hintertür!»

Oliver schnappte sich den braunen Tornister, Strickjacke, Jackett und die Sherlock-Holmes-Mütze und huschte so leise wie möglich zur Hintertür. Im Gehen zog er sich an. Rosa und Iris folgten in einem Durcheinander aus wedelnden Armen, herunterfallenden Handschuhen, wehenden Mantelschößen und Schals und verkehrt herum aufgesetzten Mützen. Lucia griff sich ihr PockDock, schaltete die Beleuchtung auf «Taschenlampe» und sauste den anderen nach. Als sie zur Hintertür kam, hatte Oliver gerade aufgeschlossen. Sie stolperten ins Treppenhaus von Hof 2, Eingang I, und zogen die Tür der Schneiderei hinter sich zu. Oliver öffnete die Tür zum Hof und trat hinaus.

Die Luft war so bitterkalt, dass jeder Atemzug weh tat.

Der Himmel war immer noch tintenschwarz, aber in einigen Fenstern brannte Licht – gelbe Rechtecke mit sich bewegenden Schatten. Das Gerippe eines kahlen Baums mit langen, knorrigen Armen ragte über ihm auf. Die Schneedecke war einige Zentimeter hoch, aber es hatte aufgehört zu schneien. Alles war ganz still. Noch war keine Menschenseele unterwegs.

«Die Luft ist rein!», flüsterte Oliver.

Die Kinder zogen die Tür hinter sich zu und traten hinaus in die eisige, stumme Schneelandschaft.

14. KAPITEL

Junior-Junior

Außer dem Knirschen und Quietschen des Schnees unter ihren Stiefeln war nichts zu hören. Die vier schlichen durch den Hof 2 und dann durch den Hof 1. Die Fenster in Herschels Atelier waren noch immer dunkel. Wer immer auch die Läden geöffnet hatte, hatte noch keine Lampe angezündet. Sie drückten die schwere Tür auf, die in den Hausflur des Vorderhauses führte. Sie knarrte. Das Gaslicht im Gang flackerte. Es roch nach grünen Bohnen.

«Ich will mal gucken, ob der Türklopfer da ist», flüsterte Iris. «Der Löwenkopf. Mit den Reißzähnen. Bei meinem Kieferchirurgen.»

«Mensch, Iris!», stöhnte Rosa.

«Pst!», mahnte Lucia.

Iris war nicht zu stoppen. Sie ging zu der Tür, und die anderen folgten ihr. Auf dem Türschild stand: Lüttke – Hausmeister. Und tatsächlich: An der Tür hing ein Türklopfer mit einem Löwenkopf und zwei Reißzähnen. «Na also!», sagte Iris. «Ich hab's doch ge –»

Die Tür flog auf, und vor ihnen stand ein fetter Mann mit Riesenbauch und einer Leiter an der Hand. Hinter ihm knurrte ein Hund. Ein Blick … und die Kinder stürzten aus dem Haus. «He!», rief der Mann ihnen nach. Aber da waren sie schon halb die Straße hinunter. Und sie rannten weiter, ohne sich auch nur einmal umzudrehen.

Die Kinder schlangen gierig ihr Frühstück hinunter. Sie saßen auf einem Holzstapel unter dem Stadtbahnbogen am Savignyplatz und betrachteten die Stadt. Es war jetzt kurz vor acht.

Nachdem sie eine Weile durch die Straßen gestreift waren, hatten sie in einer Bäckerei einen Laib Schwarzbrot gekauft und in einer Lebensmittelhandlung etwas Quark, Leberwurst, Radieschen und ein paar Äpfel. Sie waren überrascht, dass die Läden so früh geöffnet hatten. Trotz des Wetters und der frühen Stunde waren in der Kantstraße schon viele Leute unterwegs. Pferdefuhrwerke polterten durch den Schnee, sogar eine von Pferden gezogene Straßenbahn. Ein Mann zog einen Holzkarren mit Sandsäcken die Straße entlang, während ein anderer den Sand auf die Straße schaufelte. *Aha*, dachte Oliver, *damit die Pferde auf dem Eis nicht ausrutschen.*

Oliver betrachtete sein Berlin, das ihm so vertraut war und gleichzeitig so völlig anders, wie auf einer alten Postkarte. Der Savignyplatz lag unter einer dicken Schneedecke, und es gab weder die Bänke noch die Bäume, die er kannte. Die S-Bahn-Station «Savignyplatz» gab es auch noch nicht, aber die Stadtbahn fuhr schon, vor ein paar Minuten hatte er eine blaugrüne Dampflok auf dem Bahndamm Richtung Zoo tuckern sehen.

Die Kantstraße – eine Straße, die ihm so vertraut war wie kaum eine andere – wirkte nicht ganz so fremd, obwohl es natürlich ganz andere Geschäfte gab. Die altmodische Eisenwarenhandlung an der nordöstlichen Ecke, das zweite Wohnzimmer seines Vaters – das erste war nämlich die Eckkneipe –, suchte er vergeblich. Ihm fiel auf, wie neu Charlottenburg aussah. Offensichtlich waren die Gebäude, von denen er einige aus seiner Zeit kannte, erst kürzlich erbaut worden. Die frische Farbe leuchtete in der frühen Morgensonne.

Oliver schaute hoch in den Himmel, der langsam jenes Blau annahm, das er am liebsten mochte: kornblumenblau. Aber die Luft war nicht so klar, wie es anfänglich den Anschein gehabt hatte. Der Gestank nach Braunkohle brannte in seiner Nase. Er war überall. Oliver stellte sich vor, dass jetzt viele Tausende von Briketts in den Kachelöfen von Charlottenburg glühten. Er kannte den Geruch aus Kreuzberg, wo seine Großmutter wohnte und wo einige Gebäude immer noch mit Briketts geheizt wurden.

Es war aufregend, dieses Berlin zu erleben, aber Oliver musste sich eingestehen, dass es auch beängstigend war. Das Gefühl erinnerte ihn an den Geräteschuppen im Hinterhof seines Hauses und an die beiden unsichtbaren Neonschilder, von denen das eine ihn willkommen hieß und das andere ihn vor dem Betreten warnte. Berlin im Jahr 1891 war aufregend – und bedrohlich.

«Lucia, wer ist dieser Krit, von dem du uns erzählt hast?», fragte Oliver. «Warum ist er schuld an allem?»

«Das ist nur eine Vermutung. Aber es würde zu ihm passen. Er hatte es vom ersten Tag an auf mich abgesehen.» Sie blickte Oliver an. «Das ist eine echt lange Geschichte.»

«Fass dich kurz», sagte Rosa.

«Sie ist kompliziert.»

«Ich mag komplizierte Geschichten», sagte Iris. «Aber fass dich trotzdem kurz. Sehr kurz. Mir ist nämlich kalt. Wir sollten irgendwo hingehen, wo es warm ist.»

«Krit ist der älteste Sohn von Rirkrit Sriwanichpoom», erzählte Lucia, «einem der mächtigsten Männer in ganz Europa. Er ist der Leiter der europäischen Bibliothek in Greifswald, was gleichbedeutend ist mit dem Leiter des europäischen Geheimdienstes. Was ich euch eigentlich gar nicht verraten dürfte. Und was ich selbst auch nicht wissen dürfte, aber ich weiß es.»

«Du kannst uns alles erzählen», sagte Oliver mürrisch. «Eure Zentrale wird es ja sowieso wieder aus unserem Gedächtnis löschen.»

Lucia zuckte mit den Schultern. «Vielleicht. Jedenfalls weiß ich von meiner Mutter, dass Krits Vater nicht besonders beliebt ist. Hinter seinem Rücken wird er Doc-Doc genannt. Er hatte mal zwei Doktortitel, jetzt hat er drei, aber Doc-Doc-Doc ist schon beinahe ein Zungenbrecher.» Lucia kicherte. «Na ja, und Krit, sein Sohn aus erster Ehe, geht auch nach Hawking. Er ist wirklich ein kluger Kopf. Aber genauso wie Rirkrit senior, sein Vater, ist Krit nicht besonders beliebt. Er wird von uns meistens Junior-Junior genannt.»

«Das ist ja lustig», sagte Iris und lachte.

«Und warum kann er dich nicht leiden?», fragte Rosa und biss in ein Radieschen.

«Weil ich schlauer bin als er. Und er mag keine Konkurrenz.»

Oliver lachte in sich hinein. Lucia war ein interessanter Fall. Er hatte noch nie jemanden gekannt, der eine so hohe Meinung von sich selbst hatte. Sie hatte zwar allen Grund dazu, denn er hatte auch noch nie jemanden gekannt, der jede Situation so gut meistern konnte wie sie. Doch spürte er auch, dass sie nicht ganz so selbstsicher war, wie sie vorgab.

«Bei der letzten Hawkingnale – das ist der alljährliche große Schulwettkampf», fuhr Lucia fort, «habe ich in der Liga der 14- bis 17-Jährigen gewonnen, und er war bloß Zweiter. Das wird er mir nie verzeihen. Er hat Rache geschworen.»

«Nur weil du einen Wettkampf gewonnen hast, hat er uns alle in Gefahr gebracht?», sagte Iris. «Wir hätten ernsthaft verletzt werden können.»

«Hätten?», sagte Rosa und deutete auf ihre Beule.

«Er kennt keine Moral», sagt Lucia. «Überhaupt keine. Aber der wahre Grund für sein Verhalten liegt tiefer.»

«Gib mal den Quark rüber, bitte», sagte Rosa und nahm sich noch ein Stück Brot. «Ehrlich, was ich hier alles essen muss, um nicht zu verhungern! Ich hasse Quark. Und Radieschen kann ich auch nicht ausstehen.»

Oliver biss in sein Leberwurstbrot. «Und ich hasse Leberwurst.»

«Das war alles, was sie hatten, das habe ich euch doch schon gesagt», verteidigte sich Lucia.

«Du isst aber keine Leberwurst», sagte Rosa zu ihr.

«Weil ich kein Fleisch esse.»

«Gar nicht?», fragte Iris.

Lucia schüttelte den Kopf. «Ich bin Vegetarierin. Manchmal esse ich Fisch.»

Missmutig betrachteten Rosa, Oliver und Iris ihre Leberwurstbrote. Doch dann aßen sie weiter. Sie hatten Hunger.

Iris stieß Lucia mit dem Ellbogen an. «Okay, mach bitte weiter. Der wahre Grund für Junior-Juniors Verhalten ist …?»

«Für ihn bin ich eine Forester, und er ist ein Urbanite. Man sollte doch glauben, dass –»

Lucia verstummte. Ein Mann mit einer Melone auf dem Kopf und einem karierten Regenmantel kam aus der Kantstraße auf sie zu. Im Vorbeigehen sah er sie argwöhnisch an, blieb stehen und kehrte um. «Habt ihr Kinder denn nichts Besseres zu tun, als hier herumzulungern? Warum seid ihr nicht in der Schule?»

Schule? Oliver hatte völlig verdrängt, dass heute ein Schultag war. Es war Montag.

«Wir wollten gerade gehen», sagte Lucia.

Der Mann warf einen Blick auf das Silbermesser in ihrer Hand und ging dann kopfschüttelnd weiter.

«Was hat der für ein Problem?», fragte Rosa.

«Erzähl weiter», sagte Iris zu Lucia. «Du bist also eine Forester und Krit ein Urbanite. Und?»

Lucia wartete noch einen Moment und fuhr dann mit gesenkter Stimme fort. «Er *hält* mich für eine Forester. Aber das bin ich nicht. Nicht wirklich. Vielleicht findet ihr es völlig verrückt, was ich jetzt sage, aber … in meiner Welt, im Jahr 2281, leben mehr als 95 % der Weltbevölkerung in urbanen Zentren, also in Städten. Der Rest lebt in ländlichen Gegenden, meistens in Waldgebieten.»

«Das ist überhaupt nicht verrückt», sagte Iris. «Im Gegenteil. Im 21. Jahrhundert wohnen schon etwa 65 % der Deutschen in Städten. Und jedes Jahr werden es mehr.»

«Aber es gibt einen Unterschied», erzählte Lucia weiter. «Die Foresters und die Urbanites haben völlig unterschiedliche Lebensweisen. Allgemein betrachtet akzeptieren die Foresters die meisten Technologien nicht, mit denen die Urbanites leben. Und anders als die Urbanites schätzen Foresters noch solche Sachen wie Bücher oder Holz, mit dem sie ihre Häuser und ihre Möbel bauen. Foresters sind in vielen Dingen eher traditionell.»

«Aha. Also halten euch die Urbanites für hinterwäldlerisch», ließ sich Iris vernehmen. «Stimmt's?»

Rosa stand plötzlich auf. «Moment! Ich erinnere mich gerade an etwas. Foresters leben von der Holzindustrie, richtig?» Sie drehte sich zu Lucia um. «Das hat uns dein Bruder Colin erzählt.»

«Mein *Stief*bruder Colin.»

«Er sagte, Foresters leben von der Holz- und der Papierindustrie. Und vom Tourismus. Und dass dein Vater eine Kette von Boutiquen hat.»

«Mein *Stief*vater.»

Oliver hatte das alles noch nicht richtig begriffen. «Wenn du nicht mit ihm verwandt bist, warum hält Junior-Junior dich für eine Forester? Ist dann deine Mutter, Rouge, eine Forester?»

«Sie ist meine Adoptivmutter. – Nein. Sie wurde als Urbanite geboren und ist auch so aufgewachsen. Genau wie ich. Das ist der Grund, warum ich Vegetarierin bin. Alle Urbanites sind Vegetarier.»

«Und deine leiblichen Eltern?», fragte Iris.

Lucia zögerte. «Ich ... ich weiß nicht viel über sie ... Man hält mich für eine Forester, weil ... bevor ich nach Hawking ging, habe ich einen Teil des Jahres bei meinem Forester-Stiefvater in Sternwood Forest verbracht, in der Nähe von Toronto. Und Leute wie Krit – die zwar eine Minderheit bilden, aber eine laute, deutlich hörbare Minderheit – glauben, dass die Foresters Menschen zweiter Klasse sind, primitiv und daher nicht für Zeitreisen qualifiziert. Sie halten sich, die Urbanites, für überlegen und –»

«Verstehe!», sagte Iris. «Er hat diesen Zwischenfall inszeniert, in der Hoffnung, dass alles schiefgehen würde, was schiefgehen kann, damit die Schulleitung denkt, du bist für Zeitreisen ungeeignet. Er will deinen Ruf ruinieren.»

«Genau.»

«Das ist skrupellos», sagte Iris.

«Richtig.»

«Und die Schule lässt das zu?»

«Natürlich nicht!»

«Also erzähl mir von deiner Schule», sagte Iris. «Das klingt wirklich aufregend.»

«Hawking ist eine berufsvorbereitende Fachschule. Nicht alle werden dort aufgenommen – die Eignungstests sind unglaublich schwer. Aber wenn man es geschafft hat, macht man dort nicht nur den Schulabschluss, sondern kann auch dort studieren und auch promovieren und weitere Berufstrainings machen, und zwar in allen Fächern – Naturwissenschaften, Technologie, Ingenieurwesen, Mathematik, Geisteswissenschaften, Medizin, aber alles im Hinblick auf ihre Verwendung bei Zeitreisen. Zum Beispiel, wenn man Medizin studiert, spezialisiert man sich auf Zeitreisenmedizin. Wenn man die alten Kulturen studiert, sagen wir mal, die Wikingerkultur, wird man darauf vorbereitet, in die Vergangenheit zu reisen und als Wikinger zu leben.»

«Und man lernt Dinge wie etwa Überlebensstrategien im Jahr 1891?», sagte Iris. «Lektion Nr. 1: Geh zu Bodo Herschels Kostümschneiderei.»

«Genau», sagte Lucia. «Obwohl ich über diese spezielle Zeit nicht viel weiß – noch nicht. Aber ein Kurs in der 8. Jahrgangsstufe hieß ‹Plan A, Plan B: Notfallpläne für die Zeitreise›. Man kann sich eine beliebige Stadt aussuchen, und meine Wahl fiel auf Berlin. Dann lernt man, wie man sich in den unterschiedlichsten Geschichtsepochen in dieser Stadt zurechtfindet. Herschels Geschäft war einer der Orte, an denen man sich in der Zeit zwischen 1889 und 1937 mit Kleidung und Accessoires versorgen konnte. Eine andere Möglichkeit waren die Kaufhäuser, aber ich hielt es für das Beste, in der Gegend zu bleiben, in Charlottenburg.» Lucia schaute in Richtung Kurfürstendamm, wo der Passant mit der Melone verschwunden war. «Da kommt ein Mann auf einem Pferd auf uns zu. Das ist ein Polizist, oder?»

Einen halben Block weiter sah Oliver einen korpulenten Mann in einer dunkelblauen Uniform auf einem Pferd. An seiner Jacke glänzten zwei Reihen Silberknöpfe, und er hatte Epauletten auf den Schultern. Auf dem Kopf trug er einen silbernen Helm, der aussah wie ein umgedrehtes Nudelsieb mit einer Spitze obendrauf.

«Ja!», sagte Iris. «Das ist ein Wachtmeister. Mit einer Pickelhaube. Und guckt mal: Er trägt sogar einen Säbel!»

Rosa zupfte Lucia am Ärmel. «Meinst du, er will was von uns? Vielleicht hat der Typ vorhin, mit der Melone, irgendwas gesagt.»

«Wir gehen besser auf Nummer Sicher», antwortete Lucia und stopfte das Essen in Olivers Tornister. Sie zog den Wollschal über ihre dunklen Zöpfe und stand auf. «Mir nach.»

Sie gingen schnell über den Savignyplatz, bogen rechts in die Kantstraße ein, gingen fünfzig Meter und schauten sich dann um. Der Wachtmeister galoppierte in die andere Richtung. Sie waren in Sicherheit, zumindest für den Augenblick.

«Und wohin jetzt?», wollte Rosa von Lucia wissen.

«Ich weiß es nicht. Fest steht, wir müssen in der Nähe bleiben, denn der Scout muss uns orten können. Wenn wir ständig unsere Position verändern, ist es schwieriger, uns zu finden.»

«Ich wünschte, wir würden nicht so viel herumlaufen», sagte Oliver und zerrte an seinen Knickerbockern. «Meine Unterhose rutscht.»

«Ich würde lieber deine dicken langen Unterhosen über meinen dünnen Leggins tragen als diesen Rock!», jammerte Iris. «Der Wind pfeift mir ganz schön um die Beine.»

«Und meine Wollsachen sind so kratzig. Und bin ich eigentlich die Einzige hier, die friert?», meldete sich Rosa zu Wort. «Meine Zehen sind schon ganz taub. Können wir nicht irgendwo hingehen, wo es warm ist? Zum Beispiel in ein Café?»

Lucia schüttelte den Kopf. «Das würde ich gerne. Aber Gassenkinder wie wir gehen nicht in Cafés. Und schon gar nicht ohne einen Erwachsenen. Außerdem müssen wir unser Geld zusammenhalten.»

«Dann in ein Kaufhaus? Auf dem Kurfürstendamm oder in der Tauentzienstraße?»

«Die Kaufhäuser sind in Berlin-Mitte. In diesem Teil der Stadt gibt es noch keine.»

«Im Grunde genommen sind wir gar nicht in Berlin», sagte Iris. «Wir sind in der Stadt Charlottenburg. Charlottenburg wurde erst 1920 eingemeindet. Nur, falls es euch interessiert.»

Oliver war kalt. Wo konnten sie hingehen? Vielleicht in eine Markthalle? Aber waren die geheizt? Und gab es hier in der Nähe überhaupt eine?

«Vielleicht könnten wir in eine Kirche gehen?», sagte Lucia.

«Es ist ja schon schwer genug, in unserer Zeit eine geheizte Kirche zu finden», gab Iris zu bedenken. «Ich bezweifle, dass man im Jahr 1891 an so was überhaupt schon gedacht hat.»

«Aber trotzdem wäre es wärmer als hier draußen», meinte Rosa.

Oliver schaute die Kantstraße entlang. Die Kaiser-Wilhelm-Gedächtniskirche müsste eigentlich am Horizont aufragen. Aber da war sie nicht.

«Sie ist noch nicht gebaut», sagte Iris, die Olivers Gedanken erriet. «Die Gedächtniskirche wird erst in vier Jahren fertiggestellt, 1895.»

Lucia lachte auf und legte den Arm um Iris. «Ehrlich, Iris, ich bin sehr froh, dass du bei uns im Team bist.»

Iris wuchs um ein paar Zentimeter.

«Wie wäre es mit einer Bücherei?», schlug Rosa vor.

«Das wäre … eine Idee», sagte Lucia und dachte nach. «Aber ich glaube, in meinem Kurs ‹Plan A, Plan B› wurde erwähnt, dass im 19. Jahrhundert die Büchereien nicht täglich geöffnet waren, und wenn, dann nur für eine oder zwei Stunden. Laufen wir erst mal die Kantstraße ein Stück weiter.»

Schneeflocken segelten vom Himmel. Sie funkelten in der Sonne und hüllten die vier Zeitreisenden in einen sanften, glitzernden Dunst … Und so stapften sie weiter durch die weiße Kälte und hofften und beteten, dass ein Scout sie bald aufgabeln würde. Ihre Finger waren taub, ihre Zehen taten vor Kälte weh, die Ohren waren mit einer dünnen Frostschicht überzogen. Oliver dachte an Thilo und an die Zeit, in der er mit seinem Bruder praktisch jedes Wochenende durch diese Straße zum Zoo gegangen war.

Als Oliver noch klein gewesen war, vielleicht drei oder vier Jahre alt, hatten sie regelmäßig Knut besucht, den kleinen Eisbären. Oliver schaute zu gerne zu, wie der putzige, pelzige Kerl fröhlich über die Felsen tapste. Aber irgendwann legte Knut seine Niedlichkeit ab und wurde ein ungelenker Teenager, und kurz danach ertrank er während eines epileptischen Anfalls. Oliver und Thilo wandten sich den anderen Tieren zu, den Pandas, den Pinguinen, über die sie immer lachen mussten, und den Affen. Aber irgendwann mischte sich ein bitterer Beigeschmack in ihre Freude. Die armen Löwen marschierten in ihren Gehegen auf und ab, immer hin und her, tagaus, tagein, gefangen hinter Glas. Die Menschenaffen saßen trübsinnig in ihren Käfigen, als ob sie ein Beruhigungsmittel geschluckt hätten. Sie erinnerten Oliver an seinen Vater, wie er in dem Jahr, in dem Thilo verschwunden gewesen war, stumm vor dem Fernseher gehockt hatte. Und die Elefanten, diese riesigen Dickhäuter, wirkten viel zu groß für ihr Gehege. Es war einfach zu traurig. Zu –

«Moment mal!», rief Oliver aus. «Wie wäre es mit dem Zoo? Das ist nicht weit von hier, und dort dürfen Kinder bestimmt allein herumlaufen. Die Tiere aus Afrika und den Tropen haben doch bestimmt beheizte Gehege. Sie könnten in der Kälte ja gar nicht überleben. Da können wir doch hingehen und uns aufwärmen, oder nicht?»

Die Mädchen waren stehen geblieben und starrten Oliver mit offenem Mund an. Die Begeisterung war ihnen anzusehen. Oliver deutete nach Osten. «Da entlang», sagte er, «ein paar Blocks weiter und dann links. Zoologischer Garten Berlin, wir kommen!»

15. KAPITEL

Ein Tag im Zoo

Ich verstehe nicht, warum wir über den Zaun klettern müssen», maulte Rosa. «Warum bezahlen wir nicht einfach das Eintrittsgeld? Das kostet doch bloß fünfzig Pfennige.»

«Nur für Kinder unter zehn Jahren», widersprach Iris und deutete auf das Schild.

Sie standen am Zoo-Eingang, einem kleinen Backsteinportal mit zwei Kassenfenstern gegenüber dem Bahnhof Berlin Zoologischer Garten. Sie kannten dieses Portal als «Löwentor», obwohl es 1891 noch nicht so genannt wurde. Das beeindruckende Torhaus mit den zwei Löwen, die ihr Reich bewachten, würde erst in acht Jahren erbaut werden.

«Na, dann zahlen wir halt den Eintrittspreis für Erwachsene, das ist auch nur eine Mark pro Person», sagte Rosa und betrachtete die Liste mit den Eintrittspreisen. «Das ist ungefähr so viel wie fünfzig Cent in unserer Zeit.»

«Nein, ist es nicht!», widersprach Iris. «1891 hatte Geld einen ganz anderen Wert. Man muss bedenken, wie ...»

«Iris!», fuhr Lucia auf. «Muss das jetzt sein?»

Lucia klang gereizt. Die Kälte, der Schnee, der Wind und das Ausbleiben des Scouts zerrte bestimmt an ihren Nerven, dachte Oliver. Erstaunlich, dass es ihr überhaupt gelungen war, bis jetzt so gut drauf zu sein.

«Die Sache ist die», setzte Iris neu an. «Wie viel hat eine Familie im Jahr 1891 durchschnittlich verdient und in welchem Verhältnis dazu steht der Betrag von einer Mark? Wie viel Prozent des Verdienstes macht diese eine Mark aus? Und dann erst können wir die Mark mit unserer Zeit im 21. Jahrhundert vergleichen.»

Lucia seufzte. «Warum hast du das nicht gleich gesagt?» Sie lehnte sich gegen einen Baum, schaute sich um, ob sie beobachtet wurden, und zog dann ihr PockDock heraus. Sie drückte auf einen Pock, und ein holografischer Bildschirm baute sich in Augenhöhe vor ihr auf. Rosa, Oliver und Iris beobachteten erstaunt, wie Lucia mit dem Zeigefinger in die Luft tippte und dann mit ihrer Hand hin und her über das Hologramm wischte. Zahlen erschienen. «Eine Mark Eintritt in den Zoo im Jahr 1891», sagte Lucia schließlich, «das wäre vergleichbar mit … 37 Euro heute. Also morgen. In eurer Zeitzone.»

«Echt? 37 Euro Eintritt für einen Zoobesuch? Das ist dreimal so viel, wie wir heute bezahlen!», sagte Rosa. «Ich meine morgen. In unserer Zeitzone. Wer kann sich 1891 eine Mark für einen Zoobesuch leisten?»

«Wir jedenfalls nicht», sagte Lucia und steckte ihr PockDock wieder in die Tasche. «So viel Geld dürfen wir nicht ausgeben. In Herschels Portokasse waren 10 Mark, und ich werde ganz bestimmt nicht vierzig Prozent davon verplempern, um in den Zoo zu kommen. Wir haben keine Ahnung, wie lange das Geld reichen muss.»

«Aber du hast doch gesagt, dass der Scout heute noch kommen würde!» In Rosas Stimme schlich sich ein weinerlicher Ton.

«Siehst du hier irgendwo einen Scout?»

«Wie sieht so einer denn eigentlich aus?», fragte Oliver.

«Ganz normal. Wie jeder auf der Straße hier.»

Oliver schaute sich um. Außer der Kassiererin war niemand zu sehen. Vor fünf Minuten war ihm ein großer, schlanker Mann in einem schwarzen Mantel mit Pelzkragen und einer Pelzmütze aufgefallen, der auf der anderen Straßenseite seinen Dackel ausgeführt hatte. Sonst niemand.

«Aber woher weißt du dann, ob die Person, die dir gegenübersteht, ein Scout ist?», wollte Oliver wissen. «Vielleicht war der Hausmeister bei Herschel ein Scout.»

«Ein Scout wird sich immer zu erkennen geben. Scouts benutzen ein Passwort: Hermes. In unserem Fall würde er – oder sie – sich als ‹Hermes 1891› vorstellen. Und seinen oder ihren Nachnamen nennen. Also zum Beispiel ‹Hermes 1891. Schmidt.›»

«Hermes!», rief Iris aus. «Das ist der griechische Götterbote und der Beschützer der Reisenden!»

«Korrekt», sagte Lucia. «Und nachdem sich der Scout vorgestellt hat, tue ich das Gleiche. Ich würde sagen ‹Hawking 9›, weil ich in der neunten Klasse von Hawking bin. Und mein Nachname ist Moreau. Also ‹Hawking 9. Moreau›.» Sie schaute sich um. «Also. Der Zaun?»

Die anderen nickten.

«Bist du sicher?», fragte Oliver Rosa. «Bist du sicher, dass du mit nur einer Hand klettern kannst? Ich kann dir helfen, wenn …»

Als Antwort bekam er einen Hieb mit dem Armstumpf auf die Schulter. *Autsch!* Rosas Physiotherapie machte sich offensichtlich bezahlt.

Sie fanden eine abgelegene Stelle ein Stück weiter nördlich, kletterten mühsam über den Zaun – wobei Lucia Iris mehr oder weniger hinüberwerfen musste –, und damit hatten sie es fast geschafft in den Kurs *Zeitreise-Überlebenstraining für Fortgeschrittene, Teil I.*

Zuerst ging es zu den Elefanten. «Mir nach», sagte Oliver, der behauptete, sich im Zoo auszukennen.

Das heißt, er *dachte*, er würde sich auskennen. Seinen Berechnungen zufolge hätten sie in der Nähe des Streichelzoos sein müssen. Fehlanzeige. Vielleicht gab es so etwas 1891 noch nicht? Und warum waren die Raubkatzen dort, wo eigentlich die Wildschweine sein sollten? Und warum hieß es «Thierhaus»? Wie kam denn das «h» in das «Tier»?

Oliver wurde schwindelig bei dem Bemühen, sich zurechtzufinden, und es dauerte nicht lange, da standen sie wieder am Eingang, nur diesmal auf der anderen Seite, wo sie endlich die Elefanten entdeckten. Sie waren genau da, wo sie hingehörten, ein Stück südlich des späteren Löwentors, nur dass sie in einer umwerfend exotisch aussehenden und verschnörkelten indischen Pagode lebten, die er noch nie gesehen hatte. Und es gab auch kein Außengehege für die Elefanten. Sie erkannten bald, dass die meisten Tiere fast nur in ihren Häusern gehalten wurden, obwohl es hier und da auch einen Käfig im Freien gab. Aber an weitläufige Gehege und Flächen, die mit Gräben umgeben und der natürlichen Lebenswelt der Tiere nachempfunden waren, dachte anno 1891 anscheinend noch niemand.

«Ich glaube, meine Finger haben jetzt den gesetzlich vorgeschriebenen Gefrierpunkt erreicht», sagte Oliver und fragte sich, ob seine Finger jemals wieder einen Zeichenstift halten könnten. «Bitte. Gehen wir endlich rein.»

Olivers Finger tauten in der indischen Pagode auf, während er die Elefanten dabei beobachtete, wie sie Karotten mit ihrem Rüssel aufhoben, in den Mund steckten und knackend zerkauten. «Fressen Elefanten in freier Wildbahn auch Karotten?», fragte Oliver.

«Ich glaube, sie fressen, was sie finden können», sagte Iris.

«Wie wir», warf Rosa ein. «Quark. Leberwurst. Radieschen.»

«Ich bin mir ziemlich sicher, dass sie keine Leberwurst fressen würden», sagte Iris.

Rosa und Oliver blickten sich an: Iris, Iris, Iris ... Sie nahm immer alles so wortwörtlich.

So interessant die Elefanten auch waren, die Kinder waren müde. Als Oliver ein paar Augenblicke wegdöste – sogar im Stehen! –, ließ Lucia sie alle an der Zeitreise-Medizin schnuppern.

«Warum nimmst du eigentlich kein Chronotonin?», fragte Rosa.

«Ich bin schon gegen den Zeitlag resistent. Ihr braucht das

Zeug mehr als ich. Und wenn der Scout kommt, wird er eine Menge davon dabeihaben.»

Lucia zwang die Kinder dazu, an die frische Luft zu gehen: «Das wird uns guttun.» Außerdem hatte der Zoowärter in der Elefanten-Pagode sie bereits misstrauisch beäugt. Es war wenig los im Zoo an einem so kalten, verschneiten Wintertag. Sie erregten Aufmerksamkeit.

Sie verließen die Pagode und machten sich auf zum Antilopenhaus. Es war einem orientalischen Palast nachempfunden und sah dem Haus erstaunlich ähnlich, das die Kinder aus dem 21. Jahrhundert kannten. «Aber es riecht schlimmer», sagte Rosa.

«Wenn du denkst, das ist schlimm», sagte Lucia, «dann solltest du mal Menschen riechen, die sich ein paar Wochen nicht gewaschen haben. Zum Beispiel auf einem belebten Markt im Paris des 18. Jahrhunderts. Und das noch an einem schwül-heißen Sommertag. *Das* war der schlimmste Gestank überhaupt.»

«Du warst da?», fragte Rosa. «Im Paris des 18. Jahrhunderts?»

Lucia nickte.

Iris blieb der Mund offen stehen. «Du machst wohl Witze!»

«Absolut nicht. In Hawking legt man Wert auf eine multikulturelle Ausbildung. Wir müssen uns mit den unterschiedlichsten Lebensweisen der unterschiedlichsten Epochen vertraut machen. ‹Vier Tage in Frankreich: 1754› war unsere Klassenreise in der 6. Klasse. Eine irre Erfahrung.»

«Und?», sagte Iris. «Weiter!»

«Im Waisenhaus haben wir mitbekommen, wie Waisenkinder damals behandelt wurden. Ihre verzweifelte Situation hat uns schier das Herz gebrochen. Danach waren wir auf einem Volksfest und sind mit einem altertümlichen Karussell gefahren. Auf dem Markt, den ich eben erwähnt habe, waren wir shoppen – und haben jede Menge über Körperhygiene gelernt. Danach ging's zu einem Spaziergang in den Gärten von Versailles. Wir haben in vier Tagen mehr oder weniger alles über das Paris der damaligen Zeit gelernt – jedenfalls soweit das möglich ist, wenn man erst elf Jahre alt und in der 6. Klasse ist.»

«Wie cool ist das denn?», staunte Oliver.

Iris war völlig fasziniert. «Ich hab's schon einmal gesagt und ich sage es wieder: Ich will in diese Schule gehen!»

Mitten in dem tropischen Garten des Antilopenhauses setzten sich die Kinder auf eine Bank. «Mit etwas Phantasie», sagte Rosa, «kann ich mir vorstellen, dass ich im Garten meines Onkels auf Mallorca sitze. Ob ich da wohl je wieder hinkomme?»

In dem Antilopenhaus war es warm. Die Kinder wurden wieder schläfrig, und noch ehe sie sich's versahen, waren sie eingeschlafen. Oliver träumte, dass er von einem schwarzen Panther durch einen Laden mit Kuckucksuhren gejagt wurde. Der Panther hatte ihn in eine Ecke gedrängt. Er fletschte die Zähne, sprang auf ihn zu und …

«He!», schrie eine Stimme. Erschrocken fuhren die Kinder hoch. Vor ihnen stand ein Mann in Uniform und stieß mit einem Besen auf sie ein, als wären sie wilde Tiere, die aufgescheucht werden müssten. «Hier wird nicht herumgelungert! Macht, dass ihr rauskommt!»

Die Kinder sprangen auf, lachten wie Hyänen und liefen, so schnell sie konnten, in Richtung Affenhaus.

Der Nachmittag kam, und Oliver machte sich langsam Sorgen. Wo blieb dieser Scout? Sie waren jetzt schon fast einen ganzen Tag im Jahr 1891. Vielleicht war etwas schiefgegangen. Oder dieser Krit, der angeblich so superschlau war, hatte dafür gesorgt, dass sie für den Rest ihres Lebens in einer fremden Zeit festsaßen. Oliver dachte an seine Mutter. Sie würde es nicht verkraften, wenn er nicht mehr nach Hause kam. Sie würde an gebrochenem Herzen sterben. Sein Vater würde sich wieder dem Alkohol zuwenden. Und Thilo würde … Was würde Thilo? Thilo würde sich sein Leben lang Vorwürfe machen. Gut so! Geschah ihm ganz recht! Es war seine Schuld, dass sie überhaupt in diesen Zeitstrudel geraten waren! Thilos und Krits Schuld.

Oliver drehte sich zu Rosa, die neben ihm an dem Geländer vor dem Gorillakäfig lehnte. «Kannst du noch?», fragte er.

«Ich werde langsam nervös. Wie lange sind sie schon weg?»

Oliver zuckte mit den Schultern. «Ungefähr zehn Minuten?»

«Wie lange braucht man denn, vier Brezeln zu kaufen? Wenn die beiden zurückkommen, sollten wir als Erstes einen Treffpunkt ausmachen, für den Fall, dass jemand verloren geht.»

«Niemand geht verloren», gähnte Oliver. Er war immer noch müde. Das Wasser lief ihm im Mund zusammen bei dem Gedanken an eine leckere, salzige Brezel.

«Ich finde», sagte Rosa weiter, «wir hätten sie nicht einfach so losziehen lassen –»

«Ahoi!», rief eine Stimme hinter ihnen.

Es war Lucia. Oliver war erleichtert, sie zu sehen. Mehr, als er zugeben wollte. Rosa hatte ihn mit ihrer Nervosität angesteckt.

«Wird ja auch Zeit», sagte Rosa und nahm die Brezel, die Lucia ihr hinstreckte. «Wir haben uns schon Sorgen gemacht.»

«*Du* hast dir Sorgen gemacht», korrigierte Oliver sie.

Iris gab ihm eine Brezel.

Zu viert lehnten sie an dem Geländer, kauten ihre Brezeln und beobachteten die Gorillas.

«Oliver und ich finden», setzte Rosa an, «dass –»

«*Du* findest», korrigierte Oliver sie.

«*Wir* finden», beharrte Rosa, «dass wir einen Ort ausmachen sollten, wo wir uns, falls –»

UKK! UKK! Ein Gorilla sprang vor und kreischte die Kinder an. Rosa erschrak und ließ ihre Brezel fallen. Der Gorilla kam ganz nah an das Gitter gerannt, packte die Gitterstäbe, zerrte daran und bleckte die Zähne.

Die Kinder lachten nervös.

«Mir gefällt es besser, wenn sie hinter Glas sind», meinte Iris.

Ein zweiter Gorilla ließ sich von einem baumähnlichen Gerüst an einem Seil herunterschwingen, rannte auf die

Kinder zu und rammte kreischend das Gitter. Der erste Gorilla trommelte mit den Fäusten auf die Brust.

«Die machen mir Angst», sagte Iris. «Jetzt muss ich schon wieder pinkeln.»

«Wir waren doch erst vor einer halben Stunde», sagte Rosa.

«Na und?», sagte Iris pikiert. «Das ist bestimmt das Chronotonin – und die Affen.»

«Gehen wir alle mal an die frische Luft», sagte Lucia besänftigend.

Rosa knöpfte ihren Mantel zu. «Erst sollten wir uns einen Treffpunkt überlegen, falls jemand verloren geht.»

«Von mir aus. Komm jetzt», sagte Iris und zog Rosa ins Freie.

«Und Lucia», sagte Rosa, «wir müssen uns unbedingt überlegen, was wir nachher machen. In ein paar Stunden wird es dunkel. Habt ihr Zeitreisenden nicht irgendwo irgendwelche Notunterkünfte, wo man hingehen kann, wenn man sich verirrt hat oder wenn man gestrandet ist?»

«Haben wir. Man nennt das ein ‹Safe House›. Aber ich weiß nicht, ob es hier eins gibt. Und wenn ja, wo es sein könnte.»

«Also, das sollte man doch an deiner Schule als Erstes lernen», bemängelte Rosa.

«Wieso? Kennst du die Namen aller Hotels in den Städten, in denen du noch niemals warst und die du auch nie besuchen willst?»

Darauf fiel Rosa nichts ein.

Etwa hundert Meter vom Affenhaus entfernt gab es einen Stand mit Erfrischungen und ein kleines Café. Und dahinter gab es eine Toilette. Rosa, Oliver und Lucia warteten draußen in der Nähe des Cafés, während Iris über einen gewundenen Pfad zur Toilette ging.

«Iris!», rief Rosa. «Das hier ist unser Treffpunkt. Genau hier. Okay?»

Iris hob die Hand zum Zeichen, dass sie Rosa gehört hatte, und verschwand dann hinter einer Biegung.

Die salzige Brezel hatte Oliver durstig gemacht. Er wollte gerade seinen Tornister absetzen und eine Wasserflasche herausholen, als er von hinten gepackt und zu Boden geschleudert wurde. Einen Augenblick lang hatte er das Bild eines Gorillas im Kopf, der sich auf ihn stürzte, dann dachte er, dass es bestimmt Lucia war, die sich einen Scherz mit ihm erlaubte – doch dann hörte er Rosa aufschreien: «Polizei!» Und Lucia rief: «Nicht wehren! Ich mach das!»

«Uff!», stöhnte jemand. «Was zum …?»

Oliver konnte nicht sehen, wer das war, weil jemand sein Gesicht in den Schnee drückte. Dann aber riss ihn dieser Jemand auf die Füße, und Oliver sah sich von einem Mann gepackt. Sein Vollbart war grau, er hatte eine dunkelblaue Uniform an und einen Helm mit einer silbernen Spitze obendrauf. Hinter dem Mann wurde gleichzeitig die rasanteste Kung-Fu-Vorstellung präsentiert, die Oliver je gesehen hatte. Lucia streckte in Sekundenschnelle mit wirbelnden Armen, fliegenden Beinen, stoßenden Ellenbogen und trommelnden Fäusten ihren Gegner zu Boden, einen anderen Polizeibeamten, dick mit rotem Schnurrbart und roten

Koteletten. Dann wandte Lucia sich dem Graubärtigen zu, der Oliver festhielt. Sie wollte auf ihn losgehen, merkte aber nicht, dass der Rothaarige sich unerwartet schnell erholt hatte. Als er Anstalten machte, sich auf Lucia zu stürzen, bekam Oliver seinen mächtigen Säbel zu sehen. Dieser Waffe wollte er auf keinen Fall zu nahe kommen!

«Lucia!», rief Rosa in dem Versuch, sie zu warnen. Aber es war zu spät. Lucia wurde von hinten gepackt, zu Boden geworfen, und im nächsten Moment waren ihre Hände mit Handschellen auf dem Rücken gefesselt. Oliver streckte die Hand nach Rosa aus und wollte sie wegziehen, mit ihr fliehen – sie mussten Iris warnen! –, aber die Polizisten waren schneller. Oliver bekam einen Schlag auf den Kopf. Er stolperte, dann wurden ihm die Arme auf den Rücken gedreht. Der grauhaarige Wachtmeister legte ihm Handschellen an. Der dicke, rothaarige Polizist ließ Lucia auf den Knien im Schnee liegen und packte Rosa. Aber ihr Armstumpf ließ ihn innehalten. Wie sollte man jemandem Handschellen anlegen, der nur eine Hand hatte? Schließlich packte er Rosa fest am Arm und zerrte sie den Weg entlang. Ihre Füße schleiften durch den Schnee. «Iris! Iris!», rief Rosa, aber ihre Stimme klang piepsig. Der ältere Polizist zog Lucia auf die Füße und ergriff Oliver, dem von dem Schlag auf seinen Kopf noch benommen war. Mit seinen beiden Gefangenen folgte er Rosa und seinem rothaarigen Kollegen.

«Unsere Freundin!», beschwor Lucia sie. «Wir können sie nicht hier zurücklassen! Bitte!»

«Aha, eine Komplizin also», sagte der ältere Polizist streng. «Keine Sorge, wir finden sie.»

Oliver stolperte über ein paar lose Steine. Da er seine Arme nicht benutzen konnte, um das Gleichgewicht zu halten, fiel er hin und kam nicht mehr hoch. Die beiden Männer lachten. Schließlich griff der ältere Polizist zu, zerrte ihn wieder auf die Füße und führte ihn hinter Lucia her.

Die Gruppe ging am Affenhaus vorbei, wo ein Schild mit Pfeilen zu der Bärengrube wies, einem Restaurant und dem Südausgang des Zoos. Ein paar hundert Meter weiter kamen sie an ein einstöckiges Gebäude. Ehe der grauhaarige Polizist ihn durch die Tür stieß, bemerkte Oliver eine Bewegung zwischen den Bäumen rechts von ihnen. Er hätte schwören können, dass er das Rot von Iris' Mütze gesehen hatte. Und ihre graue Jacke auch! Wo wollte sie hin? «Iris!», rief er, aber er hatte keine Ahnung, ob sie ihn gehört hatte oder nicht.

«Wenn du noch einen Mucks von dir gibst», sagte der Polizist, «dann wirst du den morgigen Tag nicht mehr erleben. Hast du mich verstanden?»

Der Mann öffnete die Tür. Rosa, Oliver und Lucia wurden durch ein Zimmer mit einem Schreibtisch und einem Regal voller Ordner in einen Vorratsraum gebracht, in dem sich Holzkisten und Jutesäcke mit Stroh befanden. Es gab ein einziges kleines, vergittertes Fenster. Die Männer stießen die Kinder in die Kammer. Wie die Tiere im Zoo waren nun auch Rosa, Oliver und Lucia in einem Käfig eingesperrt.

Und irgendwo da draußen, in der schneebedeckten Wildnis von 1891, war Iris. Ganz allein.

16. KAPITEL

Chartreuse

Ich gehe die grüne Minna holen», sagte der ältere Wachtmeister. Er war ein bärbeißiger, haariger Mann von etwa sechzig Jahren mit einem krausen Vollbart, der wenig von seinem Gesicht erkennen ließ.

«Grüne Minna?» fragte Lucia Oliver. Offensichtlich kannte sie den Ausdruck nicht.

«Der Gefängniswagen», sagte Oliver.

«Ruhe!» befahl der dicke Polizist mit dem roten Schnurrbart. Sein Kollege nannte ihn Heinrich. Er hatte rote Wangen und Sommersprossen, war etwa vierzig Jahre alt, und als er die Pickelhaube abnahm, sahen die Kinder, dass er kaum noch Haare hatte. Ein Schweißfilm überzog seinen kahlen Schädel.

«So», sagte Heinrich und betrachtete die drei Gefangenen. «Ihr Kanalratten haltet euch wohl für sehr klug, was? Ihr habt das ganze Geld aus dem Safe mitgehen lassen. Und die Juwelen.»

«Was?», rief Rosa. «Wir haben nichts –»

Lucia schoss Rosa einen warnenden Blick zu. Oliver verstand ihn als Aufforderung, den Mund zu halten. Rosa hatte die Botschaft wohl verstanden, denn sie verstummte mitten im Satz.

«Ihr könnt leugnen, so viel ihr wollt», sagte der Wachtmeister. «Sobald der Wagen da ist, bringen wir euch wieder nach Charlottenburg. Die Kollegen dort kriegen schon aus euch raus, was sie wissen wollen.» Er öffnete seinen Mantel und holte zwei dicke Blätter Papier aus der Innentasche.

Olivers Herz rutschte ihm tief in die Knickerbocker. Das waren die Skizzen, die er von den Mädchen gemacht hatte! Er musste vergessen haben, sie in den Tornister zu stecken, als sie plötzlich aus der Schneiderei abhauen mussten. Jetzt waren sie geliefert. Und alles war seine Schuld.

«Ihr könnt nicht abstreiten, dass ihr nicht da gewesen seid. Ihr habt doch die Beweise selbst zurückgelassen. Und noch dazu auf dem Tisch des Chefs. In seinem Büro. Mit dem Zeitungsartikel.»

Wovon redet der da?, dachte Oliver. Er hatte die Skizzen nie und nimmer im Büro liegen gelassen. Und was für ein Zeitungsartikel?

«Außerdem hat der Hausmeister euch gesehen. Wie ihr das Haus verlassen habt», setzte der Polizist hinzu. «Und ihr wart das auch mit dem Einbruch in die Molkerei Pfennig, habe ich recht? Dort fehlt Tafelsilber. Und Käse habt ihr auch mitgehen lassen.» Er betrachtete die Zeichnungen und hielt sie ins Licht. «Solche kolorierte Bilder habe ich noch nie gesehen.» Er befeuchtete den Daumen und rieb damit über die Zeichnung. «Das sind keine Wasserfarben.»

«Was genau wollen Sie von uns wissen?», fragte Lucia den Mann.

Der Wachtmeister schaute sie überrascht an. «Ihr wollt gestehen? Sehr gut!» Er dachte kurz nach. «Für wen arbeitet ihr?»

«Für niemanden.»

«Fräulein, ich bin nicht von gestern. Wem habt ihr die Beute übergeben? Wir lassen Milde walten, wenn ihr jetzt gesteht.»

«Niemandem.»

«Und meine Mutter ist die Königin von Saba.» Er blickte auf das Bild von Iris und Rosa und deutete auf Iris' Rücken. «Wer ist das?»

«Das ist unsere Freundin», sagte Lucia.

Oliver wünschte, er könnte Lucia erzählen, dass er gesehen hatte, wie Iris den Zoo verließ, aber er traute sich nicht, irgendetwas in Anwesenheit des Polizisten zu sagen.

«Eine Freundin?», wiederholte der Mann. «Ihr meint wohl eine Komplizin. Wo ist sie? Hat *sie* die Beute?» Er hob Olivers Tornister vom Boden hoch und leerte ihn auf den Tisch aus. «Denn hier drin ist nichts. Nur ... hoppla, was haben wir denn da?» Die silbernen Besteckteile waren herausgefallen, und der Mann betrachtete sie ausgiebig. «Eigentlich sollten wir warten, bis wir wieder in Charlottenburg sind, bevor wir euch filzen. Berlin fällt nicht in unsere Zuständigkeit, und im Moment sind wir in Berlin. Glück für euch. Aber Pech für euch, dass uns jemand den Tipp gegeben hat, dass ihr hier im Zoo seid.»

«Als Sie uns verhaftet haben», sagte Lucia, «war unsere Freundin gerade auf der Toilette hinter dem Café. Wahrscheinlich ist sie immer noch dort in der Nähe.»

Lucia war es wohl lieber, dachte Oliver, wenn Iris verhaftet und wieder bei ihnen wäre, als sie allein im gefährlichen 19. Jahrhundert in einer Großstadt wie Berlin zu wissen. Aber Iris war nicht mehr an dem vereinbarten Treffpunkt.

«Gut. Dann werden wir uns dort mal umsehen.» Schwerfällig stapfte er zur Tür und drehte sich dann noch einmal um. «Ich werde euch Stromer hier einsperren», sagte er zu Rosa, Oliver und Lucia. «Wenn Otto wiederkommt, sagt ihm, dass ich gleich wieder da bin.» Er lachte kurz auf, schloss die Tür hinter sich ab und ging.

Sobald der Mann außer Hörweite war, sprang Lucia, die auf einem Jutesack gesessen hatte, auf. «Rosa, tu genau das, was ich dir sage.»

«Ich?» Rosas Augen wurden kugelrund vor Angst. «Ich bin behindert!»

«Bla-bla, behindert, so ein Quatsch! Du schaffst das», sagte Lucia entschieden. «Ich weiß, dass du das schaffst. Als Erstes packst du Olivers Sachen wieder in den Tornister und verschließt ihn. Schnell.»

Mit zitternden Fingern tat Rosa, wie ihr befohlen.

«Lucia», sagte Oliver. «Ich glaube nicht, dass Iris noch im Zoo ist. Ich habe gesehen, wie sie –»

«Ich habe sie auch gesehen», sagte Lucia. «Aber ich wollte zunächst mal den Polizisten loswerden.»

«Was?», schrie Rosa auf. «Warum hat sie das gemacht? Wir hatten eine Abmach–»

«Pst!», sagte Lucia. «Bleib bei der Sache! Das mit Iris ist jetzt nicht wichtig. Hol das PockDock aus meiner rechten Tasche, Rosa.»

Rosas Hand tauchte in Lucias Manteltasche und fand das Gerät.

«Drück dreimal auf den roten Pock.»

«Ich habe Angst, Lucia», sagte Rosa, die den Tränen nah war. «Ich habe Angst um Iris.»

«Dreimal. Den roten Pock. Mit dem Daumen.»

Rosa legte das PockDock in die rechte Handfläche und drückte mit dem Daumen den Pock. «Okay», sagte sie.

«Gut. Jetzt hör zu: Du kriegst diese verdammten Handschellen ab, indem du –»

«Echt?», sagte Oliver verblüfft. «Das PockDock hat einen Handschellenöffner?»

«Red doch nicht so einen Quatsch, O. Das ist bloß ein Laser.»

Lucia wandte sich wieder an Rosa. «Rosa, ziele mit der Oberkante des PockDocks auf die Metallklammer um mein rechtes Handgelenk und drück zwei Sekunden lang auf den chartreusefarbenen Pock.»

«Chartreuse?» Rosas Stimme war piepsig vor Panik. «Was für eine Farbe ist Char–?»

«Der hellgrüne Pock», sagte Oliver. «Chartreuse ist hellgrün. Ein gelbliches Grün.» Er wusste genau, wie die Farbe aussah. Er hatte sie noch nie gemocht. Aber wenn Lucia und er dadurch die Handschellen loswurden, würde er Chartreuse für immer lieben.

Das PockDock rutschte Rosa aus der Hand.

«Bleib ganz ruhig», sagte Lucia geduldig. «Fang einfach noch mal an.»

Rosa drückte dreimal auf den roten Pock, richtete das

PockDock dann auf die Handschellen und drückte zwei Sekunden lang den chartreusefarbenen Pock. Oliver hörte ein leises Surren und sah einen hellgrünen Lichtstrahl.

«Der schneidet das Metall durch!», sagte Rosa. «Aber was, wenn – ?»

«Halt es ganz still, Rosa. Und keine Sorge: Der Laser hat einen Hautsensor. Mich schneidet er nicht durch. Mach ruhig weiter!»

Wenige Sekunden später fiel die Eisenfessel um Lucias rechtes Handgelenk ab und hing nun nur noch an ihrem linken.

«Perfekt!» Lucia nahm Rosa das PockDock aus der Hand und laserte ihre linke Hand frei. Danach nahm sie sich Olivers rechtes Handgelenk vor – aber der Laserstrahl fing an zu flackern. «*Argh!* Es muss aufgeladen werden!»

«Was?», rief Oliver. Seine Handgelenke schmerzten: Die harten Kanten der Fesseln schrammten über die Haut.

«Es braucht Licht. Das PockDock läuft mit Sonnenenergie.»

Lucia hielt das PockDock an das vergitterte Fenster, um ein bisschen Tageslicht zu tanken. «Es dauert nur ein, zwei Minuten.»

«Ich habe Angst!», sagte Rosa.

«Musst du nicht. Ich lasere uns hier raus.»

Lucia zählte bis einhundertzwanzig, drückte den chartreusefarbenen Pock, und schon setzte das Surren wieder ein.

Oliver atmete erleichtert auf. Aber gerade als Lucia seine rechte Hand befreit hatte, hörten sie von draußen Männerstimmen und das Wiehern eines Pferdes. Lucia legte das Ohr an die Tür. «Das ist Otto mit der grünen Minna!»

«Und was ist hiermit?» Erschrocken hob Oliver den linken Arm, an dem die Handschelle wie ein Armband mit einem riesigen Anhänger hing.

«Schnell! Hände auf den Rücken!», sagte Lucia.

Rosa, Oliver und Lucia hörten, wie die Eingangstür aufging und jemand durch das vordere Zimmer lief. Einen Moment später öffnete sich die Eingangstür wieder, und ein zweiter Mann kam ins vordere Zimmer.

«Otto!», hörten sie den zweite Mann sagen, und an der Stimme erkannten sie Heinrich, den dicken Polizisten. «Das dritte Mädchen ist uns entwischt. Man hat gesehen, wie sie den Zoo durch den Südausgang verlassen hat und dann nach Osten gelaufen ist. Die anderen drei sind im Hinterzimmer eingeschlossen.»

Iris war entkommen! Oliver konnte sich nicht entscheiden, ob er sich über die Nachricht freuen sollte oder nicht. Vermutlich nicht, denn sie konnte jetzt überall sein.

«Du hast sie allein gelassen, du Trottel?», fuhr Otto, der grauhaarige Wachtmeister auf.

«Die Tür ist doch abgeschlossen!», sagte Heinrich.

«Was sollen wir machen?», flüsterte Rosa, die sich nervös dem Armstumpf rieb. «Sie sind zu zweit. Und Iris ist weg. Und ...»

Lucia schloss einen Moment lang die Augen und dachte nach. Dann drückte sie hintereinander auf drei Pocks, rot, weiß, blau, und gab das PockDock dann Oliver. «Jetzt bist du dran, O. Wenn ich sage: ‹Jetzt!›, richtest du das PockDock auf die Beine des grauhaarigen Polizisten und drückst zwei Sekunden lang den orangenen Pock. Das ist der Taser. So eine Art Elektroschocker. Erst auf das eine Bein, dann auf das andere. Den Dicken übernehme ich.»

«Auf die Beine des Grauhaarigen richten. Orangenen Pock zwei Sekunden lang drücken», wiederholte Oliver.

«Genau! Und vergiss den Tornister nicht.»

Das Schloss klickte, und die Tür schwang auf. Otto, der grauhaarige Wachtmeister, trat ein. «So, jetzt ab zur Wache, ihr Gören.»

Lucia, die Hände auf dem Rücken, als wären sie immer noch gefesselt, machte einen Schritt auf den Mann zu. Er drehte sich zu ihr um. Oliver hielt den Blick auf die Oberschenkel des Mannes gerichtet, das PockDock sicher in seiner rechten Hand verborgen. Er wiederholte in Gedanken die Anweisungen, wie ein Mantra: *Zielen, orangenen Pock zwei Sekunden lang drücken. Zielen, orangenen Pock zwei Sekunden lang drücken.*

«Jetzt!», rief Lucia und sprang zur Tür.

Oliver richtete das PockDock auf den Wachtmeister, der Lucia nachrennen wollte, und drückte mit dem Daumen zwei Sekunden lang auf den orangenen Pock, erst bei dem einen Bein, dann bei dem anderen.

Lucia war schon im Vorderzimmer und vollführte ihre Kung-Fu-Einlage vor dem dicken Heinrich. Otto fiel auf die Knie. «Ah!», schrie er. «Ich kann mich nicht bewegen! Heinrich! Ich kann mich nicht bewegen!»

Aber Heinrich gab keine Antwort. Er lag schon bewusstlos am Boden.

Lucia kam wieder in das Hinterzimmer gerannt und ging direkt auf Otto zu. «In einer halben Stunde geht's Ihnen wieder gut, wobei es sein kann, dass Sie vielleicht noch ein bisschen zittrig auf den Beinen sind. Ihr Freund allerdings wird höllische Kopfschmerzen haben, wenn er aufwacht. Ich entschuldige mich für alle Unannehmlichkeiten, Wachtmeister Otto.» Sie bedeutete Rosa und Oliver, ihr zu folgen.

Wachtmeister Otto versuchte, sich aufzurichten, was ihm nicht gelang. «Ich werde euch für den Rest eures Lebens hinter Gitter bringen!», rief er.

Rosa, Oliver und Lucia rannten ins vordere Zimmer an Heinrich vorbei zur Eingangstür und zogen sie vorsichtig einen Spalt auf. Draußen stand die grüne Minna mit einem Pferd davor und einem Kutscher auf dem Bock. Hinter ihnen schrie Otto um Hilfe. Lucia schloss die Tür wieder, aus Angst, der Kutscher könnte ihn hören.

«Iris ist nach Osten gelaufen», sagte Lucia zu Oliver und Rosa. «Osten ist links von uns, wenn wir aus der Tür herausgehen. Denkt daran, wir bleiben zusammen, egal was passiert. Immer zusammen. Und wir hören nicht auf zu suchen, bis wir Iris gefunden haben. Ist das klar?»

Sie nickten.

«Jetzt los!»

Sie schossen zur Tür hinaus und rannten nach links.

«He!», schrie der Kutscher ihnen nach.

Sie rannten einfach weiter, tief hinein in ein unbekanntes, kaiserliches Berlin. Sie rannten, so schnell sie nur konnten, als ob ihr Leben davon abhinge.

Und genau so war es auch.

17. KAPITEL

Klong-Klong!

Wieder liefen sie nach Osten, genau wie am Tag zuvor, mit der untergehenden Sonne im Rücken. Oliver lauschte, ob sie verfolgt wurden. Hatte die grüne Minna eine Sirene? Oder kam ihnen die Polizei hoch zu Ross nachgaloppiert, wie im Western der Sheriff mit seinen Leuten? Vielleicht benutzten sie auch Fahrräder. Gab es die überhaupt schon? Oh, was würde er jetzt für ein Rennrad geben!

Die Klamotten des 19. Jahrhunderts waren äußerst unbequem, dachte Oliver. Die wollenen Unterhosen waren zwar warm, aber sie rutschten ständig. Er musste sie immer wieder hochziehen.

Auch die Handschellen, die ihm noch am linken Arm baumelten, behinderten ihn beim Laufen, besonders wenn er über die Schulter nach hinten schaute, ob sie verfolgt wurden. Er nahm den baumelnden Teil der Handschelle in die noch gefesselte Hand, aber auf diese Weise schnitt ihm das Metall der linken Schelle nur noch stärker ins Handgelenk. Ein Passant beäugte ihn misstrauisch, und Oliver rannte noch schneller. Er schloss zu Lucia auf. «Die Handschellen», keuchte er und versuchte, mit ihr Schritt zu halten, «wir müssen sie loswerden.»

«Okay.» Sie gab Rosa, die hinter Oliver rannte, ein Zeichen, die Straße zu überqueren. An der Ecke bog sie nach rechts in die nächste Querstraße und wurde langsamer. Oliver las das Straßenschild: Kurfürstenstraße. Er kannte sie! Sein Vater hatte früher bei einem Möbelgeschäft ein Stück weit die Straße entlang gearbeitet, aber trotzdem erkannte er die Gegend nicht wieder. Hier waren überall elegante Cafés, Kleiderläden und ein prächtiges Gebäude neben dem nächsten. Alles war weihnachtlich dekoriert, und am Bordstein standen Droschken, um die Herrschaften mit ihren Einkäufen nach Hause zu fahren. Die Straße war vermutlich im Zweiten Weltkrieg zerstört worden, denn die Kurfürstenstraße aus seiner Zeit, bestand zumeist aus hässlichen Bauwerken aus der Nachkriegszeit.

Lucia bog in eine kleine Gasse neben einem Hotel ein, die gerade durch einen leeren Pferdewagen vor neugierigen Blicken geschützt war. Niemand würde sie sehen, es sei denn, jemand kam aus dem Seiteneingang des Hotels. Oder der Pferdewagen fuhr weg.

Die Kinder kauerten sich dicht zusammen, während Lucia mit dem PockDock-Laser Olivers Handschellen löste. Sein Handgelenk war wund gescheuert, und er war heilfroh, das blöde Ding endlich loszuwerden. Lucia warf die Handschellen in Olivers Tornister.

Das Licht des Spätnachmittags fiel in die schmale Gasse, und Oliver bemerkte, dass Lucias gelassene Fröhlichkeit verschwunden war. Sie sah besorgt aus.

«Und was machen wir jetzt?», fragte Oliver. Zum ersten Mal seit ihrer Gefangennahme hatte er überhaupt die Gelegenheit, die Frage zu stellen.

«Was denkst du? Wir müssen Iris finden!», sagte Rosa. «Aber ich kann euch sagen, ich bin ja so was von wütend auf sie! Warum hat sie nicht beim Treffpunkt auf uns gewartet?»

«Weil sie dann wahrscheinlich auch verhaftet worden wäre», sagte Lucia zu Rosa. «Wenn du an ihrer Stelle gewesen wärst, Rosa, und hättest gesehen, wie man uns wegschleppt, was hättest du gemacht?»

«... ich hätte versucht, euch zu helfen ... oder ich hätte mich gestellt. Wenigstens wäre ich dann bei euch gewesen und nicht irgendwo allein. Aber sie ist einfach weggerannt, und –»

«Wie hätte sie uns denn helfen sollen?», gab Oliver zu bedenken. «Hast du die Säbel gesehen, die die Polizisten dabeihatten?»

«Ich bin der festen Überzeugung, dass sie all ihre Möglichkeiten gründlich abgewogen hat», sagte Lucia. «Und sie entschied sich, den Zoo zu verlassen. Wir müssen denken wie sie. Wo ist sie hingegangen?»

«Vielleicht wollte sie Hilfe holen», schlug Oliver vor.

Lucia nickte. «Ja, vielleicht. Aber wo? Sie kennt hier doch niemanden.»

«Und selbst wenn, was hätte sie ihnen sagen sollen?», sagte Oliver. «Niemand, der richtig tickt, würde ihr glauben. Außerdem darf sie doch mit niemandem reden, wegen der Zahnspange.» Das war einfach hoffnungslos. Wie sollten sie Iris in dieser Millionenstadt wiederfinden? «Wie viele Einwohner hat Berlin eigentlich?», fragte er. «Ich meine jetzt, 1891.»

Niemand antwortete.

«Iris wüsste es», sagte Rosa. «Sie weiß einfach all –» Ihre Stimme brach, und sie kämpfte mit den Tränen. «Ich bin echt wütend! Aber … aber wir müssen sie finden.» Tränen sammelten sich in ihren Augen und kullerten über ihre Wangen. «Ich will sie wiederhaben. Sie soll wieder bei uns sein. Wir gehören doch zusammen. Wir müssen sie finden.»

Oliver schluckte schwer und kniff die Augen zusammen, um die eigenen Tränen zurückzuhalten. Eine weinende Rosa reichte vollkommen.

Lucia ging auf und ab und dachte angestrengt nach. «In Hawking lernen wir, dass jede Person Hinweise hinterlässt. Immer. Sie muss irgendetwas gesagt, irgendetwas erwähnt haben –»

«Aber was genau?», fragte Oliver. «Sie sagt doch ständig irgendwas. Nie hält sie den Mund. Sie plapp–»

«Moment mal!» Rosa packte Olivers Arm. «Mir fällt gerade etwas ein.» Sie packte ihn noch fester. Es tat weh, aber das war ihm egal. Rosa wusste etwas. Er hielt den Atem an.

«Mark Twain», sagte Rosa. «Sie ist zu Mark Twain gegangen.»

Keiner von ihnen konnte sich daran erinnern, in welcher Straße der Schriftsteller wohnte, aber Oliver wusste noch, dass Iris erwähnt hatte, es sei in der Nähe der Potsdamer Straße.

«Ich glaube, es war irgendetwas mit K», sagte Rosa. «Der Straßenname fing mit einem K an.»

«Kurfürstenstraße?», fragte Oliver. «Denn da sind wir gerade –»

Rosa schüttelte den Kopf. «Nein. Der Name war kürzer. Etwas wie … Küchenstraße.»

Lucia hatte einen aktuellen Berliner Stadtplan auf ihrem PockDock – das hieß: aktuell im 21. Jahrhundert. Sie aktivierte die Luftprojektion. Wenn sie Glück hatten, hatte sich der Straßenname in den letzten 125 Jahren nicht geändert.

Lucia las die Namen der Straßen vor, die westlich der Potsdamer Straße lagen und mit einem K begannen. «Kirchbachstraße. Kulmer Straße.»

«Vielleicht die Kulmer?», fragte Oliver, aber Rosa schüttelte den Kopf.

«Hm …» Lucia las weiter. «Da wäre noch die Kluckstraße. Und östlich der Potsdamer Straße sind … Am Karlsbad, Körnerstraße und …»

«Ja!», schrie Rosa. «Körnerstraße. Das war's!»

«Das ist ganz in der Nähe.» Oliver fuhr mit dem Finger die Route auf dem Hologramm nach. «Keine halbe Stunde zu Fuß. Gehen wir!»

«Wartet mal», sagte Lucia und packte ihn am Arm. «Bevor wir aufbrechen, will ich, dass ihr euch über eins im Klaren seid.»

Oliver wurde das Herz schwer. Was kam jetzt?

Lucia zog sie zu sich heran. «Wir bewegen uns immer weiter von der Aufprallzone weg. Dadurch hat es der Scout schwerer, uns aufzuspüren. Das müsst ihr wissen.»

Ein Augenblick lang schwiegen alle. Dann sagte Rosa: «Aber er *wird* uns doch finden, oder?»

«... bestimmt», sagte Lucia nach kurzem Zögern. «Ganz bestimmt.»

Ihr Zögern blieb nicht unbemerkt.

Rosa, Oliver und Lucia waren wieder unterwegs. Sie waren sich nicht sicher, ob sie Iris finden würden – oder Mark Twain –, aber wenigstens hatten sie jetzt ein Ziel. Oliver hoffte inständig, dass Iris in Sicherheit war, wo auch immer sie gerade war.

Es würde bald dunkel werden, die Temperaturen sanken spürbar, und sie hatten Hunger, aber der Weg über die Kurfürstenstraße zur Potsdamer Straße war nicht beschwerlich. Sie kamen gut voran, jeder in seinen Gedanken versunken. Doch etwas nagte seit einer Weile an Oliver. Er musste es ansprechen. «Lucia», sagte er, «die Polizisten haben gesagt, dass Schmuck und Geld aus Herschels Safe gestohlen wurde. Hast du die Sachen genommen? Denn wenn –»

«Ich habe auch gerade darüber nachgedacht», sagte sie. «Ich habe einen Safe entdeckt, das stimmt, aber ich habe nichts herausgenommen. Es war ein Wandsafe im Büro, der hinter einem Gemälde versteckt war. Ich habe ihn geöffnet und auch die Juwelen gesehen. Sie waren in einer Schmuckrolle aus schwarzem Samt, wie man sie auf Reisen mitnimmt. Darin lagen Goldketten, Armbänder, eine Kette mit Tahiti-Perlen und eine Diamantbrosche. Es lag auch Geld im Safe, ein dickes Bündel Scheine in einem blauen Seidenbeutel. Ich habe sie nicht gezählt.» Lucia schaute Rosa und

Oliver an. «Nach dem Kodex der Zeitreisenden dürfen wir nehmen, was wir brauchen, aber nicht mehr. Es gab keinen Grund, den Schmuck oder das ganze Geld einzustecken. Also habe ich es gelassen, wo es war, und den Safe wieder zugemacht.»

«Machst du dir keine Sorgen wegen deiner Fingerabdrücke?», fragte Oliver.

«Erst in zehn Jahren. 1891 wurden noch keine Fingerabdrücke verwendet, um Verbrechen aufzuklären.»

«Du willst also damit sagen», mischte sich Rosa ein, «dass jemand den Schmuck und das Geld gestohlen hat, *nachdem* wir die Schneiderei verlassen haben?»

«Richtig.»

«Das ist seltsam.»

«Oder die Polizei hat geblufft», meinte Oliver. Oder, dachte er, Lucia sagte ihnen nicht die ganze Wahrheit.

Klong-klong! Das unangenehme Scheppern einer Glocke riss Oliver aus seinen Gedanken. *Klong-klong!* Ein Stück entfernt bog eine Kutsche um die Ecke und raste auf sie zu. Die Polizei!

Rosa, Oliver und Lucia huschten gerade noch rechtzeitig in einen Hauseingang. Durch die Glastür sahen sie Männer in blauen Uniformen und blitzenden Helmen im Wagen sitzen. Die Kutsche war rot lackiert, nicht grün wie der Polizeiwagen. *Klong-klong!* Ein zweiter Wagen sauste hinter dem ersten her.

«Ich glaube, das ist die Feuerwehr», sagte Oliver. «Wahrscheinlich brennt es irgendwo in der Nähe.»

Erleichtert atmeten sie auf.

«Was macht ihr denn hier?»

Die Kinder wirbelten herum und sahen sich einer drallen Frau mit einer Schürze gegenüber, die zwei Kohlenschütten mit Briketts trug.

«Nichts», antwortete Lucia, drehte sich um und rannte davon, Oliver und Rosa dicht auf den Fersen.

Die drei gingen die Kurfürstenstraße entlang zur Potsdamer Straße. Sie hielten ständig nach Iris Ausschau und natürlich auch nach der Polizei. Das Essen, das sie hastig in einem Lebensmittelladen kauften, schlangen sie im Gehen hinunter. Etwas davon hoben sie für Iris auf.

Sie folgten Lucias Stadtplan und bogen links in die Potsdamer Straße ein, dann nach rechts in die Pohlstraße, die, so stellte es sich heraus, im Jahr 1891 einen anderen Namen trug, was aber egal war, solange die erste Straße links die ...

Ja! Sie war es! Es war die Körnerstraße!

18. KAPITEL

Verloren

Sie standen an der südwestlichen Ecke der Körnerstraße. Ihnen gegenüber war eine Metzgerei, und vor dem Laden veranstaltete eine Gruppe Kinder eine Schneeballschlacht.

Oliver blickte die Körnerstraße hinunter. Es war eine typische Berliner Innenstadt-Straße, gepflegt, aber nicht vornehm. Mittlerweile war es recht dunkel geworden, und die Straßenlaternen waren noch nicht angezündet, trotzdem konnte Oliver sehen, dass die Körnerstraße nur einen Häuserblock lang war. Aber es war ein sehr langer Block, was ihre Aufgabe erschwerte. Es gab mindestens fünfzehn Häuser auf jeder Seite. Aber was soll's? Sie *mussten* Iris finden.

«Wir sollten jemanden fragen, wo Mark Twain wohnt», sagte Lucia. «Allerdings sehe ich hier niemanden außer den Kindern da drüben.»

«Vielleicht wissen die Bescheid», sagte Oliver und überquerte die Straße.

Doch die Kinder vor der Metzgerei hatten keine Ahnung, wen Oliver meinte. Das Einzige, was Oliver von ihnen bekam, waren zwei Schneebälle in den Rücken, als er sich abwandte und zu den Mädchen zurückging.

Eine Frau bog in die Körnerstraße ein und wandte sich nach Norden. Sie rümpfte die Nase bei Olivers Anblick und schüttelte den Kopf, als er sie nach Twain fragte.

Oliver war erschöpft. «In vielen dieser alten Häuser», sagte er, während ihm schon die Augen zufielen, «hatten sie früher eine Art ... ein ... Mieterverzeichnis ... das an der Wand ... im Hausflur ... hing.»

«Ein was?», fragte Lucia.

Oliver schüttelte sich, um wach zu bleiben. «Ein Mieterverzeichnis. Ich habe vergessen, wie man das nennt. Es war ein Holzkasten mit einer Glasfront, und man konnte nachlesen, wo wer wohnte: Schmidt, Vorderhaus, 4. Stock links; Schulz, Gartenhaus, 3. Stock rechts. So war das, bevor es Gegensprechanlagen mit Türöffnern gab oder wenn keine Concierge da war.» Sein Vater hatte den Begriff ein paarmal benutzt, aber er konnte sich nicht mehr daran erinnern.

«Iris weiß bestimmt, wie man das nennt», sagte Rosa.

«Dann find sie doch endlich, deine beste Freundin!» fuhr Oliver sie an – aber dann seufzte er. Er war ungerecht, das merkte er selbst. «Tut mir leid. – Oh, jetzt weiß ich es wieder! Es heißt ‹stiller Portier›.»

Rosa schenkte ihm ein schwaches Lächeln. «Danke. Jetzt muss ich meine beste Freundin nicht fragen.»

Oliver deutete auf das Eckhaus. «Wir fangen hier an, gehen die Straße rauf und kommen auf der anderen Seite wieder zurück. Wir gehen in jedes Haus, bis wir ihn gefunden haben.» Er schaute Lucia an. Sie lehnte an der Straßenlampe und war in Gedanken versunken.

«Habt ihr euch mal überlegt, dass Iris vielleicht noch nicht hier ist?», sagte Rosa. «Sie ist zwar unglaublich klug, aber sie hat doch bestimmt keinen Stadtplan von Berlin auf der Festplatte in ihrem Kopf. Entweder braucht sie eine Karte, oder sie muss Leute fragen. Das kann dauern.»

«Sie darf doch mit niemandem reden», sagte Oliver. «Schon vergessen? Wegen der Zahnspange.»

«Sie lässt sich bestimmt etwas einfallen.»

«Allerdings ist es auch noch möglich», sagte Lucia, «dass sie überhaupt nicht hierherkommt.»

Lucia klang viel zu pessimistisch, fand Oliver. Sein Verdacht wuchs, dass sie etwas wusste, was er und Rosa nicht wussten. Und was immer es war, es war nichts Gutes.

«Wir sollten trotzdem nachschauen», beschloss Oliver.

Von den Kindern auf der anderen Straßenseite ertönte Kreischen und Schreien. Ein Rudel streunender Hunde war um die Ecke gebogen und fiel die Kinder an. Die Hunde kläfften, knurrten und sprangen auf sie zu. Die Kinder bewarfen die Hunde mit Schneebällen. «Weg mit euch!» schrien sie. «Weg hier!» Die Hunde verzogen sich weiter die Straße herunter.

Oliver wünschte, er könnte auch so einfach abhauen und endlich nach Hause gehen. «Einer von uns sollte auf der Straße bleiben und Passanten fragen, ob sie wissen, wo Twain lebt, und nach Iris Ausschau halten», sagte er. «Und zwei von uns gehen in die Häuser, jeder in ein anderes, ansonsten brauchen wir ewig, bis wir durch sind. Wir schauen uns die stillen Portiers an und treffen uns wieder draußen.»

Sie beschlossen, dass Lucia die Straße beobachten sollte. Rosa ging in das erste Haus, Nummer 14, und Oliver lief nebenan in die Nummer 13. Als er die Tür öffnete, schlug ihm der Geruch nach Schimmel und Moder aus dem Keller entgegen. Im Hausflur wirkte das Gebäude ein bisschen heruntergekommen. Er konnte sich nicht vorstellen, dass ein weltberühmter Schriftsteller hier residierte. Es wunderte ihn auch nicht, dass die Glasscheibe des stillen Portiers eingeschlagen und kein Name zu erkennen war. Er würde also vier Stockwerke hochsteigen müssen und die Namensschilder an allen Wohnungstüren lesen. Aber dazu musste er erst Lucia Bescheid sagen.

Als Oliver nach draußen kam, wartete Rosa schon auf ihn. Mark Twain wohnte nicht in Haus Nr. 14. «Schauen wir noch in den nächsten zwei Häusern nach», sagte Rosa, «und dann fragen wir Lucia, ob wir in dem hier ganz nach oben gehen sollen.»

Im Haus nebenan führte eine Treppe nach unten ins Souterrain, zu einem Trödelladen. *Ankauf/Verkauf: Lumpen, Knochen, Altmetall, Trödel aller Art.*

«Knochen?», sagte Rosa und schob die schwere Haustür auf. «Wofür denn das? Und wessen Knochen?»

Oliver ging weiter an einer Baulücke vorbei, wo Holz gelagert wurde, zum nächsten Haus. Am Ende des Blocks wurden gerade die Straßenlaternen angezündet. Er sah, wie ein Mann mit einem etwa drei Meter langen Stock an einer Gaslaterne hantierte.

Das nächste Haus, Körnerstraße Nr. 11, sah einladender aus als die anderen. Aber die Tür war abgeschlossen. Und jetzt? Oliver trottete durch den Schnee zurück zu Rosa. Sie stand vor dem anderen Haus. «Negativ», sagte sie.

«Bei mir auch», sagte er. «Abgeschlossen.»

«Fragen wir Lucia wegen deinem ersten Haus, ob wir nach oben gehen sollen. Und ich finde, sie sollte mitkommen, anstatt da an der Ecke rumzustehen. Ich habe Angst, dass wir uns auch noch verlieren.»

Lucia stand noch genau dort, wo Rosa und Oliver sie zurückgelassen hatten: an die Straßenlampe gelehnt. Sie erzählten ihr von der abgeschlossenen Tür und dem Haus ohne stillen Portier. Lucia hörte zu und schüttelte dann düster den Kopf. «Es ist, als würde man eine Nadel in einem Schwarzen Loch suchen.»

«Du meinst wohl in einem Heuhaufen», sagte Rosa.

«Nein, ich meine genau das, was ich sage: in einem Schwarzen Loch. Da draußen im All. Es ist, als würde man die Nadel in einem Schwarzen Loch suchen.»

«Aber ein Schwarzes Loch ist unendlich viel größer als ein Heuhaufen. Das ist doch hirnrissig!»

«Eben.»

Mit einem Mal begriff Oliver, dass irgendetwas schiefgegangen war. Und zwar ganz schrecklich schief.

Lucia wandte den Blick ab. «Es tut mir leid, aber ich muss euch die Wahrheit sagen. Wir haben ein Problem. Ein Riesenproblem.»

Oliver brach in Schweiß aus. Seine Ohren glühten. Er schaute Lucia an: Ihre Augen schwammen in Tränen.

«Ihr habt mir vertraut», sagte sie, «und ich habe versagt … Es tut mir so leid.» Bei jedem Wort rutschte sie ein Stück tiefer am Lampenpfosten hinunter, bis sie schließlich als kleines Häufchen Elend im Schnee hockte.

«Wieso? Was ist passiert?», fragte Rosa erschrocken.

«Die Scouts werden uns nie finden.»

«Warum nicht?», fragte Rosa. «Was hast du gemacht? Warum finden sie uns nicht?» Sie zerrte an Lucias Arm, bohrte die Finger in den Stoff ihres Mantels. «Steh auf!», brüllte sie. «Du machst mir Angst! Steh auf! Sag uns, was los ist!»

Oliver bückte sich, packte Lucia unter den Armen und versuchte sie hochzuziehen. Sie war schlaff wie eine Lumpenpuppe, fast wäre sie wieder umgefallen. Und sie war bleischwer. Er schaffte es gerade so, sie hochzuziehen und aufrecht zu halten. Er legte die Arme um sie und drückte sie gegen den Laternenpfosten. «Du hast nicht versagt», sagte er. «Du hast getan, was du konntest.»

«Was ist passiert?», fragte Rosa weinend.

«Es ist mein Tracker», sagte Lucia kaum hörbar. «Das Signal ist weg.»

«Woher weißt du das?», wollte Rosa wissen.

«Mein PockDock kann das Trackersignal erkennen, wenn es sendet. Jetzt aber erkennt er kein Signal mehr. Es ist weg.»

«Du meinst, die Scouts können uns jetzt nicht mehr finden?»

«Ich weiß nicht, wie das passiert ist. Vielleicht hat sich während dieses Zeitsturzes irgendetwas gelockert. Gestern war aber noch alles absolut in Ordnung. Ich habe das Signal mit meinem PockDock getestet. Aber ich wurde langsam unruhig, weil der Scout noch nicht aufgetaucht ist, und eben habe ich es noch einmal getestet. Das Signal ist weg.» Tränen kullerten über ihre Wangen.

«Heißt das, wir sitzen für immer hier fest?», kreischte Rosa.

«Ein Scout kann uns doch auch ohne das Signal aufspüren, oder nicht?», fragte Oliver, ohne wirklich daran zu glauben.

Lucia seufzte. «Möglich ist es natürlich, aber … das könnte Jahre dauern.»

«Jahre?» kreischte Rosa.

«Das ist doch alles nicht deine Schuld», sagte Oliver.

«Das vielleicht nicht. Aber wenn – falls – ein Scout uns findet, dann werden wir unverzüglich in die Zukunft zurückgeschickt. Auch ohne Iris. Sie müsste dann hierbleiben und allein zurechtkommen. Und *das* ist meine Schuld. Ich habe sie allein auf die Toilette gehen lassen. Das werde ich mir nie verzeihen. Niemals.»

«Ich wusste, dass das passieren würde!», schrie Rosa. «Deswegen wollte ich diesen Treffpunkt vereinbaren! Ich hab's doch gewusst!»

Lucias Tränen strömten jetzt ungebremst über ihr Gesicht. «Sie werden Iris auf eine Liste setzen, ‹im Einsatz verschollen›, und hin und wieder wird man den Versuch unternehmen, sie zu finden, aber irgendwann wird der Fall dann zu den Akten gelegt und vergessen.» Sie verstummte und schaute geistesabwesend die Straße hinunter.

Oliver folgte ihrem Blick. Die halbe Westseite der Körnerstraße war nun erleuchtet. Der Mond, der Abendhimmel und das schwache, hintereinander aufglühende Licht der Straßenlampen verzauberte die Straße in eine magische Szenerie. Es war wunderschön, fand er. Aber ihm war klar, dass dies nicht der richtige Zeitpunkt für schöne Abendstimmungen war. Er fühlte sich hundeelend. Das Wissen, dass er vielleicht nie mehr nach Hause kommen würde, lag schwer in seinem Magen. Trotzdem erfüllte ihn diese Straße mit ihrer schnurgeraden Reihe fünfstöckiger, alter Berliner Wohnhäuser mit Staunen. Jede Fassade war anders, einige reich verziert, andere schlicht, einige mit Kuppeln, andere mit Türmchen, und hier und da sah man Balkone mit Blumenkästen voller winterharter Pflanzen.

Der Laternenanzünder mit der langen Stange kam immer näher. Hinter ihm trottete eine kleine Gestalt langsam durch den Schnee. Eine Frau, vielleicht ein Mädchen, duckte sich gegen die Kälte und hielt den Kopf gesenkt. Der Mann blieb an einer Straßenlaterne stehen, und die kleine Gestalt ging zu ihm und fragte ihn etwas. Er antwortete, und die Gestalt wandte sich ab, ging weiter, kam näher ... und näher.

Lucia keuchte auf. «Iris!», schrie sie. «Iris!»

Die kleine Gestalt hob den Kopf – und kam auf sie zugerannt. «Lucia!», hallte es durch den Winterabend.

Sie rannten aufeinander zu und trafen sich am Eingang des Holzlagers. Lucia packte Iris und schüttelte sie. «Wie konntest du nur? Wie konntest du nur? Wie konntest du nur ohne uns abhauen?»

Iris hatte das Edelweiß-Tuch vor Mund und Nase gebunden. Jetzt rutschte er ihr auf den Hals.

Lucia weinte, lachte, umarmte und schüttelte sie.

Dann waren Oliver und Rosa da, und alle vier standen eng umschlungen, alle weinten – Tränen der Erleichterung und Tränen der Freude.

«Ich wusste, dass ihr kommen würdet», sagte Iris und wischte sich das nasse Gesicht ab. «Ich wusste es.»

«Aber wie konntest du das wissen?», schrie Lucia.

«Ich habe einfach darauf vertraut. Ich wusste, ihr würdet auch erkennen, dass Mark Twain unsere einzige Hoffnung ist. Lucia, kannst du bitte aufhören, mich zu schütteln?»

Lucia ließ sie los.

«Aber wie in aller Welt soll Mark Twain uns denn helfen?», fragte Rosa. «So ein Blödsinn. Wie kommst du bloß auf die Idee? – Aber du bist hier, und das ist jetzt die Hauptsache.»

«Wer, wenn nicht Mark Twain, soll uns glauben?», erwiderte Iris. «Er hat schließlich lang und breit über Zeitreisen nachgedacht.»

«Wir brauchen aber mehr. Glauben und Nachdenken helfen uns leider nicht weiter», sagte Rosa. «Was wir wirklich brauchen, ist ein *Scout*, der uns nach Hause bringt. Und jetzt hat auch noch Lucias Tracker den Geist aufgegeben!»

«Oh-oh!», sagte Iris. «Das könnte ein Problem werden. Ich wollte eigentlich Mark Twain bitten, bei der Polizei ein gutes Wort für uns einzulegen. Und ich dachte, er würde uns vielleicht Unterschlupf gewähren, bis der Scout uns holen kommt.»

«Du hast ihn also noch nicht gefunden?», fragte Rosa.

«Ich habe in jedem Haus nachgesehen, auf beiden Straßenseiten. Ich bin sogar die Treppen hochgegangen. Aber nirgends wohnt ein Mark Twain. Ich dachte, vielleicht steht sein Name nicht an dem stillen Portier, weil er doch nur für eine Weile hier wohnt, und …»

«Hab ich's mir doch gedacht!», sagte Rosa. «Sie weiß, wie das Ding heißt.»

«Welches Ding?», fragte Iris verwirrt.

«Der stille Portier» sagte Oliver. «Ich konnte mich nicht erinnern, wie man das nennt, und Rosa sagte –»

«Das ist jetzt doch schnuppe», fiel Lucia ihm ins Wort. Sie wandte sich an Iris. «Du hast also unseren berühmten Schriftsteller nicht gefunden?»

«Nein. Kein einziger Twain auf den Namensschildern. Dann habe ich angefangen, die Leute auf der Straße nach ihm zu frag –» Sie unterbrach sich selbst. «Keine Sorge, ich habe den Schal um meinen Mund gewickelt. Die Leute konnten meine Zahnspange nicht sehen. Es war –»

«Warte mal», sagte Rosa. «Ganz langsam. Du hast nach dem Namen Twain gesucht?»

«Natürlich.»

«Iris! Das ist doch gar nicht sein Name! Das ist sein Pseudonym. Sein richtiger Name ist Clemens. Samuel Langhorne Clemens!»

Oliver hoffte inständig, dass ihm dieser Ausdruck blanken Entsetzens auf Iris' Gesicht nicht aus seinem Gedächtnis gelöscht würde. Das musste er unbedingt zeichnen, irgendwann.

Iris schlug sich wiederholt mit der flachen Hand auf den Kopf. «Das hatte ich total vergessen!» *Klatsch.* «Clemens, natürlich!» *Klatsch.* «Konnte ich denn wirklich so blöd sein?»

Ja, sie konnte.

«Aber keine Sorge», fuhr Iris fort. «Es ist nichts verloren, außer vielleicht ein wenig Zeit. Ich muss nur kurz darüber nachdenken.» Sie schloss die Augen und konzentrierte sich. Dann wandte sie sich nach Norden und deutete auf die Mitte des Häuserblocks links von ihr. «Er wohnt da drüben, Körnerstraße 7, zweiter Stock. S. L. C.»

19. KAPITEL

Was zum Teufel ...?

Lucia betätigte zweimal den Messing-Türklopfer. Sie hatten beschlossen, dass Lucia das Reden übernehmen sollte, weil sie fließend Englisch sprach. Oliver hoffte allerdings, dass Mr. Clemens' Deutsch so gut war, wie Iris behauptete. Er wollte kein Wort verpassen.

Die Tür schwang auf. Eine stämmige Frau mit einer gestärkten weißen Schürze über einem blau gestreiften, hoch geschlossenen Kleid und mit einer kleinen weißen Spitzenhaube auf dem Kopf beäugte sie misstrauisch. «Ja bitte?», fragte sie.

Oh-oh. Mit einer Haushälterin hatten sie nicht gerechnet. Sie hatten gedacht, Twain oder seine Frau würde die Tür öffnen. Oder vielleicht eine der Töchter.

«Wir möchten mit Mr. Clemens sprechen», sagte Lucia.

Die Frau guckte noch skeptischer. «Um was geht es denn bitte?»

«Das ist vertraulich, gnädige Frau.»

Die Augen der Frau waren klein, wie Perlen. «Erwartet Mr. Clemens euch?»

«Ja», sagte Lucia.

Es ging um Leben und Tod – sie musste lügen.

«Habt ihr eine Karte?»

Die Kinder schauten sich an. Eine Karte?

«Ich fürchte nein», sagte Lucia zögernd.

Die Frau schürzte die Lippen. «Es tut mir leid, aber Mr. Clemens pflegt keine Besuche zu empfangen, die nicht –»

«Frau Müller», sagte da eine verärgerte Männerstimme. «Ein arktischer Wind hat mein Arbeitszimmer erreicht! Es zieht!»

Frau Müller wandte sich der Stimme zu. «Es tut mir leid, Herr Clemens!», rief sie. «Ich wollte gerade die Tür zumachen.» Was sie auch tat – oder zumindest versuchte. Oliver schob seinen Fuß dazwischen.

Es ging um Leben und Tod – er musste die Tür aufhalten.

«Was erlaubt ihr ...?», sagte die Frau empört. Sie wandte sich zu der Männerstimme. «Hier sind ein paar Kinder, drei Mädchen und ein Junge. Sie behaupten, Sie würden sie erwarten. Aber das glaube ich nicht. Der Junge blockiert die Tür mit dem Fuß!»

«Kinder?», sagte der Mann. «Was für Kinder? Was für ein Fuß?»

Die Frau trat zurück, und die Tür schwang ganz auf. Ein Mann von zierlicher Statur mit einem Kopf voller zerzauster weißer Haare, buschigen, grau-weiß gesprenkelten Augenbrauen und einem dazu passenden Schnurrbart erschien auf der Türschwelle. Er trug eine beige seidene Hausjacke, braun karierte Hosen, eine braun karierte Weste, ein weißes Hemd und ein braunes Halstuch. Er rauchte eine Zigarre, die fürchterlich stank.

Oliver hatte zwar noch nie eine Zeile von Mark Twain gelesen, aber er erkannte ihn sofort, so wie die meisten Leute Prinzessin Diana erkennen, Albert Einstein oder John F. Kennedy. So berühmt war Twains Gesicht.

«Was wollt ihr Gören?», knurrte Twain auf Deutsch.

«Wir möchten mit Ihnen reden, Sir», sagte Lucia, ebenfalls auf Deutsch.

Mit seinen blauen Augen funkelte Twain Lucia an, als hätte er sie gerade mit dem Finger im Marmeladenglas erwischt. Sie bekam eine Wolke Zigarrenrauch ab und musste husten.

«Seid ihr diese fürchterlich ungezogenen Kinder von gegenüber, die die ganze Zeit diesen Lärm veranstalten? Mit den kläffenden Kötern?»

«Nein, Sir», sagte Lucia.

«Also ich finde, ihr seht ziemlich ungezogen aus.» Twains Augen erfassten jedes Detail: ihre schmutzigen Fingernägel, die jo-jo-große Beule auf Rosas Stirn, die blutige Kruste unter Olivers Nase, das Edelweiß-Tuch vor Iris' Gesicht. «Ihr seht aus wie ungewaschene, ungepflegte, unmanierliche, unhöfliche, unchristliche und ungebildete Bälger», dröhnte er. «Und genau das seid ihr wahrscheinlich auch.»

Oliver bemerkte, dass Twains Deutsch grammatikalisch korrekt war, er aber mit einem streng-amerikanischen Akzent sprach. Er rollte das R, dehnte die Vokale und ignorierte die Umlaute.

Twain trat einen Schritt zurück. Oliver ahnte, dass er gleich die Tür zumachen würde. Glücklicherweise legte Iris eine Hand gegen das Türblatt und drückte dagegen.

Es ging um Leben und Tod – sie musste etwas tun!

«Ich bitte um Verzeihung», sagte Iris zu dem Schriftsteller. «Ich mag ja vieles sein, Sir, aber ungebildet ganz bestimmt nicht!»

«Und zu Ihrer Information», ließ sich Rosa in ihrem hochmütigsten Ton vernehmen, «Ihr berühmtester Held, Huckleberry Finn, ist genau so, wie Sie uns gerade beschrieben haben: ungewaschen, ungepflegt, unmanierlich, unhöflich, unchristlich und ungebildet. Und trotzdem haben Sie ein Buch über ihn geschrieben! Und alle lieben ihn!»

Mark Twain, der mit so viel Dreistigkeit nicht gerechnet hatte, wurde aufmerksam. «Was weißt du von Huck Finn? Hast du das Buch gelesen, junge Dame?»

«Aber gewiss doch.»

«Und ich ebenfalls», sagte Iris. «In der Übersetzung von Henny Koch, die mit vollem Namen Henriette Koch heißt.»

«Aber das ist doch erst vor ein paar Monaten erschienen», sagte der Schriftsteller verblüfft.

«Das ändert nichts an der Tatsache», erwiderte Iris, «dass ich es gelesen habe.»

«Und ich habe das englische Original gelesen, Sir», sagte Lucia. «Meine Lieblingsstelle ist die, wo Huck seinem Herzen folgt und beschließt, die bestehenden Gesetze der Südstaaten zu missachten und Jim nicht als entflohenen Sklaven zu verraten. Sein Ausspruch ‹All right then, I'll go to hell!› wird Literaturgeschichte schreiben.»

«Auf Deutsch», meldete sich Iris zu Wort, «klingt es

genauso fantastisch: ‹Na gut, dann komm ich eben in die Hölle.› Es ist ein wichtiger Wendepunkt in Ihrem Roman.»

Mark Twain, ganz und gar geplättet, schaute Oliver an. «Und du, mein Sohn? Behauptest du auch, *Die Abenteuer von Huckleberry Finn* gelesen zu haben?»

«Nein, Mr. Clemens», gab Oliver zu, «habe ich nicht gelesen. Aber ich habe *Tom Sawyer* gesehen.»

«Du hast Tom gesehen?»

«Ja. Im Kino.»

Twains Augen wurden schmal. «Kino?», sagte er. «Was zum Teufel ist … Kino?»

«Tja», sagte Mark Twain, und aus seinem Mund klang diese eine Silbe kilometerlang, bis nichts mehr übrig war außer stummer Luft. «Das ist ja eine wunderbare Geschichte, die ihr mir da erzählt habt.»

Das Salon der Clemens' roch nach Zigarrenrauch und war vollgestopft mit dunklen, klobigen Möbeln, aber es war warm und trocken, und die Kinder tranken heißen Tee mit echter Sahne und kauten honigsüße Lebkuchen. Über eine Stunde lang hatten sie ihre missliche Lage, so gut es ging, geschildert, und jetzt warteten sie auf das Urteil.

Die Uhr schlug halb sieben.

Mark Twain paffte an seiner Zigarre. «Jaaa», sagte er, «eine ganz außerordentliche Geschichte. In der Tat. Es ist nur schade, dass meine liebe Olivia und die Kinder nicht da sind. Eure Geschichte hätte ihnen bestimmt gefallen.»

Mark Twain war allein zu Hause. «Mrs. Clemens vergnügt sich mit unseren drei Töchtern in Leipzig», berichtete er.

«Die Damen behaupten, sie wollten sich den Thomanerchor anhören, aber ich vermute, sie wollen eigentlich mein Geld bei Weihnachtseinkäufen verjubeln.»

Twain hielt seine Zigarre über den Aschenbecher und schnippte die Asche ab. Wenn er sich nicht gerade über lärmende Kinder aufregte, sprach er eher bedächtig und dachte gründlich nach, bevor er sprach. «Bitte korrigiert mich, wenn ich mich irre. Ich möchte sichergehen, dass ich alles richtig verstanden habe.» Er richtete das Wort an Rosa, Oliver und Iris. «Ihr drei behauptet, aus dem 21. Jahrhundert zu stammen und 125 Jahre in die Vergangenheit gereist zu sein. Ihr kennt euch aus einem sogenannten Leseclub, der im Buchladen BLÄTTERRAUSCHEN in Berlin abgehalten wird. Das klingt lustig. Auch in meiner Familie lesen wir oft Bücher gemeinsam. Und du», sagte er und wandte sich Lucia zu, «bist eine waschechte Zeitreiseschülerin aus dem 23. Jahrhundert. Du hast ein Praktikum im 21. Jahrhundert gemacht und warst gerade auf dem Heimweg in deine eigene Zeit, als dieser nichtsnutzige Bengel, dieser Tunichtgut mit Namen ...»

«Krit Sriwanichpoom jr.», sagte Lucia.

«Was für ein Name! So etwas müsste mir jeden Tag einfallen! ... Also, du warst gerade auf dem Heimweg, als dieser Tunichtgut mit Namen Krit Schreckranichpuup jr. dir einen ...»

«Sriwanichpoom!», sagte Iris lachend.

«... als dieser Tunichtgut mit Namen Krit Sriwanichpuup dir einen ...»

«Poom!»

«... dir einen Streich gespielt hat ...»

«Einen üblen Streich!», korrigierte ihn Rosa. «Einen bösartigen, gefährlichen, hundsgemeinen Streich!»

«Alles gut und schön. Ich vertraue auf euer Wort, auch wenn das noch zu beweisen wäre ... Und dann gerietest du, Miss Lucia, und deine guten Freunde in einen ...»

«... Vortex», sagte Oliver, der sich freute, dass er sich das neue Wort gemerkt hatte.

«Und jetzt», fuhr der Schriftsteller fort, «wartet ihr auf ... Scouts, wie ihr sie nennt, die euch mit Hilfe eines ... Trackers im ... Ohrläppchen aufspüren wollen.»

Oliver dämmerte, dass sich der Mann über sie lustig machte.

«Mehr oder weniger», sagte Lucia. «Der Tracker ist ein Chip, wie ein winziger Knopf, für Zeitreisende.»

«Es fällt mir wirklich schwer, mir einen Knopf in deinem Ohr vorzustellen.»

«Er ist winzig klein, Sir. So klein wie ein Reiskorn. Es ist ein Mikrochip.»

Twain räusperte sich. «Also. Du und dein mikrogechiptes Ohrläppchen können sich in Berlin nach Belieben in der Zeit vor- und zurückbewegen, korrekt?»

«Sie kann überall hingehen! Nicht nur in Berlin!», sagte Iris. Ihre Worte klangen allerdings gedämpft, weil sie das Edelweiß-Tuch immer noch vor dem Mund hatte. «Sie war sogar schon im Paris des 18. Jahrhunderts.»

«Junge Dame», sagte Twain zu Iris, «mit dem Tuch vor dem Gesicht siehst du aus wie ein Gesetzloser aus dem Grenzland. Hast du vor, mich auszurauben?»

«Nein, Sir», sagte Iris.

«Da bin ich aber froh», sagte Twain, kicherte und wandte sich wieder Lucia zu. «Wie war es in Paris denn so?»

«Paris, 1754. Es stank entsetzlich», erzählte Lucia. «Es war Markttag. Der Fisch, die Kadaver, die Schweine. Die Menschen.»

«Und ich dachte, ich sei weit gereist. Du kommst ganz schön herum, das muss ich schon sagen.» Seine Zigarre war ausgegangen. Er kaute ein paar Sekunden darauf herum. «Helft mir bitte mal auf die Sprünge. Warum genau seid ihr zu mir gekommen?»

«Wir haben nur wenig Geld, Sir», sagte Lucia, «und kein Dach über dem Kopf. Sie haben ausgiebig über das Thema ‹Zeitreise› nachgedacht, und deshalb hofften wir, dass Sie unser Dilemma verstehen könnten, uns vor der Polizei schützen und uns für ein, zwei Tage Unterkunft gewähren, bis unser Scout uns gefunden hat.»

Ein, zwei Tage?, dachte Oliver. *Schön wär's ...*

«Also, ich muss schon sagen, das ist ziemlich viel verlangt!» Twain nahm sich die Zeit, um seine Zigarre wieder anzuzünden. «Aber ich verrate euch etwas», fuhr er dann fort. «Ich kann die deutsche Polizei nicht leiden. Sie haben viel zu viele Regeln. Stellt euch vor, sie plagen mich seit Wochen, ich solle Steuern zahlen. Ich bitte euch: ausländische Gäste, die Steuern zahlen? Wo gibt's denn so was? Und man verlangt, dass wir unsere Namen und Adressen bei der Polizei registrieren lassen. Wer hat schon jemals so etwas gehört? Unbescholtene Bürger! Als ob wir gewöhnliche Kriminelle wären! Wie gesagt, auf die preußische Polizei bin ich gar nicht gut zu sprechen. Über meine Türschwelle kommen die nicht noch einmal.»

«Das freut uns», sagte Lucia.

Twain, in Gedanken versunken, klopfte geistesabwesend auf seine Zigarre. «Allerdings muss ich zugeben, dass ich die deutschen Postbeamten bewundere. Sie sind erfinderisch und fleißig. Ein Briefträger kann jedermann ausfindig machen, auch wenn die Adresse falsch geschrieben oder unleserlich ist oder wenn gar keine auf dem Umschlag steht. Ohne Bürokratie. Und ohne langes Getue.» Er bedachte Lucia mit einem ernsten Blick. «Junge Dame, ich kann nur hoffen, dass diese ‹Scouts›, von denen du gesprochen hast, genauso gewissenhaft und gründlich sind wie die Berliner Briefträger.»

Wir auch, dachte Oliver.

Twain lehnte sich entspannt in seinem Sessel zurück. «Ich fühle mich geschmeichelt, dass ihr zu mir gekommen seid. Ihr habt mich in eine äußerst angenehme Stimmung versetzt. Ich weiß eine gut zusammengesponnene Geschichte sehr zu schätzen.»

«Das klingt ja so, als würden Sie uns nicht glauben», sagte Rosa.

«Kannst du es mir verübeln? Ich bin ein leidlich aufgeklärter Mann des 19. Jahrhunderts. Ich brauche für alles Beweise. Habt ihr einen?»

Oliver sah, wie Lucias Hand in ihre Tasche glitt. Sie wollte ihm bestimmt das PockDock zeigen, obwohl sie damit sicher gegen den Kodex der Zeitreisenden verstieß.

Iris war schneller. «Ist das Beweis genug?», sagte sie,

zog das Edelweiß-Tuch von ihrem Mund und grinste den Schriftsteller breit an.

«Grundgütiger!» rief Twain aus. «Was in Gottes Namen hast du da im Mund? Die Kronjuwelen?»

«Eine Zahnspange, Sir. Um mit sanfter Gewalt die Fehlstellung meiner Zähne zu korrigieren. Das ist die jüngste Entwicklung in Sachen Kieferorthopädie aus dem zweiten Jahrzehnt des 21. Jahrhunderts. Ich kann sie nicht herausnehmen, deshalb muss ich sie verstecken.»

Verdattert ließ sich Twain in seinen Sessel zurücksinken. «Na, da soll mich doch …», murmelte er. «So etwas habe ich noch nie gesehen.» Oliver konnte förmlich sehen, wie Twains kleine grauen Zellen versuchten, diese Informationen zu verarbeiten. Schließlich streckte der Mann den Arm aus und läutete die kleine Kupferglocke, die am Ende des Tisches stand.

Sogleich erschien Frau Müller. «Ja?»

«Bitte decken Sie den Tisch für fünf Personen, richten sie vier weitere Betten her, suchen Sie frische Kleidung für diese Schelme, waschen Sie ihre Lumpen und bereiten Sie bitte heißes Badewasser für vier Waschgänge. Und wir brauchen Seife. Jede Menge Seife.» Er schaute die Kinder an. «Habe ich etwas vergessen?»

«Zahnbürsten!», rief Iris. «Zahnpasta! Und Zahnseide.»

«Zahnseide?», knurrte Twain. «Was zum Teufel ist denn Zahnseide?»

20. KAPITEL

Neue Kleider

Iris passten die Kleider von Jean Clemens, mit elf Jahren die jüngste von Twains Töchtern. Rosa und Lucia wurden aus den Schränken der beiden älteren Mädchen, Susy und Clara, versorgt. Da es im Haus keine passende Kleidung für Oliver gab, badete er zuletzt, während Frau Müller von zu Hause ein paar Sachen von ihrem Enkel holte.

Es war herrlich warm im Badezimmer. Seit zwei Stunden wurde der Badeofen ununterbrochen mit Holz und Kohle gefüttert. Oliver, den der Zeitlag packte, döste bei dem sanften Gurgeln und Blubbern des Wassers ein … bis Iris' Klopfen ihn aus seinem Schlummer riss. «Komm schnell!», rief sie durch die Tür. «Es gibt Neuigkeiten!»

Natürlich wollte Oliver wissen, was los war. Hatte ein Scout sie endlich gefunden? Er zog sich so schnell an, wie er konnte, was allerdings nur sehr langsam ging – wegen der unzähligen Knöpfe. Knöpfe an seinen Unterhosen, dem Unterhemd, dem Hemd, dem Hemdkragen, den Manschetten, den Knickerbockern, den Hosenträgern und schließlich der Weste. Endlich war er fertig und machte sich auf die Suche nach Rosa, Iris und Lucia. Und verlief sich prompt.

Die Wohnung war riesig, und überall waren Türen, mal zur Bibliothek, mal zum Salon, zu einem Esszimmer, einer Küche, einem Gästezimmer (wo Oliver schlafen sollte), einem großen Zimmer für die Mädchen, dem Schlafzimmer der Clemens' und den Dienstbotenquartieren. Endlich fand er die Mädchen.

Die Hoffnung, ein Scout habe sie aufgespürt, erfüllte sich leider nicht.

«Es gibt Neuigkeiten!», sagte Iris, als Oliver ins Zimmer kam. «Auch ich kann mich jetzt an unsere Reise in die Zukunft erinnern! Und ich musste mir dafür nicht mal den Kopf anschlagen. Ich bin in der Badewanne eingedöst, und als ich wach wurde, hatte ich plötzlich eine Vision von Junior-Juniors Vater. Und dann wurde mir klar, dass es überhaupt keine Vision war, sondern eine Erinnerung. Bisher leider die einzige, aber wir glauben, das ist ein vielversprechender Anfang.»

«Ich bin auch in der Badewanne eingeschlafen», sagte Oliver, «aber mit mir ist nichts passiert. Außer dass du mich aufgeweckt hast.»

«Wir werden dir alles sagen, was wir wissen», versprach Rosa. «Und dann weißt du es auch!»

«Sriwanichpoom senior hatte weiße Haare, wie Mark Twain», erzählte Iris, «aber sie waren glatt, und er hatte sie zu einem Pferdeschwanz gebunden. Er war sehr streng. Er sprach Englisch. Und jemand hat für ihn ins Deutsche übersetzt. Daran kann ich mich erinnern.»

«Ich erinnere mich jetzt auch an Krits Vater, genauso wie

Iris», sagte Rosa. «Er hat uns etwas Schreckliches erzählt ... Es hatte etwas ... mit der Kälte zu tun. Oder mit dem Winter.» Sie wandte sich Lucia zu. «Hast du eine Ahnung, was es sein könnte? Es war irgendetwas ganz Furchtbares.»

Lucia zuckte mit den Schultern und wechselte schnell das Thema. «Oliver, du siehst richtig schick aus in deinen neuen Knickerbockern und der Weste.» Sie deutete auf Iris. «Und findest du nicht auch, dass Iris in ihrem roten Kleid aussieht wie die Herzkönigin aus *Alice im Wunderland*?»

Oliver kannte von *Alice im Wunderland* nur den Titel, aber er nickte trotzdem.

«Mr. Twain meinte ja auch, ich hätte die Kronjuwelen im Mund», sagte Iris und zeigte ihre Zahnspange. «Das klingt sehr königlich.»

Sie trug ein hochgeschlossenes Kleid mit Puffärmeln aus dunkelrotem Seidentaft. Der gebördelte Rock bestand aus mehreren Lagen. Es raschelte, wenn sie sich bewegte. Sie trat zu Oliver und hauchte ihn an.

Oliver wich zurück.

«Riechst du was?», fragte sie.

«Was denn?»

«Zahnpulver! Unglücklicherweise haben sie keine Zahnpasta. Nur Pulver. Hat einen merkwürdigen Geschmack. Der Name jedenfalls ist fürchterlich: ‹Carbolic Tooth Powder›.»

«Das klingt nach einem Toilettenputzmittel», sagte Rosa.

«Es schmeckt wie Kreide», erklärte Iris und ignorierte Rosas unappetitliche Bemerkung. «Ich habe natürlich noch nie Kreide gegessen, aber das Zahnpulver schmeckt, wie Kreide riecht. Was meinst *du*, Oliver? Wonach riecht es?»

Er schnüffelte noch mal an ihrem Gesicht. «Hmm, wie … verbrannter Toast?»

Die Mädchen kreischten vor Lachen, einschließlich Iris. Sie konnte einen Scherz auf ihre Kosten problemlos wegstecken.

«Und wie sehe *ich* aus?», fragte Rosa und drehte sich im Kreis. Ihr Kleid bestand ebenfalls aus Seidentaft, aber es war hellblau und hatte Perlmuttknöpfe an der Vorderseite, einen dunkelblauen Samtkragen und einen Faltenrock. Das Kleid bauschte sich hinten hoch, als ob ein Kissen unter dem Rock stecken würde. Von der Seite sah sie sehr kurvig aus, als hätte sie ein sehr ausladendes Hinterteil.

«Du hast da sehr viel Stoff hinten am Kleid», sagte Oliver diplomatisch. «Kannst du dich überhaupt hinsetzen?»

«Schlecht», sagte sie lachend. «So was nennt man Turnüre, das ist die neueste Mode.»

«Aber nicht mehr lange», sagte Iris. «Die war nur ein, zwei Jahre lang in Mode. Genieße sie also, so lange du kannst.»

Rosa erbleichte und schaute zu Lucia. «So lange müssen wir doch nicht hierbleiben, oder?»

Lucia nahm Rosas Hand. «Die Scouts werden uns bald finden. Da bin ich mir sicher. Ich fühle mich schon wieder viel zuversichtlicher, jetzt, wo wir gebadet und ein Dach über dem Kopf haben.» Sie setzte sich mit Rosa auf das Bett. «Die wissen wahrscheinlich schon, dass wir hier sind, in Berlin, im Jahr 1891. Sie …»

«Wahrscheinlich?», wiederholte Oliver. «Das klingt nicht sehr beruhigend.»

Lucia schenkte ihm ein strahlendes Lächeln. «Die Scouts

werden die Polizei infiltrieren, damit fangen sie für gewöhnlich an, und werden herausfinden, dass wir im Zoo verhaftet wurden. Sie werden die Beweise sichten, Olivers Zeichnungen zum Beispiel ...»

«... die ich übrigens jetzt bei mir habe», unterbrach sie Oliver, «in dem braunen Tornister.»

Lucia runzelte die Stirn, fing sich aber schnell wieder. «Aber sie haben den Zeitungsausschnitt mit dem Artikel über Mark Twain. Sie werden eins und eins zusammenzählen und früher oder später – vermutlich früher als später – hier auftauchen und uns nach Hause bringen.»

«Wenn es so einfach ist, dann könnte auch die Polizei eins und eins zusammenzählen. Und *vor* den Scouts hier sein», sagte Oliver.

«Mr. Twain wird uns beschützen.»

«Und wenn die Scouts eher später als früher kommen?» fragte Rosa.

«Dann ...»

«Du musst uns die Wahrheit sagen», verlangte Rosa. «Ich will es wissen.»

Lucia zögerte, entschied aber, ehrlich zu sein. «Dann wird es schwieriger werden, uns zu finden. Die Dinge werden komplizierter. Uns könnte das Chronotonin ausgehen ...»

«Und dann?», wagte Oliver zu fragen.

«Dann erleiden wir ein Zeitlag-Trauma, eine Art Schlafkrankheit, die allerdings schnell vorübergeht. Aber danach könnten Gedächtnislücken auftreten.»

«Ich habe bereits Gedächtnislücken», sagte Oliver düster. «Dank Lucias ‹Zentrale›. Was machen da ein paar mehr schon aus? Meiner Oma geht's genauso, und die scheint trotzdem glücklich zu sein.»

«Ihre Gedächtnislücken kommen von der Demenz, vermute ich mal», sagte Lucia kichernd. «Das ist ein Unterschied. Die Gedächtnislücken, von denen ich spreche, sind … anders. Aber ich habe den Konjunktiv benutzt: *könnten*. Vielleicht kommt es auch anders. Außerdem können wir es den Scouts leichter machen, uns zu finden. Wir können ihnen Hinweise hinterlassen, zum Beispiel in Pfennigs Molkerei, wo wir aufgeprallt sind, oder in Herschels Kostümschneiderei.» Sie stand auf. «Das Wichtigste ist, dass wir fit bleiben, optimistisch, dass wir uns gesund ernähren und genug Schlaf bekommen! Ach – da fällt mir was ein …» Lucia steckte die Hand in ihren rechten Ärmel und zog das Medizinfläschchen hervor. «Voilà!»

Die Kinder schnüffelten gehorsam daran.

«Noch etwas», sagte Lucia und senkte die Stimme. «Wir sollten Diskretion wahren, wenn wir mit Einheimischen sprechen. Wenn sie wissen, dass wir aus der Zukunft kommen, wie zum Beispiel Mark Twain, dann können wir mit ihnen über allgemeine Dinge aus der Zukunft reden, aber niemals ins Detail gehen, besonders wenn es ihr eigenes Schicksal betrifft.» Sie schaute Iris an. «Verstanden?»

Iris nickte.

«Es ist völlig in Ordnung, Iris», fuhr Lucia fort, «wenn Mr. Twain erfährt, dass seine Bücher zu Klassikern werden, aber wenn du zum Beispiel weißt, wann er stirbt oder wann seine Lieben sterben oder ob es bald Krieg gibt oder irgendetwas in der Art – sag bitte nichts davon! Der Hawking-

Kodex verbietet uns, dieses Wissen weiterzugeben, obwohl die Menschen eigentlich nur selten Einzelheiten über ihre Zukunft wissen wollen.»

«Sind sie nicht neugierig?», fragte Oliver.

«Doch, schon, aber sie wollen es im Grunde genommen nicht *wirklich* wissen. Obwohl sie fast immer nach den Lottozahlen fragen. *Die* wollen sie wissen. Und dann –»

Frau Müller klopfte an der Tür. Das Essen war fertig.

21. KAPITEL

Fortschritt

Mark Twain hatte sich zum Essen umgezogen. Er war ganz in Weiß gekleidet: weißes Hemd, weiße Krawatte, weiße Weste, weißes Jackett, weiße Hosen. Selbst die Gamaschen über seinen Halbschaftstiefeln waren weiß. «Was starrt ihr mich denn so an?», sagte der Schriftsteller. «Tragen die Männer in der Zukunft denn keine weiße Kleidung mehr?»

«Schon», sagte Rosa, «aber normalerweise nur im Sommer. Leinenanzüge.»

«Also haben sich einige Dinge doch nicht geändert. Tja, ich bin Exzentriker, und das kann ich nicht ändern. Ich trage Weiß im Sommer *und* im Winter. Der ständige Anblick von dunkel gekleideten Menschen deprimiert mich, deshalb habe ich es mir zur Gewohnheit gemacht, mich weiß zu kleiden. Weiß hebt mein Gemüt, obwohl manche Leute behaupten, es sei affig von mir, mich solcherart zur Schau zu stellen. Aber ganz ehrlich: Das kümmert mich überhaupt nicht. Deshalb nennen meine Familie und ich diesen Anzug meinen ‹Ich-pfeif-drauf-Anzug›.»

Mark Twain war ein begnadeter Erzähler. Er wusste ein

Publikum gefangen zu nehmen, seien es die Mitglieder eines Herrenclubs auf dem Harvard Square oder zeitreisende Teenager aus dem 21. und 23. Jahrhundert. Rosa, Oliver, Iris und Lucia hörten ihm gerne zu, während sie aßen. Dies war ihre erste warme Mahlzeit seit zwei Tagen. Und das Essen war köstlich. Sie schlürften ihre Suppe und baten um einen Nachschlag. Sogar zweimal. Währenddessen schwatzte Twain fröhlich drauflos: «Also, das Urteil ist noch nicht gefallen, ob ihr tatsächlich aus der Zukunft kommt oder nicht. Der Einfachheit halber habe ich beschlossen, euch vorerst zu glauben. Das belebt das Tischgespräch. Und selbst wenn das alles nur ein monumentaler Streich ist, würde ich mit dem allergrößten Vergnügen hören, was ihr euch alles ausgedacht habt. Die Phantasie ist etwas Kostbares, und ich bin der letzte Mensch auf Erden, der die Phantasie eines Kindes im Keim erstickt.»

Zwischen Suppe und Gulasch sprach die Runde über den Fortschritt. «Ich halte mich für einen aufgeklärten, fortschrittlich denkenden Menschen», sagte Twain. «Wusstet ihr, dass mein Haus in Hartford das erste in ganz Connecticut mit einem Telefon war?»

«Das wusste ich!», rief Iris aus.

«Unglaublich! Was weißt du sonst noch darüber?»

Iris schaute Lucia an, die unauffällig nickte.

«Ich weiß», sagte Iris, «dass der Erfinder des Telefons, Alexander Graham Bell, Sie gebeten hat, in seine Erfindung zu investieren.»

«Recht hast du, junge Dame!», dröhnte Twain. «Das war vor vielen Jahren. Und ich lehnte höflich ab. Damals glaubte ich nicht, dass sich seine Erfindung durchsetzen würde.»

Die Kinder lachten.

«Ich habe mich geirrt, das weiß ich jetzt. Wenn ihr mich vor fünfzehn Jahren besucht hättet, wäre mir das natürlich nicht passiert. Dann wäre ich jetzt ein Millionär und kein armer Zeilenschinder.»

Samuel Langhorne Clemens war wie einer dieser Comedians im Fernsehen, fand Oliver. Und er hatte einen sehr lustigen Akzent, wenn er Deutsch sprach. Vielleicht würde Oliver doch einmal ein Buch von ihm lesen, wenn – falls – sie wieder nach Hause kamen.

«Weil wir gerade von Millionären sprechen», fuhr Twain fort. «Wo ihr doch aus der Zukunft kommt, wisst ihr da zufällig die Lottozahlen von nächster Woche?»

«Leider nicht», sagte Lucia, die sich Mühe geben musste, nicht zu lachen, genauso wie Rosa, Oliver und Iris. Alle wechselten verstohlene Blicke.

«Das ist wirklich schade», sagte der Schriftsteller. Er schwieg einen Moment und dachte über ihr Gespräch nach. «Ich vermute, dass jeder Haushalt auf der ganzen Welt im 21. Jahrhundert ein Bell-Telefon hat», überlegte er. «Oder eins von Bells Konkurrenten. Den Wettbewerb habt ihr wohl noch nicht abgeschafft, oder?»

«Noch nicht», sagte Iris. «Aber Telefone wie die von Bell gibt's immer noch nicht überall. Auf dem afrikanischen Kontinent kommt die Versorgung mit Telefonleitungen nur schleppend voran. Allerdings sterben Festnetzverbindungen sowieso aus. Heutzutage gibt es Mobiltelefone.»

«Mobiltelefone? Sie sind ... mobil? Wie darf ich das denn verstehen?»

«Jeder hat sein eigenes Telefon dabei. In der Tasche. Wo immer man auch hingeht.»

«Grundgütiger! Man trägt es in der Hosentasche mit sich herum? Wie ein gewöhnliches Taschentuch?»

Die Kinder nickten.

«Wie groß ist es?», wollte er wissen. «Oder sollte ich besser fragen: Wie groß sind eure Taschen?»

Oliver kicherte. «Lassen Sie mich mal überlegen.» Er schaute sich auf dem Tisch um, nahm eine Stoffserviette und faltete sie zu der ungefähren Größe eines Smartphones. «So groß etwa. Aber nicht so dick.» Er nahm ein Buttermesser in die Hand. «Etwa so dünn wie dieser Griff.»

Twain betrachtete das Messer. «Und die Leute können anrufen und einen zu jeder Tages- und Nachtzeit belästigen, auch wenn man nicht zu Hause ist?»

Wieder nickten die Kinder.

«Auch auf der Toilette?»

«Ja», sagte Oliver. «Wenn man das Telefon dabeihat. Klar.»

«Aber ... wenn ihr diese ... Mobiltelefone, wie ihr sie nennt, in euren Taschen habt, wie sind sie dann mit der Telefonleitung verbunden?»

«Gar nicht.» Iris schüttelte den Kopf. «Sie sind schnurlos, Sir.»

«Schnurlos?» Der gute Mann versuchte, diese Information zu verarbeiten. «Keine Stromleitungen? Keine Telegraphenleitung? Keine ...?»

«Sie müssen elektrisch aufgeladen werden, damit sie

schnurlos funktionieren. Und dann werden unsere Stimmen durch Radiowellen zu einem Funkmast gesendet, der –»

«Texte und Bilder können ebenfalls gesendet werden!», fiel Rosa ein. «Nicht nur unsere Stimmen. Und wenn wir wollen, können wir auch die Person sehen, mit der wir telefonieren.»

«Ein Bildtelefon? Egal, wo man ist?»

Sie nickten.

«Früh am Morgen? Unrasiert? Im Schlafanzug?»

«Wenn man will», sagte Oliver. «Und auch auf der Toilette.» Er grinste.

Wieder schwieg Twain und dachte angestrengt nach. Schließlich sagte er: «Vor ein paar Jahren hatte ich die Idee für eine Erfindung, mit der man Bilder durch Licht übertragen kann. Leider kam ich noch nicht dazu, sie auszuarbeiten.»

«Das klingt wie Fernsehen», sagte Iris.

Mark Twain nickte. «Fernsehen? – Vielleicht. So viele neue Worte. So viele Erfindungen.» Er beugte sich vor. «Wisst ihr zufällig, ob *ich* das Fernsehen erfunden habe?»

Die Kinder zuckten mit den Schultern.

Verschwörerisch fuhr Twain fort: «Habt ihr denn eins von diesen Mobildingern bei euch? Ich stamme aus Missouri, müsst ihr wissen. Und in Missouri glaubt man Dinge erst, wenn man sie sieht.»

«Oliver hat eins mitgebracht», sagte Lucia. «Aber wir haben es nicht bei uns. Wir haben es zusammen mit unserer Reisekleidung versteckt. Vielleicht ein andermal?»

«Ich wäre euch sehr verbunden.» Er betrachtete Lucia.

«Miss Lucia, ich fürchte mich fast ein bisschen davor zu fragen, aber wie sehen Telefone im 23. Jahrhundert aus? Sei gnädig mit mir, versetz mir bitte keinen Schock.»

«Normalerweise gibt es Telefone nur noch in Museen», antwortete Lucia. «Wir in den Städten brauchen sie nicht mehr. Aber in abgelegenen Waldregionen benutzt man sie noch. Allerdings leben nur knapp fünf Prozent der Weltbevölkerung in solch ländlichen Gegenden.»

«Und wie kommunizieren dann die Stadtmenschen in deiner Zeit? Seid ihr wieder zu der Gewohnheit zurückgekehrt, Briefe zu schreiben und direkt miteinander zu sprechen?»

«Gelegentlich sprechen wir noch miteinander.» Lucia kicherte.

«Da bin ich aber froh.»

«Aber die meisten Menschen schreiben nicht mehr, zumindest nicht mit der Hand. Stifte, genauso wie Telefone, findet man nur noch im Museum. Die Kommunikation funktioniert durch Brain Buttons, das sind kleine Implantate im Kopf, die durch unsere Gehirnströme, also durch unsere Gedanken, angetrieben werden. Die Menschen haben tatsächlich gelernt, mit ihren Gedanken Informationen zu versenden.»

«Brain Buttons!», sagte Iris. «Wie aufregend!»

«Implantat?», fragte Twain. «Ist das auch so ein Mikrochip?»

«Mehr oder weniger, Sir. Sie werden in das Gehirn reinoperiert. Mit Hilfe dieses Brain Buttons können wir dann durch ein globales Netzwerk überall auf der Welt Informationen senden und empfangen. Und dank dieses Netzwerkes können wir nicht nur kommunizieren, sondern haben auch Zugriff auf das gesamte Wissen der Menschheit.»

«Wie das Internet!», sagte Iris zu Rosa und Oliver.

«Das gesamte Wissen der Menschheit?», lachte Mark Twain. «Aber das habe ich auch heute schon, 1891. Dazu brauche ich kein Gehirnimplantat. Ich muss bloß in die Bibliothek des British Museum in der Great Russell Street gehen, in London.»

Die Kinder lachten.

Lucia lächelte nachsichtig. «Na ja, das ist nicht ganz das, was ich –»

«Komm mir nicht mit ‹na ja›, junge Dame. Ich weiß ganz genau, worauf du hinauswillst. Aber was nutzt einem das ‹gesamte Wissen der Menschheit›, wenn man das alles nicht versteht? Und was ist mit dem Herzen? Dort liegt doch der wahre Wert des Lebens. Ohne Herz ist Wissen nichts!»

Die Kinder fühlten sich getadelt.

«Ach, Herrgott noch mal!», rief der Schriftsteller aus. «Jetzt macht doch nicht so lange Gesichter! Seid nachsichtig mit mir. Ich bin ein eigensinniger, launischer alter Mann von sechsundfünfzig Jahren.» Er dachte kurz nach. «Wann genau werden diese Mikrochips denn eigentlich erfunden? Schon bald? Vielleicht könnte ich *darin* investieren?»

«Das dauert noch mindestens sechzig Jahre», sagte Iris. «Ich glaube, es war in den 1950ern.»

«Tja, dann werde ich meinen Töchtern sagen, dass sie ein Auge auf die Sache haben sollen. Für meine Enkel.»

Es wurde still im Raum. Jeder war in seine eigenen Gedanken versunken. Die 1950er lagen in ferner Zukunft. Vielleicht fragte sich Twain, wie viele Jahre er noch leben würde. Es ging Oliver kurz durch den Kopf, dass Iris vermutlich Twains Sterbedatum kannte ... aber dann glitten seine Gedanken ab ... und er döste weg. Das Nächste, woran er sich erinnerte, war ein Klopfen an der Tür. Alle fuhren hoch.

«Darf ich den Hauptgang servieren?», fragte Frau Müller. «Die Kinder sehen müde aus.»

«Ich bin ganz begeistert von eurer Stadt», sagte Twain zu Rosa, Oliver und Iris, die genüsslich eine zweite Portion Gulasch verputzten. «Alles ist so sauber, so hell und funkelnagelneu. Wir kamen gegen Ende der Sommersaison an, und es war so schön anzusehen, wie die Sonne die Häuserfassaden zum Leuchten brachte. Jedes Haus sieht anders aus, aber als Gesamtheit betrachtet, ist ein Straßenzug ein sehr angenehmer Anblick. Sieht Berlin immer noch so aus?»

«Große Teile schon», sagte Oliver. «Rosa und ich wohnen in einem Haus, das beinahe so alt ist wie dieses hier. Vielleicht wird es gerade jetzt gebaut. Und diese Straße, die Körnerstraße, gibt es immer noch.»

«Tatsächlich? Auch dieses Gebäude?» Er schaute Iris an.

«Ich bin nicht sicher», sagte sie.

«Ich dachte, du wüsstest über alles Bescheid», neckte er.

«Ich weiß eine Menge, Sir», sagte Iris. «Aber wissen Sie, es wurde so viel zerstört während des Zweiten Weltk–»

Oh-oh. Das hätte Iris nicht sagen dürfen. Der Zweite Weltkrieg war ein Tabu. Oliver merkte, dass Mark Twain über diese Information nicht erfreut war.

«Zerstört?», hakte er nach.

Die Kinder schwiegen.

«Hat es einen Krieg gegeben?»

Stille.

«Hmpf. Das also ist das Ergebnis des Fortschritts: Wir gehen immer einen Schritt vor und zwei zurück, nicht wahr, bis wir wieder im Mittelalter angekommen sind.» Twain nahm sich noch eine Kelle mit Gulasch. «Ihr sprecht besser nicht mehr über dieses Thema. Ich will nichts darüber wissen. Krieg ist eine solche Verschwendung. Ich selbst habe nie das Verlangen verspürt, jemanden zu töten, der mir nicht zuerst vorgestellt wurde.»

Darüber mussten die Kinder lachen, und Oliver hoffte, dass damit das Thema Krieg beendet war.

Twain nippte an seinem Wein. «Miss Lucia, du hast ja dein Gulasch gar nicht angerührt.»

«Es tut mir leid, aber ich ernähre mich fleischlos.»

Twain war überrascht. «Ach wirklich? Betrifft das nur dich oder auch deine Familie? Oder gibt es in deiner Zukunft etwa viele Vegetarier?»

«Die meisten Menschen essen kein Fleisch. Aber wir essen Fisch.»

«Nun, dann werde ich Frau Müller darüber informieren, damit sie bei der nächsten Mahlzeit Rücksicht darauf nimmt.»

«Ach, das ist schon in Ordnung. Das Gemüse ist köstlich, und ich esse sehr gern Kartoffeln und Brot.»

Twain, der gerade ein Stück Gulasch zum Mund führen wollte, hielt inne, schaute skeptisch auf den Fleischbrocken, und legte die Gabel wieder ab. «Wechseln wir das Thema. Gibt es immer noch diese Werbedinger in der Stadt? Die ... Litfaßsäulen?»

«Ja», sagten alle vier wie aus einem Mund.

«Ah! Also, ich finde, das ist eine mächtig gute Idee, eine prima Möglichkeit, um die Leute mit Informationen zu versorgen! Ich spiele mit dem Gedanken, diese Säulen in den Vereinigten Staaten einzuführen. Doch wie um alles in der Welt soll ich so eine in meinen Koffer kriegen?»

Rosa und Iris kicherten, aber der arme Oliver gähnte. «Entschuldigung», sagte er verlegen. «Aber es war ein sehr langer Tag.»

«Du brauchst dich nicht zu entschuldigen, mein Sohn.» Twain lächelte ihn gütig an und läutete die Glocke. Frau Müller erschien. «Sie hatten recht», sagte er zu ihr, «die Kinder sind müde. Können wir jetzt bitte den Nachtisch haben?»

Der süße Duft nach Bratapfel, Zimt, Butter und heißer Vanillesoße brachte die Kinder wieder zu sich. Sie aßen gierig – bis Twains Löffel klappernd auf seinen Teller fiel. «Verdammter Rheumatismus!», rief er aus. «Schaut euch das an: Arthritis.» Er hob die Hand. Seine Finger waren gekrümmt und knorrig, wie die böse Hexe im Märchen manchmal dargestellt wird. «Wir kamen wegen der Kur nach Europa. Tagelang habe ich meine Hände in Baden-Baden ins Heilwasser getaucht. Geholfen hat es nichts, außer dass die Haut ganz schrumpelig wurde. An manchen Tagen kann ich nicht einmal schreiben.»

«Arthritis ist immer noch nicht heilbar», sagte Rosa. «Meine Großmutter leidet daran, und sie beklagt sich die ganze Zeit darüber.»

«Das ist allerdings sehr bedauerlich. Du willst also damit sagen, dass die Ärzte, die behaupten, mich heilen zu können, alle Quacksalber sind? Und ich sollte mein Geld lieber woanders vergeuden?»

Rosa kicherte. «Na ja, ich bin keine Expertin, aber ...»

Twains Blick fiel auf Rosas Armstumpf. «Ich hoffe, du nimmst mir meine Frage nicht übel, aber mir ist natürlich aufgefallen, dass deine linke Hand fehlt. Ihr habt doch in eurem modernen Europa bestimmt Prothesen, nicht wahr? Warum trägst du keine?»

«Ich hatte sie nicht an, als wir in die Vergangenheit gestolpert sind. Im Grunde ist es besser so. Ich hätte sie hier sowieso nicht tragen können. Wir wollen ja nicht auffallen. Die Prothese ist sehr modern. Und elektronisch. Und ich hätte sie regelmäßig aufladen müssen.»

«Elektronisch. Aha. Hat das irgendetwas mit diesen Mikrochips zu tun?»

«Ja», sagte Iris.

Twain seufzte tief auf. «Obwohl ich mich wirklich köstlich amüsiere, muss ich zugeben, dass das alles ein bisschen viel auf einmal ist. Vielleicht sollten wir diese Unterhaltung morgen fortsetzen, ja?» Er schaute Oliver an, und die Mädchen folgten seinem Blick – Oliver war eingeschlafen. Sein Kopf lag auf dem Esszimmertisch, und vor ihm auf dem Teller schwamm der Bratapfel immer noch unberührt in seiner Vanillesoße.

22. KAPITEL

Donaudampfschifffahrtsgesellschaftskapitän

Olivers Matratze war so hart wie die Marmorarbeitsplatten, die sein Vater in Luxusküchen mit mindestens 250 Jahren Garantie einzubauen pflegte. Aber das war Oliver egal. Er schlief tief und fest und erwachte zum Glucksen der Hühner und zu dem Gurren der Tauben. Er zog die Vorhänge beiseite und öffnete das Fenster weit. Der Himmel war blau. Die Bäume waren mit glitzerndem Neuschnee bedeckt. Im Hinterhof standen ein Hühnerstall und ein Taubenschlag. Die Luft war so eisig, dass ihm Nase und Brust beim Einatmen schmerzten.

Oliver zog sich schnell an, und das, obwohl er so viele Knöpfe zu bewältigen hatte, und ging ins Esszimmer, wo sich Mr. Samuel Clemens mit Lucia auf Englisch unterhielt. Sie verglichen ihre Ansichten zu der «schrecklichen deutschen Sprache», Twains Steckenpferd, und die Schwierigkeiten, die man als Ausländer beim Lernen dieser Sprache hatte.

Das Gespräch beim Abendessen, das ganz auf Deutsch stattgefunden hatte, hatte Twain fasziniert, aber auch erschöpft. «Ihr könnt euch nicht vorstellen, wie beunruhigend ich es finde, wenn ein durch und durch vernünftiges Verb in zwei Hälften zerhackt wird», beklagte er sich bei Oliver. «Ihr Deutschen habt diese unerklärliche Angewohnheit, einen Teil eures Verbs an den Anfang des Satzes zu stellen und den Rest ans Ende, und zwischen diesen beiden Bruchstücken eines einstmals glücklichen Verbs schaufelt ihr so viele Wörter, wie ihr nur könnt, wovon jedes einzelne mindestens fünfundzwanzig Buchstaben hat!»

Oliver hatte noch nie über Deutsch als Fremdsprache nachgedacht. Aber jetzt, da Twain sich auf seine eigene lustige Art darüber mokierte, wurde ihm klar, welche Probleme sie für Ausländer darstellen konnte.

Als kurz darauf Rosa und Iris zum Frühstück herunterkamen, bat Twain um eine kleine Verschnaufpause und fragte, ob sie ihm gestatten würden, sich in seiner Muttersprache zu unterhalten.

Lucia war gern bereit, Twains Worte zu übersetzen, und erklärte den Mädchen, dass er im Augenblick über die Schwierigkeiten beim Erlernen der deutschen Sprache nachdachte.

«Es ist doch so», sagte Twain, «wenn ein deutscher Schriftsteller kopfüber in einen Satz springt, dann bekommt man ihn erst wieder zu sehen, wenn er auf der anderen Seite seines Atlantischen Ozeans mit dem Verb zwischen den Zähnen auftaucht. Und die zusammengesetzten Worte, die sich eure Schriftsteller einfallen lassen, sind furchtbar unhandliche Gebilde! Man müsste viele Jahre suchen, um ihresgleichen zu finden. Deutsche Wortzusammensetzungen sind wie Gebirgsketten, die sich über die ganze gedruckte Seite erstrecken. Ich habe lange dafür gebraucht, um über das felsige Terrain des Wortes ‹Generalstaatsverordnetenversammlungen› zu klettern. Aber als ehemaliger Lotse auf dem Mississippi hat sich ein Wort, das ich während meiner Reisen durch Europa aufgeschnappt habe, mir ganz besonders ins Gedächtnis gebrannt, ein wahrer Buchstabensalat: ‹Donaudampfschifffahrtsgesellschaftskapitän.› Der bloße Anblick verursacht mir Schluckauf.»

Die Kinder brüllten vor Lachen, und Twain lachte aus vollem Herzen mit. «So wie ich das sehe», sagte er, immer noch lachend, «kann ein begabter Schüler Englisch in dreißig Stunden lernen, Französisch in dreißig Tagen, aber für Deutsch braucht er mindestens dreißig Jahre. Wenn man die deutsche Sprache nicht irgendwann einmal tüchtig zurückschneidet, wird das Pflänzchen aussterben. Denn nur noch die Toten werden Zeit haben, diese Sprache zu lernen.» Sein Gelächter endete in einem heftigen Schluckauf, und er entschuldigte sich, um sich in der Küche ein Glas Wasser zu holen.

Als sich die Tür hinter Twain schloss, meldete sich Iris zu Wort. «Egal, was er sagt, auch sehr begabte Leute brauchen länger als dreißig Stunden, um Englisch zu lernen. Selbst ich habe mindestens fünfunddreißig Stunden gebraucht.»

Rosa und Oliver wechselten einen Blick. Iris, Iris, Iris.

«Leute! Ich habe mich gerade an etwas erinnert!» Iris drehte sich zu Lucia. «In deiner Welt, in der Zukunft, ist Deutsch tatsächlich eine tote Sprache. Sie wird nicht mehr gesprochen, nur von den Foresters und den Leuten, die beruflich damit zu tun haben, richtig? Etwas ist passiert … in Europa. Und …»

Twain kehrte ins Esszimmer zurück, und Iris verstummte. «Ich hatte gerade eine gute Idee», sagte der Schriftsteller. «So was kommt tatsächlich hin und wieder vor. Ihr Kinder seid schon viel zu lange hier eingepfercht. Was haltet ihr davon, wenn wir drüben im Tiergarten Schlittschuhlaufen gehen? Auf dem Neuen See.»

Lucia wiegte den Kopf. «Ich weiß nicht, wir sollten besser zur Molkerei Pfennig gehen und einen Hinweis hinterlassen, für den Fall, dass die Scouts dort nach uns suchen. Ich fürchte, das geht vor.»

«Du hast natürlich recht!», sagte Twain und nahm die Zeitung zur Hand. Er faltete sie so, dass der Artikel, den er las – über einen Großbrand in einem Hotel – ganz oben war. «Aber vorher wird uns ein bisschen frische Luft guttun. Die Mädchen können die Schlittschuhe meiner Töchter anziehen. Und Frau Müller ist gerade heimgegangen, um für Oliver die alten Schlittschuhe ihres Enkels zu holen. Zieht euch warm an. Es ist kolossal kalt. Es ist so kalt, dass eure Schatten glatt am Schnee festfrieren könnten!»

23. KAPITEL

Der Halunke

Es war mitten in der Woche, an einem späten Vormittag, trotzdem war es auf dem kleinen See ziemlich belebt: Es gab einen Brezelverkäufer, einen Drehorgelspieler und Mütter mit ihren Kindern. Einige Paare glitten vorbei, eine Gruppe Frauen und auch ein paar vereinzelte Männer, die alle die Bewegung an der frischen Luft genossen. Die Männer sahen mit ihren Zylindern komisch auf dem Eis aus, die Frauen dagegen elegant mit ihren Wollcapes und den Muffs, den Kragen und Schals aus Pelz. Etwa zweihundert Meter rechts von den Kindern entfernt, war ein Eishockeyspiel im Gang. Die jungen Männer, vielleicht von einem Sportclub der Universität, spielten schnell und hart – und ohne Helm!

Mr. Twain setzte sich auf eine Bank in die Sonne und las seine Zeitung. Rosa, Oliver, Iris und Lucia zogen die Schlittschuhe an.

«Ihr könnt doch alle Schlittschuhlaufen, nehme ich an», sagte Twain.

«Na klar!», sagte Lucia.

«Ich habe früher Eishockey gespielt», sagte Oliver, «aber jetzt nicht mehr.» Er sagte nicht, dass ihm seine Schlittschuhe zu klein geworden waren und er seine Eltern, die so wenig Geld hatten, nicht hatte bitten wollen, ihm neue zu kaufen.

«Ich bin nicht besonders gut auf dem Eis», sagte Iris.

«Dann halt dich an mir fest», sagte Rosa, «ich bin eine absolute Niete. Der Blinde führt den Blinden.»

Oliver hatte gehofft, dass sich Rosa an *ihm* festhalten würde, aber vielleicht später. Sie sah wunderschön aus in der Sonne, mit ihren rosigen Wangen und dem goldenen Haar. Zu gern hätte er sich einfach neben Twain gesetzt und sie gezeichnet.

«Okay», sagte Lucia. «Dann bleiben Oliver und ich zusammen. Und wir treffen uns alle zwanzig Minuten wieder hier an der Bank. Denkt daran: Bleibt zusammen! Keine Abstecher auf die Toilette, zumindest nicht allein.» Sie schaute Iris an.

«Wenn du darauf bestehst», sagte Iris.

Rosa fuhr los und zog Iris mit sich, die prompt hinfiel. Rosa bückte sich und wollte ihr aufhelfen, woraufhin sie ebenfalls das Gleichgewicht verlor und auf ihr landete. Unbeholfen rappelten sie sich hoch, sie lachten aus vollem Hals und zottelten mit tapsigen und tippelnden Schritten weiter. Oliver hoffte nur, dass Rosa, deren Beule gerade etwas kleiner geworden war, sich nicht wieder den Kopf anschlug.

Lucia war eine elegante Eisläuferin. Seite an Seite sausten sie und Oliver an allen vorbei. Sie genossen ihre aufeinander abgestimmten Bewegungen und die Leichtigkeit, mit der sie über das Eis glitten. Vorsichtig fuhren sie um ein paar Kinder herum und nahmen dann wieder Fahrt auf, als eine freie

Strecke vor ihnen lag. Die anderen Läufer ließen sie weit hinter sich. Alles war still, nur ihre Atemstöße waren zu hören, gelegentlich das Knacken eines Zweiges unter dem Gewicht des Schnees, das gedämpfte Gelächter der anderen Eisläufer und der weit entfernte Rhythmus aus der Drehorgel. *Hum-ta-ta. Hum-ta-ta.*

«Mit dir zu laufen ist schön», sagte Lucia.

Oliver lächelte sie an.

«Und ich wollte mich bei dir bedanken, Oliver.»

«Für was?»

«Dass du die Ruhe bewahrst. Du kannst gut mit einer Krise umgehen. Wir können auf dich bauen, können uns darauf verlassen, dass du das Richtige tust.»

Oliver zuckte mit den Schultern und musste daran denken, wie Lucia am Vortag unter dem ganzen Druck fast zusammengebrochen war, wie er sie aus dem Schnee aufgehoben und sie sich an seine Schulter gelehnt hatte. Die Erinnerung daran fühlte sich gut an. Er wollte dieses Gefühl nie vergessen. Es war zu wertvoll, als dass es ihm gelöscht werden durfte.

Sie fuhren weiter, wobei sie Rosa und Iris immer mit einem Auge im Blick hatten. Iris' rote Mütze war weithin sichtbar. Die Mädchen schienen sich gut zu amüsieren, sie lachten und purzelten übereinander und unterhielten sich mit ein paar Jungen, die sich das Eishockeyspiel anschauten.

«Die zwanzig Minuten sind um», sagte Lucia.

Als sie zur Bank zurückfuhren, sahen sie, dass sich auch Rosa und Iris wieder auf den Weg zum Treffpunkt machten.

«Es ist gut zu wissen, dass die Menschen im 23. Jahrhundert immer noch Schlittschuh laufen», sagte Oliver.

«Die Foresters schon, obwohl unsere Schuhe nicht so schwer sind wie die hier. Bei den Urbanites ist ‹all-skating› ein echter Volkssport. Es werden sogar Wettrennen veranstaltet. Mit den ‹all-skates› kann man auf einem Luftkissen über alle möglichen glatten Flächen skaten. Sie haben sogar eingebaute Airbags, was sie auch brauchen, weil sie unglaublich schnell sind. Aber ich mag das gute alte Schlittschuhlaufen lieber.»

Oliver konnte sich beim besten Willen keine Schlittschuhe mit Airbags vorstellen. Wollte Lucia ihn veräppeln?

Sie kamen wieder zu der Bank, wo sich eine kleine Menschenmenge um den Schriftsteller versammelt hatte. Mark Twain war ein Popstar seiner Zeit, dachte Oliver. Vermutlich konnte er keinen Fuß vor die Tür setzen, ohne dass die Leute ihn erkannten. Eine Frau zog ein paar Ansichtskarten aus ihrer Tasche. «Würden sie mir bitte eine davon signieren, Sir?», fragte sie auf Englisch, mit schwerfälligem deutschen Akzent.

Mark Twain betrachtete die oberste Ansichtskarte. Sie zeigte die belebte Ecke, wo Friedrichstraße und Unter den Linden aufeinandertrafen. Oliver schaute jemandem über die Schulter. Auf der Karte war eine von Pferden gezogene Straßenbahn, Pferdedroschken und winzige Männer und Frauen zu sehen, die geschäftig hierhin und dorthin eilten.

«Mehr habe ich nicht bei mir», sagte die Frau verlegen. «Ich weiß, es ist kein Buch, aber ...»

«Das ist ganz wunderbar», beteuerte Twain und zog einen

Füller aus seiner Tasche. Er umkreiste damit eine der winzigen, verschwommenen Gestalten auf der Straße, einen Mann mit Zylinder und Mantel, zog einen Pfeil hinauf zum Himmel zwischen den beiden Straßenseiten der Friedrichstraße und schrieb *Auf dem Weg zur Apotheke an der Ecke, Ihr sehr ergebener Mark Twain.*

Die Menge lachte fröhlich auf, und Oliver merkte, dass Twain es genoss, im Mittelpunkt zu stehen.

Hinter Oliver näherten sich Rosa und Iris kichernd.

«Wir haben den süßesten Jungen der Welt kennengelernt!», sagte Rosa zu Lucia. Sie drehte sich zu Iris. «Stimmt's?»

Iris zuckte gleichmütig mit den Schultern. «Da bist *du* die Expertin.»

«Der war so süß! Er schaute sich das Eishockeyspiel an, und dann hat er uns angequatscht», erzählte Rosa. «Er hat gesagt, er kommt aus England und ist zu Besuch hier in Berlin. Sein Englisch war *very British*!»

Iris wandte sich an Oliver. «Die Jungs brauchen noch einen weiteren Spieler, wenn der Engländer auch mitmacht. Ich habe ihnen gesagt, dass du spielen kannst.» Sie versetzte ihm einen leichten Fausthieb gegen die Schulter. «Hab Erbarmen mit ihnen. Eishockey ist noch ziemlich neu hier. Ich glaube, sie haben es noch nicht so richtig drauf.»

«Mach schon, wenn du willst», sagte Lucia zu Oliver. «Ich sage Twain Bescheid, wo ihr seid, sobald er mit seinem Bad in der Menge fertig ist. Wir treffen uns da auf dem Eis.»

Rosa, Oliver und Iris liefen zum anderen Ende des Sees, wo die Eishockeyspieler schon auf Oliver warteten. Die Jungen stellten sich vor, wobei Oliver ein Auge auf Rosa hatte, die sich munter mit einem der Jungen unterhielt, vermutlich dem Engländer, der in der gegnerischen Mannschaft spielen würde. Was hatte er, was Oliver nicht hatte? Der Junge stand mit dem Rücken zu ihm, aber Oliver sah, dass er groß und schlank war, dass er eine Pelzmütze auf dem Kopf hatte und einen schwarzen Mantel mit Pelzkragen trug und ... Je länger er hinschaute, desto mehr kam ihm der Junge bekannt vor. Wo war Oliver ihm schon begegnet? ... In der Sekunde, in der das Spiel begann, zuckte es blitzartig durch Olivers Kopf, dass er den Jungen am Tag zuvor mit einem Dackel an der Leine in der Nähe des Zoos gesehen hatte. Was für ein merkwürdiger Zufall.

Doch dann ging das Spiel los.

Von Anfang an ging es rasant hin und her. Der Puck sauste an Oliver vorbei, Stöcke schlugen laut klappernd gegeneinander und schabten kratzend über das Eis. Oliver war ein wenig besorgt, weil er keinen Helm trug, und überlegte sich, ob er nicht lieber aufhören sollte, aber es war ein so tolles Gefühl, sich einmal wieder richtig austoben zu können, und so schob er seine Bedenken beiseite. Dann aber wurde einer seiner Mannschaftskameraden, ein Junge namens Thomas, vom Puck am Hinterkopf getroffen. Er heulte auf vor Schmerz, auf beiden Seiten kochten die Emotionen hoch, und das Spiel wurde rauer. Die Spieler knallten gegen die hölzernen Torpfosten und rutschten und krachten ineinander. Oliver spielte auf der Position des Verteidigers. Er sah den englischen Jungen mit dem Puck auf sich und das Tor zusteuern. Oliver stürzte sich in den Kampf. Er überlegte, ob er den Jungen mit einem Poke Check stoppen sollte, aber der fuhr einen Bogen um ihn – Oliver war kein besonders guter Spieler. Im Vorbeirauschen versetzte der Engländer Oliver mit dem Ellbogen einen solch heftigen Stoß, dass Oliver zu Boden stürzte. Eishockeyspieler bekommen öfter die Ellbogen der Gegner zu spüren, aber das eben war Absicht, böse Absicht gewesen. «He!», schrie Oliver und stand auf. Aber der Junge war weitergefahren, hatte ein Tor geschossen und glitt jetzt lässig wieder auf Oliver zu. «Tough luck!», sagte der Engländer zu Oliver und grinste gemein – und dann hieb er ihm zufällig mit Absicht den Schläger gegen sein Knie. Das tat weh! «Sorry», sagte der Junge und fuhr weg.

Und in dem Moment erkannte Oliver den Typen. Ein heißer Wind jagte durch seine Brust. Es war der Junge, der ihnen zu Hause in Berlin aufgelauert hatte, Krit Sriwanichpoom, besser bekannt als Junior-Junior – derjenige, der für ihre verzweifelte Lage verantwortlich war. Wie zum Teufel kam der hierher? Und warum war er überhaupt da? Was hatte er gestern am Zoo zu suchen? Hatte er vor, sie noch tiefer ins Unglück zu stürzen? Oliver hatte keine Zeit, weiter darüber nachzudenken, weil das Spiel schon wieder heftig in Gange war. Über das Geschrei und den Lärm der Schläger hörte er Lucia nach ihm rufen: «Oliver! Oliver!» Aber er konnte sich nicht umdrehen, weil dieser Krit mit dem Puck geradewegs auf ihn zukam und wieder ein Tor schießen wollte. Das würde Oliver nicht zulassen! Er war stinksauer. Und er wollte Rache.

Wie es aussah, war Oliver nicht der Einzige, der beschlossen hatte, Krit aufzuhalten. Thomas ging in Verteidigungshaltung, und aus dem Augenwinkel sah Oliver, wie Lucia einem der anderen Spieler ohne Umschweife den Schläger aus der Hand riss und ebenfalls auf Krit zufuhr. Ein paar Spieler bremsten verblüfft ab. Ein Mädchen auf dem Spielfeld? Was zum ...?

Krit, der Lucia bemerkt hatte, erschrak und kam aus dem Rhythmus. In dem Moment schlug Lucia zu: Mit dem Schläger hieb sie eine Kerbe vor ihm in das Eis. Krit fiel hin, während Thomas gleichzeitig von der Seite gegen ihn rammte und auf ihn drauffiel. Lucia prallte gegen beide und fiel auf Thomas. Oliver, dem von dem ganzen Gewirbel ganz schwindelig war, wäre vermutlich auch noch auf den Haufen gestürzt, wenn ihn nicht jemand am Arm gepackt und herumgezogen hätte.

Es war Twain. «Immer langsam, mein Sohn», sagte er ruhig. «Immer langsam.»

Keiner der Spieler kannte Twain, trotzdem wichen sie vor dem Schriftsteller zur Seite wie das Rote Meer vor Moses. Er war aber auch eine einschüchternde Erscheinung mit seinem struppigen weißen Haar, das in der steifen Brise flatterte, der Zigarre im Mundwinkel und dem Schnurrbart, an dem kleine Eiszapfen hingen.

«Danke, meine Herren», sagte Twain in makellosem Deutsch. «Und nun, wenn ihr nichts dagegen habt, würde ich diesen Halunken gerne einmal in Augenschein nehmen.»

Lucia und Thomas rappelten sich auf und wichen von der platt auf dem Eis ausgestreckten Gestalt zurück.

Junior-Junior lag, mit dem Gesicht nach unten, reglos auf dem Eis.

24. KAPITEL

Der Scout

Am Ende hatte Junior-Junior eine gebrochene Nase abbekommen, Platzwunden im Gesicht, ein verstauchtes linkes Handgelenk, einen gebrochenen kleinen Finger an der linken Hand und Prellungen an den Oberschenkeln. *Geschieht ihm ganz recht*, dachte Oliver.

Twains Hausarzt flickte den Jungen, so gut es ging, zusammen, schiente den kleinen Finger und bemühte sich – vergeblich –, die Nase zu richten. Doch meinte er, man solle sich keine Sorgen machen, die Nase werde wahrscheinlich von selbst heilen.

Unglücklicherweise war Junior-Junior, wie die meisten Menschen des 23. Jahrhunderts, nicht wirklich schmerzerprobt. Der Schmerz war für ihn kaum auszuhalten. Der Arzt bot ihm Laudanum an, Twain meinte, ein doppelter Whiskey würde besser helfen, aber Frau Müller scheuchte beide weg und legte Krit Eisbrocken, in ein Geschirrtuch gewickelt, als Kompresse auf die Nase. Das helfe gegen die Schwellung, behauptete sie. Ehe sie in der Küche ganz verschwand, um das Mittagessen zu kochen, brachte sie allen einen heißen Pfefferminztee. Sie und der Arzt verließen schließlich den Salon. Twain nutzte die Gelegenheit, Krit einen ordentlichen Schuss Whiskey in die Teetasse zu schütten.

«Aspirin wäre besser», sagte Iris zu Junior-Junior, «aber mit der Massenproduktion dauert es noch ein paar Jahre, ich glaube bis 1899. Laudanum wirkt natürlich auch gegen die Schmerzen, aber es wird aus Morphin gemacht und ist deshalb keine gute Idee. Es macht süchtig. Also bleiben dir nur zwei Möglichkeiten: Du musst es aushalten oder dich betrinken.»

Junior-Junior schenkte ihr ein schwaches Lächeln.

Die Haut um Junior-Juniors Nase und Augen verfärbte sich langsam dunkelblau, was sein hageres Aussehen noch unterstrich. Sein Gesicht wirkte fast wie ein Totenschädel. «Aber er ist immer noch echt süß», flüsterte Rosa Iris zu. Olivers Wangen wurden heiß. Wie war es nur möglich, dass sie ihn mochte?

Iris dagegen empfand weder Feindseligkeit noch freundschaftliche Gefühle für Junior-Junior. Erstens war nicht endgültig bewiesen, dass er hinter dem Zeitsturz steckte. Zweitens – und das war für sie noch wichtiger – anders als Rosa, Oliver und Lucia fand sie ihren Ausflug ins 19. Jahrhundert immer noch aufregend. Und Angst hatte sie überhaupt nicht. Im Gegenteil: Sie würde traurig sein, wenn sie wieder gehen musste, und war eigentlich demjenigen dankbar, der ihr diese einmalige Gelegenheit verschafft hatte. Auch wenn er ein Stinktier war.

Oliver hegte keinerlei Sympathie für Junior-Junior, musste allerdings zugeben, dass der Junge ein interessantes

Gesicht hatte, das er zu gerne gemalt hätte, besonders jetzt, mit der gebrochenen, geschwollenen Nase, den Blutergüssen und den buschigen Augenbrauen. Sie waren schwarz und dicht und wuchsen schräg zusammen wie ein umgekehrtes «V».

Junior-Junior lag auf der Chaiselongue im Salon, die anderen saßen um ihn herum. Oliver hatte den besten Überblick. Twain hatte mitbekommen, dass Oliver ein Künstler war, und hatte ihm den Zeichenblock seiner ältesten Tochter in die Hand gedrückt, ihm seinen Lieblingssessel gegeben und noch einen hölzernen Knietisch. Wie ein Gerichtszeichner würde Oliver ihr Gespräch dokumentieren.

Der Einfachheit halber sprachen sie Deutsch. Der Zeitreiseschüler Junior-Junior beherrschte die Sprache sehr gut, auch wenn sie im 23. Jahrhundert nicht mehr geläufig war.

Mark Twain betrachtete den Neuankömmling mit einem Blick, der nicht unfreundlich war. «Hast du es einigermaßen bequem, junger Mann.»

«Ja, danke», sagte der Junge höflich.

Twain paffte an seiner Zigarre. «Ich glaube, wir müssen uns einmal ernsthaft unterhalten.»

«Und du sagst besser die Wahrheit!», zischte Lucia.

«Sehen Sie?», wandte sich Junior-Junior an Twain. «Genau das ist das Problem. Sie ist immer so emotional.» Er sprach erstaunlich gleichmütig.

Twain wandte sich an Lucia. «Miss Lucia, mit Zorn ist gar nichts gewonnen. Hören wir ihn erst einmal an.»

Junior-Junior grinste.

«Und du, junger Mann», sagte Twain, «solltest schleunigst diesen selbstgefälligen Ausdruck ablegen.»

Lucia bedankte sich mit einem Lächeln bei Twain und kam dann gleich zur Sache. Mit schmalen Augen funkelte sie Krit an. «Hast du meine Heimreise sabotiert?»

Junior-Junior sah zu Twain.

«Er weiß Bescheid», sagte Lucia. «Du kannst offen reden.»

«Aber was, wenn –»

«Mein lieber Freund», sagte Twain, «ich habe nicht vor, meinen Ruf damit zu ruinieren, dass ich herumlaufe und behaupte, ich sei von geheimnisvollen Fremden aus der Zukunft heimgesucht worden. Euer Geheimnis ist bei mir sicher.»

Junior-Junior runzelte die Stirn. «Ja, wir haben dran gedreht. Aber es sollte bloß ein Scherz sein, nur ein harmloser Gag. Wir wollten dich ein bisschen durcheinanderbringen. Wir wussten, dass du an diesem Tag reisen würdest, also haben wir das Portal manipuliert, damit du rückwärts statt vorwärts reist. Aber es sollte keine Bruchlandung werden. Und schon gar nicht ins 19. Jahrhundert. Das waren nicht wir. Das waren deine drei Freunde hier, die mit auf den Zug aufgesprungen sind. Wir kapieren immer noch nicht, warum das Portal sie als reisetauglich eingestuft hat.»

Lucia kochte vor Wut. «Das klingt so, als sei das nichts weiter als ein harmloser kleiner Lausbubenstreich. Du weißt doch ganz genau, dass es streng verboten ist, an den Portalen herumzuspielen.»

Twain legte ihr besänftigend die Hand auf die Schulter, woraufhin Lucia sich in ihren Sessel zurückwarf.

«Das sieht dieser Junge ganz anders», sagte Junior-Junior.

«Welcher Junge?», fragte Twain verwirrt und schaute sich um.

Lucia verdrehte die Augen und sagte zu Twain: «Urbanites sprechen nie in der Ich-Form. Sie sagen auch nicht ‹mich› oder ‹meine›. Keine Pronomen der ersten Person Singular. Das wurde schon vor Jahrhunderten abgeschafft. Sie glauben, wenn man ‹wir› anstatt ‹ich› sagt, fördert das den Gemeinschaftssinn.»

«Hm. Interessant», sagte Twain und kaute auf seiner Zigarre.

«Um es noch einmal zu wiederholen», fuhr Junior-Junior fort und setzte sich auf, wobei er vor Schmerzen das Gesicht verzog, «dieser Junge sieht das anders. Du redest, als ob Streiche überhaupt nicht vorkommen, während doch ständig irgendjemand irgendjemandem einen Streich spielt. Das gehört doch fast dazu. Jeder macht es. Außerdem gibt es doch regelmäßig Zeitsturz-Übungen in Hawking. Und warum? Weil Unfälle nun mal passieren. Und wenn sie passieren, müssen wir vorbereitet sein.»

«Es ist aber ein Unterschied, ob der Grund dafür ein echtes technisches Problem ist oder ob man es absichtlich macht, um den Ruf eines Mitschülers zu ruinieren. Oder um ihm Angst zu machen. Oder ihn lächerlich dastehen zu lassen. Außerdem sind die Streiche, von denen du redest, harmlos.» Sie richtete das Wort an Twain, Rosa, Oliver und Iris. «Manchmal werden Zeitreisende in die jüngere Vergangenheit geschickt. Das ist ein Scherz, den sich die Freunde erlauben, und die Schule hat nichts dagegen, wenn die Reisen vorher angemeldet werden. Dabei begegnet der Zeitreisende seinem jüngeren Ich. Für dieses jüngere Ich ist die Begegnung natürlich überraschender als für das ältere, weil das ältere Ich sich ja bereits daran erinnern kann. Außerdem reden wir hier von der *jüngeren* Vergangenheit. Niemals – wirklich niemals – wird jemand gänzlich ohne Vorbereitung so weit in die Vergangenheit zurückgeschickt, wie es uns passiert ist.»

Twain, Rosa, Oliver und Iris schauten sie verwirrt an.

«Zum Beispiel», sagte Lucia. «Vor ein paar Monaten habe ich mein 16-jähriges Ich kennengelernt. Ein paar Klassenkameraden haben es mir als Geburtstagsgeschenk geschickt. Mein älteres Ich wusste, dass wir uns begegnen, weil es ihm ja schon passiert war (das heißt, es war mir passiert), und erlebte die Begegnung nun aus einer anderen Perspektive. Ich dagegen, an meinem 14. Geburtstag, hatte keine Ahnung, dass ich mein älteres Ich treffen würde, weil es mir ja noch nicht passiert war. Es war wirklich lustig. Jetzt freue ich mich natürlich auf meinen sechzehnten Geburtstag, damit ich sehen kann, wie ich mit vierzehn ausgesehen habe.»

«Das ist ja so cool!», quietschte Iris. «Das will ich auch machen!»

Oliver fand die Vorstellung völlig bescheuert. Es war so verrückt, dass er nicht einmal darüber nachdenken wollte. Er fand ja schon die Vorstellung, dass ein Mensch an zwei Orten gleichzeitig sein konnte, völlig unglaublich, geschweige denn zwei Versionen eines einzigen Menschen am selben Ort.

«Das heißt also», sagte Rosa, die sich Mühe gab, Lucias

Logik zu folgen, «dass du jetzt weißt, dass du in zwei Jahren noch am Leben bist, weil dich dein 16-jähriges Ich besucht hat.»

«Korrekt.»

«Das bedeutet, dass du diese Reise ins 19. Jahrhundert überlebst.»

«Ja.»

Was aber Lucia nicht sagte, dachte Oliver, war, ob er, Rosa und Iris diese Reise ebenfalls überleben würden. Vermutlich, weil sie es nicht wusste, auch wenn ihr 16-jähriges Ich es wusste … gewusst hatte … wissen würde. Oliver erschauerte. *Bloß nicht darüber nachdenken!*, befahl er sich. Er schlug ein leeres Blatt auf dem Zeichenblock auf und fing an, Twain zu skizzieren.

«Warte mal, mein Sohn», sagte Twain zu Oliver. «Auf dieses Bild muss unbedingt eine Fliege.» Er zog ein langes braunes Seidentuch aus der Tasche. «Würdest du sie mir bitte binden? Meine Arthritis macht mir wieder zu schaffen. Ich kann es leider nicht selbst.»

Oliver schüttelte den Kopf. «Das … geht nicht. Ich weiß nicht, wie man das macht.»

«Gütiger Himmel!», sagte Twain. «Jeder junge Mann, der etwas auf sich hält, sollte eine Fliege tragen. Sag mir bloß nicht, dass die Fliege aus der Mode gekommen ist!»

«Mein Vater trägt ständig eine», sagte Rosa. «Mir gefällt's. Ich kann sie für Sie binden, wenn Sie möchten.»

Twain gab ihr das Seidentuch. «Danke, meine Liebe. Und wenn du Muße hast, dann gib Oliver mal ein paar Nachhilfestunden.»

Oliver errötete. Er war froh, dass alle zu Rosa schauten.

«Oje. Ohne Prothese geht's doch nicht so einfach», sagte Rosa entschuldigend. «Iris, kannst du hier mal festhalten?»

Nach zwei Minuten hatten sie Twains Seidentuch zu einer tadellosen Fliege gebunden. Zufrieden lehnte sich Twain zurück und bedeutete Oliver, mit der Zeichnung fortzufahren.

«Ich bin noch nicht fertig mit dir, Junior-Junior», sagte Lucia. «Würdest du mir bitte verraten, wie du dir überhaupt Zugang zum Kontrollraum verschafft hast?»

Krit verschränkte die Arme vor der Brust. Diese Frage würde er nicht beantworten.

Mark Twain räusperte sich. «Also das würde mich auch interessieren», sagte er.

Krit dachte einen Moment lang über Twains Bitte nach. «Also schön», sagte er und wandte sich dann an Lucia. «Aber hör gefälligst auf, diesen Urbanite Junior-Junior zu nennen.» Dann richtete er das Wort wieder an Twain. «Dieser Schüler arbeitete an dem Tag, an dem wir das Portal manipuliert haben, in der Zentrale. Er hat dort einen Teilzeitjob.»

Lucia riss die Augen auf. «Schüler haben Zutritt zum Kontrollraum?»

«Einige schon.»

«Vermutlich solche, deren Vater der Geheimdienstchef ist, was?» Sie wurde schon wieder laut.

Junior-Juniors Gesicht wurde krebsrot. «Das hat gar nichts mit Rirkrit senior zu tun.»

«Wer soll das denn glauben? Wenigstens weiß ich jetzt, warum meine Mutter nicht mehr in der Berliner Zentrale arbeiten will. Die Sicherheitsvorkehrungen sind ein Witz!»

«Deine Mutter musste die Zentrale verlassen, weil man sie aufgefordert hat zu gehen. Wegen ihrer Verbindung zu den Foresters.»

Lucia sprang auf. «Da haben wir es doch! Das Schimpfwort! Forester!»

«Na, schau dich doch nur an», sagte Krit gelassen. «Du tobst und krakeelst, du hüpfst auf und ab und rennst herum wie ein eingesperrtes Tier. Gestern hat dich dieser Junge sogar weinen gesehen. Unten vor dem Haus. Du hast im Schnee gehockt.»

«Du hast uns verfolgt!»

«Er verfolgt uns seit Wochen», sagte Oliver zu Twain. Dann, zu Krit gewandt: «Das hat mir mein Bruder erzählt.»

«T?», fragte Krit.

«Woher kennst du ihn?»

«Frag ihn doch selbst.» Krit wandte sich wieder zu Lucia um. «Ja, du hast geweint. Nur Foresters lassen sich von ihren Gefühlen beherrschen. Du hast die Nerven verloren, Lucia Moreau. Zeitreisen sind nichts für Foresters. Sie sind viel zu unberechenbar und impulsiv. Man muss eiserne Nerven und einen klaren Kopf behalten. Man muss in der Lage sein, schnell zu entscheiden. Ganz ehrlich, wie soll das gehen, wenn man ständig von seinen Gefühlen übermannt wird?»

So, wie Junior-Junior Zeitreisende beschrieb, konnte man meinen, sie seien Geheimagenten wie Jason Bourne oder, noch besser, gleich Maschinen, dachte Oliver. Vielleicht war *Krit* eine Maschine, Lucia aber nicht – glücklicherweise.

Sie war gefasst, konzentriert, pragmatisch und bewahrte in der Regel einen kühlen Kopf, aber sie war auch emotional, ein bisschen ungeduldig und manchmal aufbrausend. Na und?

«Du, Junior-Junior, hast was gegen Foresters», sagte Lucia. «Gib's zu!»

«Hör bitte auf mit dem ‹Junior-Junior›.» Krit sprach wieder zu Twain. «Urbanites haben die Welt in den vergangenen zweihundert Jahren entscheidend vorangebracht: Weltfrieden, eine funktionierende globale Regierung, unglaubliche technologische Entwicklungen, Quantensprünge in der wissenschaftlichen Forschung. Die Foresters dagegen sind rückständig, schwer von Begriff und auf lange Sicht eine Bedrohung für unsere Lebensweise, eine Bedrohung für –»

«Rückständig, weil wir an die Menschen glauben und nicht nur an die Technologie?!», schrie Lucia.

«Wie kannst du gegen ein längeres, gesünderes Leben sein?», meinte Krit. Und zu Twain sagte er: «Sie lachen über unsere Forschung in puncto Unsterblichkeit. Die Foresters sind dagegen, dass –»

«Unsterblichkeit? Was bringt einem die Unsterblichkeit, wenn man nichts vom Leben versteht? Auf dem Weg in die Unsterblichkeit habt ihr Urbanites so unglaublich viel verloren. Ich bin in beiden Welten groß geworden», erklärte Lucia den anderen, «also kann ich mit absoluter Sicherheit behaupten, dass die Urbanites ihr Leben nicht wirklich tief empfinden. Sie wissen viel über die Welt um sie herum, über das Universum, aber kaum etwas über ihre eigene, innere Welt.» Sie deutete auf Krit. «Er hält das alles nur für einen lächerlichen Streich, weil er nicht zugeben will, dass er Neid empfindet. Er versteht nicht, dass das, was er mir gegenüber empfindet, Groll ist. Sogar Bitterkeit. Die Urbanites begreifen ihre eigenen Gefühle nicht, zumindest die meisten Gefühle nicht. Und Urbanites wissen nichts von Liebe. Von der romantischen Liebe zwischen zwei Menschen. Sie haben keine Ahnung, wie wunderbar das sein kann. Obwohl einigen von ihnen langsam ein Licht aufgeht. Meine Mutter ist ein Beispiel. Aber die meisten haben nichts begriffen.»

«Liebe? Das ist nichts weiter als Idiotie», sagte Krit rundheraus. «Liebe ist unlogisch und kann auch ganz bestimmt nicht bewiesen werden.»

«Na, na, na», sagte Twain, «immer langsam mit den jungen Pferden! Ihr redet beide viel zu schnell.» Er kaute nachdenklich auf seiner Zigarre. «Also, ich denke, ich muss unserem jungen Freund Krit zustimmen, dass Liebe nicht das Produkt von Vernunft und Logik ist. Aber sie existiert tatsächlich, denn ich selbst empfinde sie seit vielen Jahren für meine Olivia. Ehrlich gesagt, kommt es mir so vor, als ob ihr beide eigentlich den Krieg eurer Eltern führt.»

«Krieg?», sagten Lucia und Krit wie aus einem Mund. Beide waren schockiert.

«Unsere Eltern führen keinen Krieg», sagte Krit.

«Aber sie haben bestimmt ein Problem miteinander», sagte Lucia. «Urbanites gegen Foresters. Das kannst du nicht leugnen, Junior-Junior.»

«Hör mit diesem Namen auf!»

«Problem oder Krieg», sagte Twain, «es sollte eine Lösung gefunden werden. Aber wir sind an diesem Tisch dazu nicht in der Lage, fürchte ich.» Er bedachte Krit mit einem strengen Blick. «Mein lieber Freund, du bist ein Halunke, wie er im Buche steht. Daran gibt es für mich keinen Zweifel. Aber du sollst wissen, wenn du es nicht ohnehin schon längst weißt, dass ich seit langem eine große Zuneigung zu Leuten deines Schlags hege. Sie faszinieren mich. Erst Tom Sawyer, dann Huckleberry Finn und jetzt Krit Sriwanichpoom. Du hast eine große Dummheit begangen, und wie Tom und Huck wirst auch du die Folgen deines Handelns tragen müssen.» Er wandte sich Lucia zu. «Du, Miss Lucia, erwartest von mir, dass ich den Richter spiele, dass ich derjenige bin, der sagt, wer recht hat und wer nicht, und der das Strafmaß festsetzt. Aber da muss ich dich enttäuschen. Das hier ist nicht meine Geschichte. Ihr seid keine Figuren aus einem von meinen Büchern. Die Sache mit der Gerechtigkeit müsst ihr selbst klären.»

Es war still im Raum. Nur das Kratzen von Olivers Kohlestift auf dem Papier war zu hören. Aus der Küche waberte der Duft von Frau Müllers Braten, und Oliver merkte, dass er Hunger hatte.

«Was ich nicht verstehe», sagte Lucia zu Krit, «ist, warum du überhaupt hier bist, 1891. Aus Schadenfreude? Um alles noch schlimmer zu machen? Das ergibt irgendwie keinen Sinn.»

Aller Augen lagen auf Junior-Junior. Er verschränkte die Arme vor der Brust, was seine bevorzugte Verteidigungshaltung zu sein schien. Aber ihm war wohl klar, dass es diesmal nicht funktionieren würde. «Hawking hat diesen Schüler geschickt.»

«Hawking hat dich geschickt?», sagte Lucia.

«Um euch zu finden. Als Strafe.»

Lucias Augen weiteten sich. «Als Strafe?»

«In der Zentrale wurde der Zeitsturz gleich bemerkt. Damit hatten wir nicht gerechnet. Deine Mutter hat anscheinend deine Reise getrackt und gemerkt, dass etwas nicht stimmt. Dabei wurde ein zweites Signal in der Nähe des Portals aufgeschnappt – dieses dämlichen Geräteschuppens –, und dieses Signal war –»

«Deins!», rief Lucia.

«Du warst da», sagte Oliver. «Ich habe dich zwischen den Bäumen gesehen. Du hast uns ausgelacht.»

«Schadenfreude, wusste ich's doch!», sagte Lucia. «Und du hast uns nachspioniert.» Sie schüttelte den Kopf. «Und ich dachte, du bist schlau. Ha! Sie haben dich also einbestellt, und du konntest dich diesmal nicht aus der Sache herausreden, stimmt's?» Sie schwieg kurz. «Aber ich verstehe es immer noch nicht. Warum haben Sie *dich* geschickt, uns zu finden?»

Krit schluckte schwer. «Weil dieser Junge ein Scout ist. Euer Scout. Hermes 1891. Sriwanichpoom.»

25. KAPITEL

Grandhotel Königin Luise

Oliver ließ seinen Stift fallen, Rosa keuchte auf, Iris verschüttete ihren Tee, und Lucia sprang vom Sessel. «Du bist ein Scout?»

«War. Wegen dir wurde dieser Zeitreisende von seinen Pflichten als Scout entbunden. Das hier ist mein letzter Auftrag.»

«Nicht wegen mir, sondern wegen dir! Das geschieht dir ganz recht. Du hast deine Befugnisse missbraucht.»

Mark Twain lachte. «Es sieht ganz danach aus, als hättest du die Folgen aus deiner Dummheit bereits tragen müssen, junger Mann.»

Lucia marschierte auf und ab. «Wir warten seit ewig auf dich! Wie lange bist du schon hier?»

«Seit ihr die Molkerei Pfennig verlassen habt.» Er schien auch noch stolz darauf zu sein.

«Du hast dir also einen Spaß daraus gemacht, uns die ganze Zeit zu beobachten?» Lucia kochte vor Wut. «Wie konntest du bloß glauben, dass du damit durchkommen würdest? In dem Moment, in dem verirrte Reisende aufgespürt sind, müssen Scouts handeln, und zwar sofort! Du riskierst deine ganze Zeitreise-Karriere. Ich kapiere dich nicht. So sehr kannst du mich doch gar nicht hassen!»

«Wir wären beinahe erfroren», beklagte sich Rosa.

«Du wärst schon nicht erfroren, Prinzessin», erwiderte Krit.

Rosa funkelte ihn an.

Gut!, dachte Oliver. Sie stand also nicht mehr unter seinem Bann. Süß war die Rache. Sehr, sehr süß. Schön, dass wenigstens *er* seine Gefühle verstand.

«Du bist uns also zu Bodo Herschels Kostümschneiderei gefolgt?», fragte Lucia.

«Natürlich.»

Lucias Augen wurden schmal – wie winzige kleine Schlitze. «Hast du etwa das Geld und die Juwelen gestohlen?»

Krit lächelte.

«Du Ratte!», rief Lucia und fing an, auf und ab zu gehen. «Du hast uns auch die Polizei auf den Hals gehetzt, nicht wahr? Aber warum?»

«Und du hast auch meine Zeichnungen auf Herschels Schreibtisch gelegt», setzte Oliver hinzu, «damit die Polizei erfährt, wie wir aussehen.»

«Erraten», sagte Krit und grinste wieder selbstgefällig.

«Und du warst der, der ihnen den Tipp gegeben hat, dass wir im Zoo waren!», sagte Iris.

«Aber warum?», fragte Lucia noch einmal. «Ich verstehe es einfach nicht. Warum hast du uns nicht eingesammelt und einfach wieder nach Hause verfrachtet? Warum das ganze Trara? Warum hast du uns von der Polizei verhaften lassen?»

«Das hätte doch gar keinen Spaß gemacht», sagte Krit, «wenn wir gleich wieder heimgegangen wären! Außerdem wusste dieser Scout ganz genau, wie er euch aus den Händen der Polizei wieder befreit hätte. Es bestand nicht die geringste Gefahr, dass ihr im Kerker gelandet wärt. Allerdings hat dieser Scout unglücklicherweise eure Spur verloren, nachdem euch die Polizei erwischt hatte. Wie seid ihr überhaupt entkommen?»

«Das geht dich überhaupt nichts an!», knurrte Lucia. «Und übrigens du hast unsere Spur verloren, weil mein Tracker nicht mehr funktioniert. Aber woher wusstest du dann, dass wir zum Schlittschuhlaufen gehen würden?»

«Die Frage ist doch eher, woher wusste dieser Scout, dass ihr bei Mr. Twain seid? Ganz einfach: der Zeitungsausschnitt, wenn auch dieser Scout in der Tat ein wenig unsicher war. Doch schließlich hatte er meisterhaft kombiniert. Ihr wart bei Mark Twain.» Diesmal war Krits Lächeln noch eine Spur selbstgefälliger. «Nachdem er euch ausfindig gemacht hatte, hat dieser Scout die Nacht in einer Pension an der Ecke Potsdamer Straße verbracht und war frühmorgens wieder hier und hat von einer Mietsdroschke aus das Kommen und Gehen in der Körnerstraße beobachtet. Dieser Scout war direkt hinter euch, als ihr zum See gegangen seid.»

«Aber woher», setzte Rosa an, «hattest du –»

«Schlittschuhe?», ergänzte Krit.

Rosa blieb der Mund offen stehen.

Oliver hatte das ungute Gefühl, dass der Typ Gedanken lesen konnte.

«Von einem der Hockeyspieler, der keine Lust mehr hatte. Das war das geringste Problem.»

«Junior-Junior», sagte Lucia, «du bist der verschlagenste Mensch, den ich kenne.»

«Junger Mann», lachte Twain, «mir scheint, du hast den falschen Beruf gewählt. Du wärst ein brillanter Anwalt. Oder Politiker.»

«Du hältst dich für so klug», sagte Lucia. «Aber du spielst mit dem Feuer. Du hättest uns verlieren können. Wir hätten auf ewig hier festgehangen. Für immer.»

«Für immer?», wiederholte Rosa. «Lucia, du hast doch gesagt, dass –»

«Moment mal», sagte Krit und richtete sich auf. «Nicht so schnell. Etwas ist diesem Scout nicht ganz klar. Scouts haben natürlich die erforderlichen Geräte, um die Trackers von verirrten Zeitreisenden aufzuspüren. Aber woher wusstest *du*, dass dein Tracker nicht mehr funktioniert?»

Lucia gab keine Antwort, aber Oliver sah, wie sich ihre Wangen röteten. Sie verheimlichte Krit etwas. Krit dagegen hatte einen listigen Ausdruck in den Augen.

«Nun?», bohrte Junior-Junior nach.

«Durch ihr PockDock natürlich!», sagte Iris. «Ihr PockDock hat es gemerkt.»

Lucia warf Iris einen vernichtenden Blick zu.

«Was ist ein PockDock?», fragte Mark Twain, aber ausnahmsweise hörte ihm keiner zu.

«Interessant», sagte Krit. «Genau das hat sich dieser Scout gedacht. Du hast also dein PockDock dabei.» Er lächelte, offenbar zufrieden mit sich selbst. «Und das, liebe Freundin, ist die Antwort auf die Frage, warum dieser Scout dachte, er könnte dich und deine Freunde ein bisschen schmoren lassen und trotzdem damit durchkommen. Er wusste, dass du ihn nicht verpfeifen würdest. Denn wenn du es tätest, würde er auch dich verpfeifen. Eine Hand wäscht die andere.» Er wandte sich an Twain. «Ein PockDock ist ein primitives, in jeder Hinsicht unhandliches und veraltetes Spielzeug, das die Foresters ständig mit sich herumschleppen. Es ist Zeitreisenden streng verboten, es mit ins 21. Jahrhundert zu nehmen – was Lucia offensichtlich getan hat –, und es ist schon gar nicht erlaubt, es im 19. Jahrhundert zu benutzen. Wenn jemand das Ding entdecken würde, würden wir in ernsten Schwierigkeiten stecken.»

Rosa, Oliver und Iris wechselten einen Blick. Ein PockDock – primitiv? Unhandlich? Veraltet?

«Woher wusstest du, dass ich das PockDock dabeihabe?», fragte Lucia.

«Dieser Scout war im Keller der Molkerei Pfennig. Du hast es als Taschenlampe benutzt. Erst in dem Moment hatte dieser Scout die Idee, ein kleines Spiel mit dir zu spielen.»

«Du willst also behaupten», sagte Lucia, «dass es meine Schuld ist, dass du dich wie ein unmoralischer, skrupelloser Mistkerl benommen hast?»

Junior-Junior zuckte mit den Schultern.

«Ich finde das alles sehr amüsant», sagte Twain und klatschte in die Hände. «Miss Lucia, ich merke, dass du auch ein kleiner Halunke bist. Äußerst charmant. Krits Schachzug ist also das Resultat deiner eigenen Torheit.»

«Es ist eine blöde Regel!», sagte Lucia.

«Ts, ts, ts», sagte Twain. «Ich bin der Meinung, dass man Regeln beachten sollte, solange man jung ist. Dann hat man später, wenn man älter ist, die Kraft, sie zu brechen, wenn es wirklich darauf ankommt.» Er zwinkerte ihr zu.

Lucia schmollte.

«Darf ich das PockDock sehen?», fragte Twain. «Er interessiert mich brennend, das muss ich zugeben.»

«Ich brauche es jetzt sowieso nicht mehr zu verheimlichen», sagte Lucia, griff in den Ärmel ihres Kleides und zog das kleine Gerät heraus. Sie reichte es Twain und wandte sich dann wieder Krit zu. «Der einzige Vorteil, dass du unser Scout bist, ist der, dass du wenigstens das Chronotonin dabeihast. Meine Flasche ist fast leer.»

«Dieser Scout hat ein paar Fläschchen in seinem Mantel.»

Mark Twain läutete die kleine Glocke. Gleich darauf erschien Frau Müller und brachte köstlichen Bratenduft mit.

«Frau Müller, bitte bringen Sie uns doch den Mantel unseres jungen Freundes.»

Kurz darauf kehrte Frau Müller mit Krits Mantel zurück. «Das Essen ist in einer halben Stunde fertig. Ich habe für Miss Lucia einen Gemüseeintopf gemacht. Herr Krit, darf es für Sie Fleisch oder ebenfalls Gemüse sein?», fragte sie.

«Gemüse, vielen Dank», antwortete er, woraufhin die gute Dame sich wieder in ihre Küche zurückzog.

Krit griff in die Innenseite seines Mantels. Als er die Hand wieder herauszog, war sie voller kleiner Glassplitter. «So ein Pech. Die Flaschen müssen zerbrochen sein, als dieser Scout beim Schlittschuhlaufen hingefallen ist.» Er schaute Lucia an. «Du hast mit deinem Schläger dafür gesorgt, dass ich auf dem Eis lande.»

Lucia erbleichte. «Ist nichts mehr übrig?» Ihr Blick zuckte zu Rosa, Oliver und Iris. «Sie brauchen es!»

«Mich überrascht es», sagte Iris, «dass so etwas Wichtiges wie Chronotonin nicht in sicheren Behältern transportiert wird. Wie Lucias Fläschchen.»

«Plastikflaschen passen nicht in diese Zeit. Das ist eigentlich verboten», sagte Krit und leerte seine Taschen. Er zog eine Kette aus Tahiti-Perlen heraus und legte sie auf den Beistelltisch, eine Diamantbrosche, eine durchweichte Schmuckrolle und ein Bündel Geldscheine.

Mark Twain stieß einen Pfiff aus. «Das ist ja wahrlich fette Beute.»

Lucia kochte wieder über. «Du hast das Geld und die Juwelen nur gestohlen, damit die Polizei uns jagt! Das ist so was von mies!»

Krit achtete nicht auf sie. «Tut mir leid. Die Flaschen sind alle kaputtgegangen.»

«Und jetzt?», fragte Lucia. «Wir brauchen es!»

Krit zuckte mit den Schultern. «Keine Angst, die meisten Leute überleben ein Zeitlag-Trauma. Obwohl sie häufig Gedächtnislücken davontragen.»

«Ich hätte nichts dagegen, *dich* schnellstens zu vergessen», sagte Rosa bissig.

Weiter so, Rosa!, dachte Oliver.

Junior-Junior wischte ihre Bemerkung mit einer Handbewegung beiseite und wollte die Geldscheine wieder in seine

Tasche stecken. Dabei fiel ein Fläschchen aus der Geldrolle und fiel mit leisem Klirren gegen die Kupferglocke.

Lucia stürzte sich förmlich darauf. «Es ist nicht viel, aber es wird eine Weile reichen.» Sie schaute Krit an. «Danke, Junior-Junior», sagte sie gnädig.

«Ich heiße Krit.»

«Also schön», sagte Lucia. «Ausnahmsweise. Danke ... Krit-Krit.»

Alle lachten. Junior-Junior war nicht amüsiert.

«Wie funktioniert das?», fragte Twain und hielt das PockDock hoch.

«Ich schalte es ein», sagte Lucia und nahm ihm das PockDock aus der Hand. «Sie können damit herumspielen, wenn Sie wollen.»

«Man beachte den Ausdruck ‹spielen›», sagte Junior-Junior. «Wie dieser Scout bereits sagte, es ist bloß ein Spielzeug.»

«Hört zu, Leute», sagte Lucia zu Rosa, Oliver und Iris, während sie das PockDock für Twain einschaltete. «Gleich nach dem Mittagessen machen wir uns auf den Weg zum Portal. Wir haben kaum Chronotonin, das wird nicht ewig reichen. Und wir müssen vorher noch unsere Sachen aus Herschels Keller holen. Von wo aus geht's eigentlich nach Hause?», fragte sie Krit.

«Unser Zeitportal ist im Grandhotel Königin Luise. Die Wäschekammer unter dem Dach. Sie ist klein, aber fünf passen hinein. Es ist bis sechs Uhr heute Abend gültig.»

«Ich bitte um Verzeihung», meldete sich Twain zu Wort, «aber sagtest –»

«Sechs Uhr? Das ist aber sehr knapp bemessen», sagte Lucia zu Krit. «Du hast uns tagelang warten lassen, und jetzt müssen wir uns beeilen, um rechtzeitig zum Portal zu kommen?»

«Ähm ... Pardon», sagte Twain, «es ist nur, dass –»

«Dieser Junge», sagte Krit, «hat nicht erwartet, durch eine gebrochene Nase aufgehalten zu werden!»

«Und wessen Schuld war das?», gab Lucia scharf zurück.

«Kinder!», rief Twain, um sich endlich Gehör zu verschaffen. «Seid ihr sicher, dass ihr in das Grandhotel Königin Luise müsst?»

«Ja», sagte Krit. «Warum?»

«Weil es das Grandhotel nicht mehr gibt.» Jetzt hatte er ihre ungeteilte Aufmerksamkeit. «Es ist gestern abgebrannt. Im Dachgeschoss ist ein Feuer ausgebrochen, und das ganze Hotel ist bis auf die Grundmauern niedergebrannt.»

«Aber dieser Scout war gestern noch im Hotel und hat die Wäschekammer geprüft!», sagte Krit.

«Wir haben die Feuerwehr gesehen», erinnerte sich Iris.

«Das sind schlimme Nachrichten», sagte Krit.

«Aber ist das Portal nicht immer noch dort?», fragte Iris.

Krit und Lucia schüttelten gleichzeitig die Köpfe. «Portale können nur innerhalb von vier Wänden existieren», sagte Lucia. «Das hat mit dem Kraftfeld zu tun. Es ist sehr kompliziert, selbst für mich.»

«Dann müssen wir einfach warten, bis uns ein anderer Scout gefunden hat», sagte Krit, «und uns durch ein instabiles Portal schmuggelt.»

«Instabil?», hakte Iris nach.

Lucia schaute von ihrem PockDock auf. «Das Grandhotel Königin Luise war ein stabiles, dauerhaftes Portal. Aber jetzt, wo es nicht mehr existiert, müssen wir ein sogenanntes instabiles Portal verwenden. Nur Scouts wissen, wo sie sind. Sie sind von verschiedenen Gegebenheiten abhängig, verändern sich ständig oder verschwinden ganz.»

«Es wird nicht lange dauern», sagte Krit. «Sie können das Signal dieses Scouts aufspüren. Wenn sie merken, dass wir um sechs Uhr noch nicht abgereist sind, dann schicken sie jemanden, der uns holt.»

«Das denkst du», sagte Lucia unheilschwanger.

Krits Augenbrauen wurde steiler. «Was meinst du?»

Sie hielt ihr PockDock hoch. «Dein Signal ist auch weg. Mein PockDock empfängt es nicht. Ist dein Tracker eins von den neuen Modellen? Ein FT_2281_0106x?»

«Ja, genau.»

«Meiner auch. Mist! Das Modell scheint störanfällig. Vielleicht hängt das mit dieser Zeitzone zusammen. Ich habe es in anderen Zeitzonen benutzt – frühes 22. Jahrhundert, sehr spätes 21. Jahrhundert –, und alles war in Ordnung. Nur hier funktioniert es nicht richtig.»

Alle schwiegen.

Oliver fand seine Stimme. «Und was heißt das im Klartext?»

«Es heißt», sagte Lucia, «dass niemand uns finden kann. Wir sitzen fest.»

«Für immer?», fragte Rosa.

Keiner gab Antwort.

26. KAPITEL

Teamarbeit

Das Mittagessen verlief in gedrückter Stimmung. Rosa, Oliver, Lucia und Iris rührten ihr Essen kaum an, nur Junior-Junior und Mr. Samuel Clemens langten tüchtig zu. Oliver musste ständig an seine Mutter denken und wie unglücklich sie sein würde, wenn er nicht zurückkäme. Der Gedanke daran, wie sie zur Polizei gehen und wieder ein Kind als vermisst melden musste, war schier unerträglich. Wie konnte er ihr das antun?

Oliver musste einfach nach Hause. Er *musste*. Er gehörte nicht hierher, in dieses dunkle, winterkalte Berlin der Jahrhundertwende. Aber hier war er nun einmal, und hier würde er womöglich auch bleiben müssen. Er wollte tapfer sein, aber seine Kehle wurde eng – ein sicheres Zeichen dafür, dass er gleich weinen würde. Es kostete ihn große Mühe, seine Angst und seinen Kummer herunterzuschlucken, aber er versuchte sein Bestes, indem er kleine Bissen von Frau Müllers Braten aß.

Lucia war wieder stinkwütend auf Krit und machte ihn für ihre missliche Lage verantwortlich.

«Du bist eine richtige Drama-Queen», bemerkte Krit ungerührt. «Einmal ein Forester, immer ein Forester. Du übertreibst maßlos. Die Scouts werden uns finden. Das tun sie immer.»

«Aber wann?», fragte Lucia. «Wir haben kaum noch Chronotonin.»

«Würdest du diesem Gast bitte den Kartoffelbrei geben?», bat Krit, statt eine Antwort zu geben.

Lucia sprang auf. «Warum setze ich mich überhaupt mit dir an einen Tisch?» Sie wollte gehen, aber Twain griff nach ihrer Hand.

«Miss Lucia», sagte er. «Einen Moment bitte. Ich habe ein paar Fragen.»

Lucia ließ sich wieder auf ihren Stuhl fallen.

Oliver stellte fest, dass Lucia in Krits Gegenwart viel mehr die aufbrausende Forester war als die besonnene Urbanite, als die er sie bisher erlebt hatte.

«Also, meine Freunde», setzte Twain an, «ich würde gerne wissen –»

Rosa schniefte vernehmlich, und Twain drehte sich zu ihr um. Sie wischte sich die Tränen mit der Leinenserviette ab. «Es tut mir leid. Aber ich muss immer daran denken, dass sie uns vielleicht nicht rechtzeitig finden, dass wir dann schon ein Zeitlag-Trauma bekommen und an einer Gehirnkrankheit sterben, und meine Eltern und meine Schwester werden mich ...» Die Tränen rollten ihr über die Wangen.

Oliver empfand tiefes Mitleid mit Rosa. Er wollte sie so gerne trösten. Aber das ging doch nicht, wo alle zuschauten. Einfach tapfer zu sein war wahrscheinlich das Vernünftigste. Vielleicht würde ihr das helfen, ihr und ihm und ihnen allen.

Hatte Lucia nicht gesagt, dass er gut mit einer Krise umgehen konnte? Hatte sie nicht gesagt, dass man sich auf ihn verlassen konnte? Dieser Mensch wollte er sein.

«Miss Rosa», sagte Twain, «es tut mir wirklich sehr leid für euch, und ich möchte gerne helfen, wenn ich kann. Aber vorher brauche ich noch einige Informationen.»

Rosa nickte. «Okay», sagte sie, lächelte leicht und wischte sich über die Augen. Ihr Versuch, fröhlich zu erscheinen, war wirklich heldenhaft, fand Oliver.

«Also, mir ist klar», begann Twain von neuem und schaute sie dabei der Reihe nach an, «dass ihr euch in einer äußerst schwierigen Situation befindet. Aber wütend aufeinander zu sein und sich gegenseitig mit Beschuldigungen zu bombardieren hilft keinen Deut weiter. Nachdem ihr euch aus diesem Schlamassel befreit habt – und ich hoffe inständig, dass euch das gelingt –, könnt ihr euch von mir aus in Stücke reißen. Aber für den Augenblick verlange ich von euch, dass ihr euch hier und jetzt, in meinem Zuhause, an meinem Tisch, wie zivilisierte Menschen benehmt.»

Es war so still im Zimmer, dass man das Holz im Kachelofen knacken hörte.

«Ich hatte einen Freund», fuhr Twain fort, «ein Mann namens Charles Darwin. Wisst ihr zufällig, wer –?»

«Ich weiß, wer das ist!», platzte es aus Iris heraus. «Er war ein Naturforscher und hat die Theorie der Evolution durch natürliche Auslese geprägt. Er schrieb die Bücher *Über die Entstehung der Arten* und *Die Abstammung des Menschen.* Seine Theorien veränderten die Sicht der Menschen auf die Welt. Er war –»

«Vielen Dank, Miss Iris, das ist korrekt», lobte Twain. «Darwin schied vor mehr als einem Jahrzehnt aus dem Leben, aber seine großartigen Ideen leben anscheinend weiter. Heute musste ich an etwas denken, was er einmal gesagt hat. Ich zitiere – vermutlich nicht ganz korrekt, aber ihr werdet verstehen, was ich damit sagen will: ‹In der langen Geschichte der Menschheit (und auch in der Tierwelt) haben immer jene Gruppen die Oberhand behalten, die gelernt haben, zusammenzuarbeiten und zu improvisieren.› Ich gehe doch wohl recht in der Annahme, dass ihr alle die Oberhand behalten wollt, jeder in seiner eigenen Welt, nicht wahr?» Er schaute sie an. «Nicht wahr?»

Alle nickten. Sogar Krit.

«Deshalb bin ich der Meinung, das wir heute das gute alte und bewährte Prinzip der Zusammenarbeit und Improvisation auf die Tagesordnung schreiben sollten.»

«Wir nennen das Teamarbeit», warf Iris ein.

«Das scheint mir passend», sagte Twain. «Und jetzt esst auf. Danach überlegen wir zusammen, wie wir euch Kinder wieder nach Hause schaffen können.»

Nach dem Hauptgang, von dem schließlich doch alle aßen, und jeweils zwei Stücken von Frau Müllers selbst gebackener Schwarzwälder Kirschtorte (wobei gesagt werden muss, dass es schmale Stücke waren) begaben sich Twain und seine Gäste wieder in den Salon und begannen mit der «Teamarbeit». Junior-Junior durfte sich wieder auf der Chaiselongue ausstrecken, während Twain das Diebesgut vom Beistelltisch zusammenschob und in einem Holzkästchen verstaute, das er verschloss. Danach läutete er nach Frau Müller. Er bat sie, das Kästchen an einem Ort zu verstecken, wo niemand es finden würde. Schließlich zündete er seine Zigarre an und machte es sich bequem. «Also», sagte er, «was genau ist das für ein ‹Signal›, das ihr braucht?»

«Zeitreisende haben einen Tracker implantiert», erklärte Lucia. «Er sendet ein Notsignal, das mittels Radiowellen übertragen und von einem Empfänger identifiziert werden kann. Aber unsere Tracker sind offenbar defekt. Mein PockDock …» – sie machte ein Pause und schaute dann zu Junior-Junior –, «dieses ‹primitive Spielzeug›, ist in der Lage festzustellen, dass unsere Tracker nicht mehr senden.»

«Wir brauchen also ein Signal», fasste Twain geduldig zusammen.

Krit nickte. «Genau.»

Oliver, der ein Blatt nach dem anderen vollzeichnete, fiel auf, dass Junior-Junior seinen selbstgefälligen Ausdruck abgelegt hatte. Aber war dem Frieden zu trauen? Oder einmal Ratte, immer Ratte?

Twain paffte an seiner Zigarre. «Ich vermute mal, ein einfaches Telegramm würde als Signal nicht reichen, richtig? Oder ein Telefonanruf?»

«Stimmt, das wäre das Einfachste», sagte Krit. «Aber leider wissen wir nicht, wo oder auch wer der Scout ist. Aus Sicherheitsgründen können wir uns nicht bei ihm melden. Es ist sein Job, uns zu finden, nicht umgekehrt. Aber was noch wichtiger ist: Telefon und Telegraph und dergleichen werden von den Scouts nicht abgehört. Es gibt – normalerweise – keinen Grund dafür.»

«Unsere Tracker-Implantate», ergänzte Lucia, «senden auf einer Frequenz, die 1891 noch nicht benutzt wird. Aber der Empfänger, der in einem Radius von etwa 200 Kilometern stationiert ist, kann das Signal empfangen.»

«Das heißt also», sagte Iris, «dass wir ein Signal brauchen, welches euer Kommunikationssystem erkennt.»

Lucia und Krit nickten.

«Und dein PockDock kann ein solches Signal nicht senden?», fragte Iris.

«Könnte schon. Aber es ist blockiert», sagte Lucia. «Ich kann es hier nicht entsperren. Das wäre natürlich die Lösung für unser Problem.»

«Und warum ist es blockiert?», fragte Krit. Zum ersten Mal seit einiger Minuten klang seine Stimme wieder gereizt. «Weil ihr Foresters solche Heimlichtuer seid. Weil ihr ständig herumschleicht, als ob ihr etwas zu verbergen habt. Weil ihr –»

«Junger Mann», fiel ihm Twain streng ins Wort, «ich will unter keinen Umständen die Geduld verlieren! Denn wenn das geschieht, wird nicht einmal ein Spürhund in der Lage sein, sie wiederzufinden!»

Es war mucksmäuschenstill im Zimmer. Mark Twain ließ sich wieder in seinen Sessel sinken.

Oliver hielt den Blick gesenkt, was nicht schwierig war, weil er sowieso gerade an einem Porträt des Schriftstellers arbeitete. Er war mit der Seidenfliege beschäftigt, die ziemlich cool aussah. Vielleicht würde er so etwas auch mal tragen.

«Und du?», wandte sich Iris an Junior-Junior. «Warum hast du nicht irgendein Gerät dabei, das erlaubt ist?»

«Unser Kodex verbietet es, Gegenstände an einen historischen Ort mitzubringen, die nicht zu der Zeit passen. Außerdem haben unsere Implantate früher noch nie Probleme gemacht.»

«Das stimmt nicht ganz», sagte Lucia. «Meine Mutter kennt einige solcher Zwischenfälle. Zeitreise-Technologie ist nicht hundertprozentig sicher.»

«Und das sagst du uns erst jetzt?», fuhr Rosa auf.

«Sie ist 99-prozentig sicher», sagte Lucia.

Rosa verdrehte die Augen. «Und wir sind schnurstracks in das eine Prozent geschlittert!»

Krit ignorierte Rosa und Lucia. «Dieser Scout würde gerne das Gerät sehen», sagte er und streckte die Hand aus. «Das PockDock. Bitte.»

«Was? Du glaubst mir nicht, wenn ich dir sage, dass ich dein Signal nicht empfangen kann?» Lucia warf Krit das PockDock förmlich an den Kopf.

«Aber, aber, Miss Lucia», sagte Twain, verzweifelt um Ruhe und Haltung bemüht. «Immer langsam. – Weißt du, ich finde es schön, dass du dieses PockDock-Ding ständig bei dir hast.» Er lächelte sie an. «Das erinnert mich an Tom Sawyer mit seiner Schleuder. Die steckt ständig in seiner Brusttasche. Oder an Huck Finn mit seiner Maiskolbenpfeife in der Gesäßtasche. Oder an mich. Ich habe immer eine Zigarre in der Westentasche.»

«Meine Mutter hat immer ein Schweizer Taschenmesser dabei», sagte Rosa, und ihre Augen füllten sich mit Tränen.

«Und ich», sagte Oliver, «ich habe immer meinen Rucksack auf. Ich musste ihn in Herschels Keller lassen. Aber dann haben wir den braunen Tornister gefunden, und –» In dem Moment hatte er eine Idee. «He, sagt mal, könnte mein Mobiltelefon vielleicht ein Signal senden, das die Scouts erkennen können?»

Lucia fuhr auf. «Dein Handy! Das wäre vielleicht … möglich. Obwohl ich mir nicht vorstellen kann, dass die Leistung dafür ausreicht.» Sie schaute Junior-Junior an. «Wir müssten es holen.» Ihre Stimme klang drängend. «Was meinst du, Junior-Junior? Ist es einen Versuch wert? Ich bin keine Elektronikexpertin.»

Krit zog seine Augenbrauen ein Stockwerk höher. Er war es nicht gewohnt, dass Lucia ihn höflich um Rat fragte. «Was die Frequenz betrifft», begann er, «könnte es funktionieren, aber du hast recht, die Leistung ist zu schwach, um ein Notsignal über eine entsprechende Entfernung zu senden. Die Scouts warten ja nicht um die Ecke auf uns. Olivers Telefon müsste eine Reichweite von 200 Kilometern haben. Mindestens. Aber», und hier hielt er das PockDock hoch, «wir haben ja noch dieses lächerliche kleine Spielzeug. Es ist momentan zwar nicht aus eigener Kraft in der Lage, ein Signal zu senden, aber es kann mit Sicherheit ein Signal verstärken. Wir müssen es natürlich ausprobieren, und auch dann wissen wir nicht wirklich, ob es funktioniert. Aber einen Versuch ist es allemal wert.»

Zum ersten Mal seit langem empfand Oliver wieder so etwas wie Hoffnung.

27. KAPITEL

Eine Sache des Glaubens

Sie überlegten, ob sie alle gemeinsam zu Herschels Kostümschneiderei gehen sollten, um das Handy zu holen. Lucia war zunächst dafür, weil sie nicht von den anderen getrennt sein wollte, kam aber schließlich zu der Erkenntnis, dass sie und Krit am besten für die Aufgabe geeignet seien. Allerdings wären Rosa, Oliver und Iris in einem Notfall ohne die Unterstützung eines erfahrenen Zeitreisenden völlig schutzlos. Wenn sie und Oliver gingen, dann würden Rosa und Iris allein mit Krit bei Twain festsitzen, falls etwas schiefging. Das fanden die Mädchen nicht sehr prickelnd. Keine Variante erschien ihnen optimal. Schließlich einigten sie sich auf Krit und Oliver, obwohl Oliver darüber gar nicht glücklich war. Er traute Junior-Junior nicht, und er hatte keine Lust, allein mit ihm loszuziehen. Aber auch er stimmte dem Plan letztendlich zu. Außerdem kannte sich Oliver mit seinem Handy am besten aus.

Nachdem Lucia Krit die Besonderheiten ihres PockDocks erklärt hatte, war es Abend geworden, und Dunkelheit legte sich über die Stadt.

Der Plan war einfach: Oliver und Krit würden vom

Hof 2 aus in den Keller gehen, wo der Rucksack versteckt war. Wenn ihnen im Hof jemand begegnete, würden sie sagen, dass sie die Familie Valentin besuchten, die laut dem Schild am Hauseingang im Hof 3 wohnte. Im Keller, wo sie keine neugierigen Blicke zu befürchten hatten, würden sie die Verbindung zwischen Olivers Handy und dem Pock-Dock herstellen. Danach würden sie eine Weile in der Stadt herumfahren, damit das Notsignal von verschiedenen Punkten aus gesendet wurde, und schließlich wieder in Twains Wohnung zurückkehren. Ein großes Fragezeichen blieb natürlich: Wie viel Akku hatte Olivers Handy noch, bevor es wieder aufgeladen werden musste? Da Strom im Jahr 1891 noch ein relativ neuer Luxus war, würde das Aufladen des Handys noch ein Problem werden, das nicht so leicht zu lösen wäre …

Oliver und Krit gingen zur Potsdamer Straße, wo sie ein Transportmittel zu finden hofften. Krit, ein ausgewiesener (Ex-)Scout, war mit einer erheblichen Menge Geld ins 19. Jahrhundert gereist. Sie winkten sich eine Droschke herbei, die sie bis zum Bahnhof Zoo brachte, wo die Tour des Kutschers endete.

Die beiden Jungen verbrachten die Fahrt in angespanntem Schweigen. Gerade, als sie am Bahnhof ankamen, fing es wieder an zu schneien. Da sie nicht gleich eine weitere Droschke fanden, beschlossen sie, durch die Kantstraße zu Herschels Laden zu laufen.

Es war Dienstagabend, und die Stadt machte sich langsam für die Nachtruhe bereit. Der frische Schnee schimmerte golden im trüben Licht der Gaslaternen und verströmte eine friedliche Atmosphäre.

«Dir ist doch klar», brach Krit schließlich das Schweigen, «dass die ganze Sache vergebliche Liebesmüh ist, oder? Dieser Scout glaubt nicht eine Nanosekunde daran, dass das funktioniert. Und selbst wenn, stehen die Chancen extrem schlecht, dass die Leistungsverstärkung ausreicht, um einen Scout auf uns aufmerksam zu machen.»

«Aber wir müssen es zumindest versuchen.»

Krit zuckte mit den Schultern. «Ja, natürlich. Wir müssen es versuchen. In Hawking lernen wir, dass wir eine Sache immer zu Ende bringen müssen. Wir müssen immer alle Möglichkeiten ausloten, egal was passiert. Und genau das tun wir.»

«Aber es geht nicht nur darum, etwas auszuloten», sagte Oliver. «Wir müssen auch daran *glauben*, dass es klappt.»

Krit blickte auf Oliver hinab. «‹Wir müssen daran glauben, dass es klappt›», äffte er ihn nach. «Dieser Zyniker findet deine Einstellung wirklich putzig. Du und deine Freunde, ihr seid genauso wie die Foresters. Vertrauensselig, voller Hoffnungen und Wünsche, voller Glauben. Optimistisch im Angesicht der sicheren Niederlage –»

«Jemand muss es doch sein!», sagte Oliver verärgert. «Du wärst gar nicht auf der Welt, wenn jeder so ein ‹Zyniker› wäre wie du.»

«Aha, ‹Zyniker›, wieder ein neues Wort gelernt, was?», sagte Krit, als wolle er andeuten, dass Oliver nicht gerade die hellste Glühbirne im Kronleuchter war.

«Du bist eine Arschgeige, Junior-Junior, weißt du das? –

Ich wollte bloß sagen, wenn jeder so realistisch, so logisch und zynisch wäre wie du, dann würde sich niemand verlieben, eine Familie gründen und Kinder kriegen. Und dich gäb's gar nicht.»

Krit lachte. «Man muss sich doch nicht lieben, um Kinder zu bekommen. Oder hast du das in der Schule nicht gelernt?»

Oliver gefiel es gar nicht, wie ein dummes kleines Kind behandelt zu werden. «Was ich meinte, war, dass Liebe eine Sache des Glaubens ist. Es ist egal, was man liebt. Selbst wenn man nur ... das Zeichnen liebt.»

Krit betrachtete Oliver einen Moment lang schweigend, und Oliver merkte, dass er einen Nerv bei Krit getroffen hatte.

«Also gut», sagte Krit schließlich. «Okay. Dieser Junge versteht, was du meinst.»

Krits Eingeständnis überraschte Oliver.

Sie gingen weiter durch den Neuschnee. «Es ist Ironie des Schicksals», sagte Krit schließlich. «Dieser Scout war eigentlich fast erleichtert, als man ihm sagte, dass dies seine letzte Mission ist. Er dachte, dass er nun vielleicht das studieren könnte, was er schon immer wollte. Aber jetzt sieht es so aus, als ob das auch nicht passieren wird.»

«Du wolltest gar kein Scout sein?»

Krit schüttelte den Kopf. «Nein. Rirkrit senior wollte das.»

«Dein Vater? Er entscheidet, welchen Beruf du lernst?»

Junior-Junior zuckte mit den Schultern. «Das kommt vor.»

«Du willst also kein Zeitreisender sein?»

«Das hat niemand behauptet», sagte Junior-Junior. «Dieser Junge wollte schon immer Zeitreisender sein. Aber ursprünglich wollte er Zeitreise-Archäologie studieren.»

«Archäologie? Ehrlich? Was ist ‹Zeitreise-Archäologie›? Man reist in die Vergangenheit – und dann?»

«Dann beobachtet man die großen Architekten und Künstler bei der Arbeit», erklärte Junior-Junior. «Obwohl sie natürlich nicht wissen dürfen, dass man aus der Zukunft kommt. Dieser Student war besonders an den alten Ägyptern interessiert. Sie hatten irre was drauf. Hast du jemals die Pyramiden gesehen?»

«Noch nicht», sagte Oliver lachend. «Aber die stehen auf meiner To-do-Liste ganz oben.»

«Sie sind phänomenal. Es ist immer noch nicht exakt erforscht worden, wie sie die Pyramiden gebaut haben. Aber sie sind vollkommen, und dabei hatten die Ägypter nur ganz einfache Werkzeuge. Es war die Hoffnung dieses Hawking-Schülers, das Geheimnis der ägyptischen Pyramiden zu entdecken, von denen heute immer noch einige stehen. Mit heute ist das Jahr 2281 gemeint.

«Aha. Du liebst also doch etwas!»

«Ach Quatsch. Es ist nur ein Hobby, nichts weiter. Auf jeden Fall ist Zeitreise-Archäologie ein neues Unterrichtsfach in Hawking, und dieser Schüler wollte unbedingt daran teilnehmen. Aber jetzt ...»

«Aber jetzt?»

«Jetzt dauert es vielleicht ziemlich lange, bis wir wieder nach Hause kommen. Wer weiß, was dann sein wird.» Er schaute Oliver an. «Dieser Scout würde alles dafür tun, bald zu Hause zu sein.»

«Glaubst du, dass du doch noch eine Chance hast, Archäologe zu werden?»

«Nein. Nicht nach diesem Fiasko hier. Dieser Schüler wird irgendeinen blöden, gut bezahlten Schreibtischjob bekommen. Vielleicht wird man ihm gestatten, als Portalprüfer Zeitreisen durchzuführen. Aber selbst das wäre noch besser, als hier im 19. Jahrhundert festzustecken, ohne die Möglichkeit, je nach Hause zu kommen. Stell dir vor, man müsste in der ersten Hälfte des 20. Jahrhunderts in Europa leben! Eine schreckliche Zeit. Schreckliche Kriege.»

«Du weißt also nicht, ob du diese Mission überlebst? Du hattest noch keinen Besuch von deinem älteren Ich, so wie Lucia?»

«Nein.»

«Du Ärmster. Jetzt geht's dir genauso wie uns. Du bist nicht unsterblich. Und hast keine Ahnung, was dich erwartet.»

«So ist es.»

«Halt», sagte Oliver und blieb stehen.

«Warum halt?»

«Wir sind da.» Oliver deutete auf die Tür aus grün und weiß lackiertem Schmiedeeisen. «Herschels Kostümschneiderei.»

Eine Lampe warf trübes Licht in den Hauseingang. Schnell gingen sie zu der Tür, die zum Hof 1 führte, und traten wieder ins Freie. Rechts brannte Licht in Herschels Werkstatt, und man konnte die Schatten der Schneiderinnen sehen, die gebückt über den Nähmaschinen saßen.

Leise gingen sie weiter zum Hof 2. Ihre Schritte knirschten und hinterließen tiefe Fußabdrücke im Schnee.

«Guten Abend!», sagte ein Mann, der aus Hof 2, Eingang I, trat.

Oliver wäre beinahe über seine eigenen Füße gestolpert. «Guten Abend», sagte er. Es war der Hausmeister … wie hieß er doch gleich? … Lüttke. Hoffentlich erkannte ihn der Mann nicht.

«Kann ich euch helfen?», fragte Hausmeister Lüttke und betrachtete sie prüfend.

«Wir wollen zu Familie Valentin», sagte Oliver.

«Geradeaus, Hof 3, Eingang III, vierter Stock.»

«Danke, mein Herr», sagte Krit.

In dem sicheren Gefühl, dass Lüttke sie beobachtete, gingen Oliver und Krit bis zum Hof 3.

«Wir kommen auch von hier aus in den Keller», flüsterte Oliver. «Die Kellerräume sind alle miteinander verbunden.»

Die Jungen betraten Hof 3, Eingang III. Auch hier herrschte trübes Dämmerlicht, aber sie fanden die richtige Tür und stiegen die Treppe hinunter in den Keller.

Zum ersten Mal in seinem Leben empfand Oliver es als Vorteil, der Sohn eines Hausmeisters zu sein. Mit Kellern kannte er sich aus. Krit lieferte mit dem PockDock eine sanfte Beleuchtung, und innerhalb weniger Augenblicke fand Oliver den Teil des Kellers wieder, wo er seinen blauen Rucksack hinter Tontöpfen in einem Jutesack versteckt hatte. Er holte sein Handy aus der Seitentasche, steckte den Rucksack wieder in den Jutebeutel und schaltete dann das Telefon an. «Mist. Der Akku hat nur noch 36 Prozent. Reicht das aus?»

«Keine Ahnung», sagte Krit. «Schalt dein Bluetooth ein. So heißt es doch, oder?»

Oliver runzelte die Stirn. «Aber Bluetooth verbraucht unheimlich viel Akku.»

«Das ist eine Sache des Glaubens, junger Mann», sagte Krit spöttisch. «Wenn du daran *glaubst*, dass es funktioniert, dann funktioniert es auch.»

«Ha-ha.»

Krit drückte eine Reihe von Knöpfen an dem PockDock. Rosafarbene Lichter gingen an und aus, dann folgten orangene, blaue und gelbe, und schließlich erwachte Olivers Handy mit einem ohrenbetäubenden Quietschen zum Leben – was sie beide zu Tode erschreckte. Oliver drehte die Lautstärke runter und entdeckte, dass da, wo normalerweise sein WiFi-Icon auftauchte, ein Pfeil blinkte.

«Da tut sich was», sagte Oliver.

Krit warf einen Blick auf das Telefon. «Okay, das war's. Auftrag ausgeführt.»

«Es funktioniert? Schon?»

«Mehr können wir nicht tun. Dein Telefon sendet offensichtlich ein Signal, das das PockDock verstärkt. Wir haben aber keine Ahnung, wie weit das Signal getragen wird und ob ein Scout es aufschnappt.»

Oliver steckte das Handy in die Innentasche seiner Jacke und knöpfte die Tasche zu. Auftrag ausgeführt.

Die Jungen gingen die Treppe, die zu Hof 2 führte, nach oben. Rasch durchquerten sie den Hof in Richtung Vorderhaus, vorbei an Herschels Hintereingang, und betraten Hof 1.

Und da stand Hausmeister Lüttke und wartete auf sie – mit einem Knüppel und einer Alkoholfahne. «Was habt ihr Früchtchen da unten im Keller gemacht, hm? Glaubt ihr, ich bin von gestern? Ich bin euren Fußspuren gefolgt.» Mit einem fleischigen Zeigefinger stieß er Oliver gegen die Brust, woraufhin dieser einen Schritt rückwärts taumelte. «Ich erkenne dich, du warst gestern schon mal da, du kleiner Scheißer, auch wenn du jetzt schicke Klamotten anhast. Haste wohl auch gestohlen, was?» Er packte Oliver am Ärmel. «Wir beide sagen jetzt dem Wachtmeister an der Ecke guten Tag.»

«Lassen Sie ihn los», sagte Krit ruhig.

«Na, gerne doch», sagte Lüttke, der offensichtlich auf eine Prügelei aus war. Er stieß Oliver zu Boden. «Und was jetzt?», fragte er Krit. Er hob den Knüppel und holte aus, Krits Kopf im Visier.

Krit war wieselflink. Schmerzende Muskeln, ein verstauchtes Handgelenk und ein gebrochener Finger waren zwar hinderlich, für einen geübten Kampfkünstler der Hawking-Schule aber keine echte Herausforderung. Krit blockte den Schlag ab und riss Lüttke ohne Umstände den Knüppel aus der Hand. Oliver war wieder aufgestanden und sah, wie Krit ausholte und mit dem Knüppel gegen Lüttkes Bauch schlug. Der Mann hatte eine dicke Speckrolle, und der Schlag hätte ihm ohnehin keinen ernsthaften Schaden zugefügt, aber er war fest genug, dass Lüttke stolperte, hinfiel und sich heulend vor Schmerzen hin und her rollte.

Krit warf den Knüppel über eine Mauer in den Nachbarhof, und in dem Moment kamen zwei junge Männer, möglicherweise Lüttkes Söhne, aus Eingang I. Sie hatten einen Hund dabei. Einen großen zähnefletschenden Hund. Was nun?

«Hier lang!», rief Oliver und rannte zurück in Richtung Hof 3. Er hoffte inständig, dass hinter diesem Hof weitere Höfe lagen, die schließlich zu der nächsten Parallelstraße führten.

Hinter sich hörten sie den Hund bellen.

Zum Glück lag zwischen Hof 3 und dem Nachbargrundstück kein Zaun. Oliver und Krit sprinteten ungehindert weiter in den nächsten Hof, wo Licht brannte, und deswegen sahen sie auch ... den Zaun.

Der Zaun hatte eine Tür, aber die war abgeschlossen. Innerhalb weniger Augenblicke hatte der Hund sie eingeholt.

Es war ein Kampfhund, ein großer Rottweiler. Alle drei standen sie da und beäugten sich wachsam. Eine unbedachte Bewegung, und der Hund würde ihnen an die Kehle gehen, dachte Oliver. Hausmeister Lüttke und die beiden jungen Männer kamen immer näher.

«Sieh dem Hund nicht in die Augen», sagte Krit ruhig. «Das würde er als Bedrohung auffassen.»

Oliver schluckte schwer, starrte geradeaus und rührte sich nicht. «Krit, hat Lucia dir gezeigt, wie man den Taser aktiviert?»

Lüttkes Rottweiler knurrte sie an und duckte sich, als wollte er sie gleich anspringen.

«Das ist gegen die Regeln des Scout-Kodex», erwiderte Krit.

«Es ist gegen *meinen* Kodex, von einem Rottweiler zerstückelt zu werden.»

«Weißt du denn, wie man den Taser aktiviert?», wollte Krit wissen.

«Ich hoffe.»

Oliver versuchte, sich an die Szene mit Heinrich und Otto zu entsinnen, den beiden Wachtmeistern, während Krit langsam, ganz langsam, in seine Manteltasche griff und das PockDock herausholte.

Der Rottweiler knurrte.

Hausmeister Lüttke war keine 50 Meter mehr entfernt.

«Okay», sagte Krit. «Was muss ich machen?»

«Drück den roten, den weißen und dann den blauen Pock, in der Reihenfolge», sagte Oliver.

«Okay», sagte Krit. «Und jetzt?»

«Ziel auf den Hund … und dann … dann drück … zwei Sekunden lang den … den orangefarbenen Pock. Und dann lass ihn wieder los.»

Der Rottweiler fletschte die Zähne.

«Fass!», befahl Lüttke, der jetzt nur noch wenige Meter von ihnen entfernt war. Sein Ruf klang wie ein Pistolenschuss.

Der Rottweiler sprang los. *Jetzt sind wir Hackfleisch*, dachte Oliver, aber in diesem Moment erstrahlte der Laser, orangerot und wunderschön. Mitten im Sprung erstarrte der Hund, jaulte auf und fiel mit einem dumpfen Schlag Oliver direkt vor die Füße.

«Über den Zaun!», rief Krit.

Beide kletterten los.

«Ihr Mistkerle!», schrie Lüttke und kniete sich neben seinem Hund in den Schnee. «Was habt ihr mit Gunther gemacht?»

Aber Oliver und Krit hörten ihn schon nicht mehr. Sie waren längst über den Zaun geklettert und rannten durch die Höfe zur nächsten Parallelstraße. Von dort aus hasteten sie bis zur Bismarckstraße, wo sie sich in die erstbeste Hintergasse drängten und nach Luft schnappten.

28. KAPITEL

Hermes 1891

Oliver und Krit hielten Ausschau nach einer Droschke. Sie mussten so schnell wie möglich von der Straße wegkommen. Hausmeister Lüttke würde bestimmt die Polizei alarmieren, und die würde sofort nach Oliver und Krit suchen.

Aber auf der Bismarckstraße war keine einzige Mietsdroschke zu sehen. Mit eiligen Schritten liefen sie die Straße entlang, huschten aber bald wieder in eine kleine Gasse, um nachzusehen, ob das Handy noch sendete. Das Signal war noch da, aber der Akku hatte sich auf 30 Prozent reduziert. Sie wandten sich nach Süden, in Richtung Bahnhof Zoo, wo sie hofften, eine Droschke aufzutreiben.

Die Straße war gut beleuchtet. Überall gab es Cafés, in denen sich die Studenten der Technischen Universität und der Hochschule der Künste tummelten. Es war halb acht – sie waren gerade am Steinplatz angelangt und nur noch einen kurzen Fußmarsch vom Bahnhof Zoo entfernt –, als sie plötzlich galoppierende Pferde hinter sich vernahmen. «Hat die Polizei grüne Wagen?», wollte Krit wissen.

Oliver wirbelte herum. Eisiger Schrecken! Oben auf dem

Kutschbock der grünen Minna saß niemand anderer als der korpulente Wachtmeister Heinrich mit dem roten Schnurrbart, der Pickelhaube, dem Säbel und allem Drum und Dran.

«Halt!», donnerte Wachtmeister Heinrich.

Krit zerrte Oliver mit sich über den schneebedeckten Platz.

«Er verfolgt uns», sagte Krit und warf einen Blick über die Schulter zurück.

«Das ist der aus dem Zoo!», sagte Oliver. «Lucia hat ihn gestern k. o. geschlagen.»

«Verdammt!», zischte Krit.

«Halt!», brüllte Heinrich.

Sie rannten auf eines der Gebäude am Rande des Platzes zu, in der Hoffnung, noch einmal durch die Hinterhöfe entkommen zu können. Aber die Haustür war abgeschlossen. Sie hetzten zum nächsten Haus. Wieder abgeschlossen! Sie drehten sich um. Und da stand Heinrich. Er wollte Krits Handgelenk fassen, doch Krit war schneller und verpasste ihm einen Schwinger. Der Mann ging zu Boden. Oliver und Krit sprinteten los.

«Hermes 1891. Hundgeburth, Heinrich», rief der Polizist ihnen hinterher.

Hermes 1891. Hundgeburth, Heinrich?

Die Jungs bremsten und liefen zurück. Krit half dem Mann auf die Füße. «Tut mir Leid, Kumpel. Hawking 11. Sriwanichpoom, Krit», sagte er und schüttelte die Hand des Wachtmeisters.

«Sriwanichpoom?», sagte Wachtmeister Heinrich. «Der Sohn von Rirkrit Sriwanichpoom, alias Doc-Doc?»

Krit nickte.

«Na, da soll mich doch ... Eminenz.»

Hermes 1891, alias Wachtmeister Heinrich, erkannte Oliver. «Mannomann, ihr habt mich gestern ganz schön zum Narren gehalten. Ihr wart raffiniert, das muss ich schon sagen.» Er wandte sich an Krit. «Ich hoffe, du hast nichts dagegen, wenn ich das Ich-Wort benutze. Ich bin schon sehr lange hier. Ich bin Wissenschaftler, Fachgebiet 19. Jahrhundert, spezialisiert auf die Geschichte der europäischen Polizei.»

«Sie sind kein Scout?», fragte Krit.

«Nee. Bloß ein einfacher Zeitreise-Historiker. Ein Professor, um genau zu sein, der seit zehn Jahren Feldforschung leistet, fünf Jahre davon als Wachtmeister. Und was tust du hier, mein Sohn, wenn ich fragen darf?»

«Dieser Hawking-Schüler war auf einer Scout-Mission, die aber fehlgeschlagen ist.» Er deutete auf Oliver. «Er ist aus dem 21. Jahrhundert, ist in einen Zeitsturz geraten. Blöde Sache.»

«Tatsächlich?» Heinrich betrachtete Oliver. «Alles heil geblieben?»

Oliver nickte.

«Ich habe noch nie einen Zeitsturz erlebt», sagte Heinrich. «Du hast Glück, dass du diese Erfahrung machen konntest.» Dann drehte er sich wieder zu Krit um. «Moment mal, du behauptest, du wärst ein Scout?»

«Ja.»

Heinrich sah ihn verwirrt an. «Und warum sendest du dann ein Notsignal?»

«Das ist eine lange Geschichte, Heinrich. Aber darf dieser Scout fragen, wieso Sie unser Signal auffangen konnten, wenn Sie kein Scout sind?»

«Sei froh! Das Signal war sehr schwach, und beinahe hätte ich es nicht bemerkt.» Heinrich zog seine Taschenuhr heraus und öffnete die Rückseite. Darin befand sich ein modern aussehender elektronischer Mechanismus. Ein Licht blinkte. «Ein alter Freund von mir, ein Scout, kommt alle paar Jahre in diese Gegend. Er meinte, ich könnte ein bisschen mit dem Ding rumspielen, und ich habe es in die Taschenuhr gesteckt. Er meinte, in dem äußerst unwahrscheinlichen Fall, dass ich je ein Notsignal aufschnappen würde, sollte ich die verirrten Reisenden mit den Worten ‹Hermes 1891› und meinem Namen begrüßen.» Heinrich lachte, erfreut über seine gute Tat. «Ich hätte nie gedacht, dass dieser Tag mal eintrifft. Ins Jahr 1891 kommt so gut wie niemand vorbei.»

«Also können Sie uns gar nicht helfen? Sie können uns nicht nach Hause schicken?», fragte Oliver, der Mühe hatte, dem Gespräch zu folgen. «Wollen Sie das damit sagen?»

«Klar kann ich das, Kumpel. Ich bin selbst gerade wiedergekommen. Das Portal ist noch etwa 30 Minuten lang für eine Rückreise geöffnet. Ich war eine Weile auf Urlaub zu Hause.»

«Auf Urlaub zu Hause?», fragte Oliver. «Aber wir haben Sie doch erst gestern gesehen.»

«Mein lieber Junge, ich bin heute nach der Arbeit – vielleicht vor einer halben Stunde – zum Portal gegangen, nach Hause in die Zukunft gereist und eben wiedergekommen.»

Oliver nickte. Er begriff das Prinzip. Es war genau so, wie Lucia es ihm mit dem Geräteschuppen erklärt hatte.

«Und morgen früh», fuhr Heinrich fort, «bin ich wieder unterwegs, nach 1848. Ich kann's kaum erwarten. Eine sehr aufregende Zeit war das.» Er schaute auf die Uhr. «Wir müssen uns beeilen. Ich fahre euch hin. Es ist in der Luisenkirche. Wir brauchen mindestens eine Viertelstunde bis dorthin.»

«Das sind ja ausgezeichnete Neuigkeiten», sagte Krit und schüttelte wieder Heinrichs Hand. «Wirklich ausgezeichnete Neuigkeiten. Wir kommen nach Hause! Ja, bitte, fahren Sie uns hin.»

«He, Moment mal!», sagte Oliver. «Hast du sie noch alle? Was ist mit den Mädchen?»

«Oh», sagte Krit und runzelte die Stirn, als ihm seine Mission wieder einfiel. «Natürlich. Die Mädchen.» Er seufzte. «Das ist wirklich dumm. Aber wir haben einfach keine Zeit, um sie zu holen.»

«Das meinst du doch nicht im Ernst!», sagte Oliver.

«Reg dich doch nicht auf», sagte Krit. «Wir können eben nichts dagegen tun.»

Oliver wurde hektisch. «Wo ist das nächste Portal? Und wann?»

«Unser stabiles Portal zum Jahr 1891 ist gestern niedergebrannt», sagte Heinrich. «Ihr habt vermutlich davon gehört.»

Krit nickte.

«Es könnte Jahre dauern, bis wieder ein stabiles Portal errichtet wird.»

«Und die Kirche?», fragte Oliver mit wachsender Verzweiflung. «Was ist mit der Luisenkirche?»

«Instabil, so leid es mir tut. In einer halben Stunde ist es weg.» Heinrich schaute auf seine Taschenuhr. «Jungs, wir müssen los, wenn ihr das noch schaffen wollt.» Er steuerte auf seinen Wagen zu, der auf der anderen Seite des Platzes stand.

«Okay», sagte Krit und lief neben ihm her.

«Krit, du kannst mich doch nicht einfach hier stehen lassen!», flehte Oliver.

«Dann komm doch mit», sagte Krit. «Was hält dich hier? Die drei Mädchen? Die sind bei Twain gut aufgehoben.»

«Das stimmt nicht, das weißt du genau. Wir haben kaum noch Chronotonin!»

«Oh je», sagte Heinrich. «Wenn ich welches hätte, würde ich es euch liebend gern überlassen. Aber ich brauche es nicht mehr. Ein Zeitlag kann ziemlich fies sein. Hast du schon Gedächtnislücken?»

«Ich glaube nicht. Sagen Sie mal, haben Sie nicht so eine Art sicheren Unterschlupf hier in der Stadt? Lucia meinte, so was gäbe es überall.»

«Tut mir leid, da muss ich dich enttäuschen», sagte Heinrich. «Ein ‹Safe House› gibt es schon lange nicht mehr. 1913 wird erst wieder eins errichtet, glaube ich. In einer dieser U-Bahn-Stationen auf Stelzen.»

«Euch wird schon nichts passieren», sagte Krit zu Oliver. «Dieser Scout wird gleich zur Zentrale gehen und jemanden schicken. Wir wissen ja jetzt, wo ihr seid.»

«Junger Mann», sagte Heinrich zu Krit, «du solltest ehrlich sein mit dem kleinen Kerl hier.»

«Was?», rief Oliver und zerrte an Heinrichs Arm. «Was verheimlicht er mir?»

«Er versucht zu verschweigen, dass instabile Portale ihren Namen nicht umsonst haben. Sie sind instabil. Sie kommen und gehen, und wir wissen nie, wo oder wann eins auftauchen wird, bis kurz davor. Einige von ihnen können wir berechnen, wie zum Beispiel das Portal in der Luisenkirche. Ich wusste schon Jahre im Voraus, dass ich heute nach Hause reisen würde. Das Portal wird 1899 wieder zur Verfügung stehen, um genau 7.18 Uhr. Für den Fall, dass du 1899 noch hier bist, kannst du es benutzen. Es ist natürlich möglich, dass andere Portale früher auftauchen, aber darüber weiß ich momentan nichts. Ich bin bloß Historiker.»

Sie hatten die grüne Minna erreicht. Krit sprang auf den Kutschbock.

«Gib mir das PockDock!», verlangte Oliver, der den Tränen nah war. Das war der Super-GAU.

«Fang!», sagte Krit und warf ihm das PockDock zu.

Oliver fing es auf und steckte es in seine Hosentasche. «Heinrich», rief er, «wenn Sie Ihren Freund sehen, diesen Scout, würden Sie ihm bitte sagen, wo wir sind? Krit kann Ihnen alle nötigen Informationen geben.»

«Mein Junge», sagte Heinrich traurig, «ich weiß nicht, wann er wieder herkommen wird. Und wie ich bereits sagte, morgen mache ich mich auf ins Jahr 1848. Es tut mir leid, dass ich dir nichts anderes sagen kann. Wenn ich wiederkomme, werde ich dich aufsuchen. Und ich werde natürlich meinem Freund Bescheid sagen, wenn ich ihn sehe. Pass auf dich auf, Kumpel.»

«Mach's gut, Oliver», sagte Krit. «Das war ziemlich cool, wie du dich bei Herschel verhalten hast. Vielleicht sehen wir uns bald wieder. Wir müssen jetzt los. Schöne Grüße an die anderen.»

Oliver schaute Heinrich und Krit, diesem Verräter, nach, bis sie seinen Blicken entschwunden waren.

29. KAPITEL

Der wahre Feind

Die Mädchen weinten und tobten und verfluchten den Tag, an dem Krit seinen Fuß ins 19. Jahrhundert gesetzt hatte. Nur Twain behielt seine gute Laune. «Aber, aber, meine Damen, wer sagt denn, dass es Krit nicht gelingt, euch einen Scout zu schicken? Ich bin bereit, dem Jungen einen Vertrauensvorschuss zu geben.»

«Niemals», sagte Rosa. «Der ist völlig unmoralisch.»

«Und amoralisch», sagte Iris.

«Eine falsche Schlange.»

«Ein falscher Fuffziger.»

«Ein faules Ei.»

«Ein stinkendes Stinktier.»

«Zum Kotzen!»

«Aber er ist ein Ägyptologe!», sagte Lucia. «Wer hätte das gedacht?» Sie runzelte die Stirn. «Zu schade, dass er nicht bei uns im Team ist. Er ist nämlich wirklich ziemlich genial.»

«Wir sind ohne ihn besser dran», widersprach Rosa. «Er hat unsere Energie abgezapft, wie die Bluetooth-Verbindung von Olivers Handy.»

Sie wandten sich Oliver zu, der am Tisch schlagartig eingeschlafen war, mit Lucias PockDock in der einen und seinem Handy in der anderen Hand. Er schnarchte.

«Wir haben uns noch nicht mal bei ihm bedankt», sagte Lucia. Sie schaute zu Twain. «Ich mache mir Sorgen, Sir. Wir brauchen dringend unser Chronotonin.»

«Ich habe einen Freund in Berlin, er ist Apotheker. Wir könnten dein Fläschchen zu ihm bringen», schlug Twain vor. «Er könnte vielleicht die Zusammensetzung herausfinden.»

«Eine gute Idee», sagte Lucia, «obwohl ich fürchte, dass sie aus chemischen Substanzen besteht, die noch nicht bekannt sind.»

«Wir sollten Olivers Handy abschalten», meinte Iris mit einem Blick auf den Akku-Stand. «Nur noch 24 Prozent.»

«Das also ist ein modernes Telefon», sagte Twain mit Blick auf das Smartphone. «Was würde mein Freund Graham dafür geben, sich das ansehen zu können!»

«Es ist nicht nur ein Telefon», sagte Rosa. «Es hat viele Funktionen. Es kann zum Beispiel Musik spielen.»

«Wie ein Phonograph?», rief Twain aus. «In diesem kleinen Kästchen?» Er kicherte. «Mein anderer guter Freund, Thomas Edison, hat den Phonographen erst kürzlich erfunden.»

«Ich weiß!», rief Iris. «Das Erste, was er aufnahm, war das Kinderlied ‹Mary Had a Little Lamb›. Mal gucken, was Oliver auf dem Handy hat.» Sie tippte auf das iTunes-Icon. «Adele. Lady Gaga. Beyoncé. Beatles? Er hört sich die Beatles an?»

«Das Album hat mir meine Oma geschenkt», sagte Oliver, der prompt aufgewacht war und Iris das Handy aus der Hand nahm. «Als sie so alt war wie ich, hat sie die Beatles gehört.» Er streckte sich. «Ich bin eingeschlafen. Leide ich schon an Gedächtnisschwund?»

«Wie heiße ich?», fragte Rosa.

«Ähm ... Lieselotte Frischbutter?»

«Alles in Ordnung.»

«Oliver», sagte Lucia. «Danke. Vielen Dank, dass du zu uns zurückgekommen bist. Du hättest das nicht tun müssen, und wir sind so froh, dass du es trotzdem getan hast.»

Olivers Ohren fingen an zu glühen, so verlegen wurde er. «Natürlich musste ich zurückkommen. Das war das einzig Richtige.»

«Ich bin froh, dass du das einzig Richtige getan hast», sagte Rosa. «Wir brauchen dich. Hier. Bei uns.» Sie saß neben ihm, und nun beugte sie sich vor und küsste ihn auf die Wange.

Jetzt glühten nicht nur seine Ohren, sondern auch seine Wange.

«Wir sind ein Team!», ergänzte Iris. «*Dein* Team!»

Verlegen blickte Oliver auf sein Handy. «Wir sollten Energie sparen und es erst mal ausschalten. Ich glaube, es gibt keinen Scout weit und breit.» Er schaute zu Twain. «Möchten Sie das machen, Sir?»

«Das würde ich gerne, in der Tat!»

Doch leider wurde Mark Twain die Gelegenheit, ein Smartphone aus dem 21. Jahrhundert auszuschalten, vor der Nase weggeschnappt. Denn in diesem Moment erhob sich an der Wohnungstür ein Tumult, und ein paar Sekunden später kam Frau Müller ins Wohnzimmer gestürzt. «Herr Clemens!», rief sie. «Die Polizei!»

Mr. Samuel Clemens wirkte sehr überzeugend. «Diese Kinder? Gesucht wegen Diebstahl?» Er führte die zwei Gesetzeshüter in den Salon. «Sie sollen in eine Molkerei und in eine Kostümschneiderei eingebrochen sein? Gibt es dafür Beweise? Und selbst wenn es wahr wäre – warum um alles in der Welt sollten Kinder so etwas tun? Wenn – und ich sage ausdrücklich *wenn* – es so war, dann brauchten sie offensichtlich dringend Nahrung, Schutz und Kleidung.»

Nach Frau Müllers Ankündigung hatte Twain die vier Kinder angewiesen, nichts zu sagen. «Und vor allem nicht auf Deutsch!», hatte er sie ermahnt. «Überlasst mir das Reden.» Glücklicherweise hatte Oliver geistesgegenwärtig PockDock und Handy vom Tisch genommen und in seine Tasche gesteckt. Und er hoffte inständig, dass Frau Müller ein gutes Versteck für das Geld und die Juwelen gefunden hatte.

Im Salon bot sich den beiden Polizisten der Anblick von vier Jugendlichen am großen Tisch, die Mädchen in den wunderschönen Kleidern von Twains Töchtern und Oliver in den Knickerbockern und der Weste von Frau Müllers Enkel. Mit unschuldigen Augen schauten sie die Polizisten an.

«Sehen diese vier etwa aus wie Straßenkinder aus dem zweiten Hinterhof einer heruntergekommenen Berliner Mietskaserne?» Twains Frage war rein rhetorisch. «Entweder Sie irren sich, meine Herren, oder die Kinder wurden zu den Vergehen gezwungen, deren Sie sie beschuldigen. Ich selbst habe gerade eben versucht, dieser Frage auf den

Grund zu gehen – als Sie uns so plötzlich unterbrochen haben.»

«Das tut mir sehr leid, mein Herr, aber warum, glauben Sie, sind die zu Ihnen gekommen?», fragte der größere und ältere der beiden Männer. Er stellte sich als Kriminalkommissar Riepekohl vor. Der Jüngere war Wachtmeister Kohlemeier, ein pummeliger Mann in den Vierzigern.

«Die Frage könnte ich ebenso gut Ihnen stellen. Warum sind *Sie* hierhergekommen?»

«Wir haben Grund zu der Annahme, dass diese Kinder einem Verbrecherring angehören und sich in Ihre Wohnung einschleichen und Sie berauben wollen. An einem der Tatorte wurde ein Zeitungsausschnitt über Sie und Ihre Berliner Residenz gefunden.»

«Ganz offensichtlich haben sie sich *nicht* hier eingeschlichen. Ich glaube viel eher, dass sie Hilfe brauchen», erwiderte Twain. «Sie haben erfahren, dass ich mich im Augenblick in Ihrer wunderschönen Stadt aufhalte. Und weil sie Ausländer sind, suchten sie jemanden, der der englischen Sprache mächtig ist. Und da sie mit meinen Büchern vertraut sind, kamen sie zu mir. So einfach ist das.»

Und nicht nur einfach, dachte Oliver, *sondern auch die Wahrheit!* Na ja, zumindest die Mädchen waren mit Twains Büchern vertraut.

«Unsere Kollegen vom Berliner Revier», sagte Kommissar Riepekohl, «haben nichts davon gesagt, dass die Kinder Ausländer sind. Sie dachten, sie kommen von hier.»

«Sie stammen ganz gewiss nicht von hier», sagte Twain im Brustton der Überzeugung. «Ich durchschaue die Angelegenheit zwar noch nicht vollständig, aber … soweit ich das verstanden habe», und hier schaute er bedeutungsvoll zu den Kindern und signalisierte mit seinem Blick, dass sie genau zuhören sollten, «sind sie einem … Zirkus entkommen, in den man sie … verschleppt hatte, wo sie gefangen gehalten und fürchterlich misshandelt wurden.» Er deutete auf die Beule auf Rosas Stirn.

Es war zwar ein gewagter Versuch, aber Oliver konnte sich nicht vorstellen, dass die Polizei eine solche Geschichte für bare Münze nahm. Andererseits war dies das Jahr 1891. Vielleicht passierten in dieser Zeit solche Dinge.

«Mein Herr», sagte Kriminalkommissar Riepekohl, «wir haben Grund zu der Annahme, dass man Sie betrogen hat. Wenn ich Sie wäre, würde ich die Wohnung gründlich in Augenschein nehmen, ob etwas fehlt. Wenn dem so ist, dann sagen Sie uns bitte umgehend Bescheid. Wir müssen dieses Lumpenpack jetzt mit zu uns nach Charlottenburg nehmen, wir werden dort schon herausfinden, wer und wo ihre Eltern sind. Die Polizisten, die sich gestern im Zoo mit ihnen beschäftigten, waren nämlich aus Berlin. Aber der Fall gehört in *unseren* Zuständigkeitsbereich. Die Diebstähle wurden in Charlottenburg begangen.»

Twain ließ sich nicht einschüchtern. «Tun Sie, was Sie für richtig halten, meine Herren. Ich werde die Angelegenheit gleich mit dem amerikanischen Botschafter besprechen. Er und Kaiser Wilhelm verstehen sich prächtig. Sie werden schon bald von Seiner Majestät hören.»

Kommissar Riepekohls Augen wurden schmal, aber er blieb standfest und ließ sich nicht beeindrucken. «Die

Kinder kommen mit», sagte er knapp, wartete aber freundlicherweise ab, bis Frau Müller die Mäntel und Jacken der Kinder gebracht hatte. Sie hatte auch Olivers braunen Tornister dabei, in den er rasch und unbemerkt Handy und PockDock steckte.

«Ein Tornister, mein Junge?», sagte Riepekohl.

Oliver rührte sich nicht.

«Ich fürchte, er versteht nur Englisch», sagte Twain.

«Please», sagte der Beamte zu Oliver und streckte die Hand aus. «Please to give ...» Er gab seine kümmerlichen Englischversuche auf und zerrte Oliver den Tornister vom Rücken. «Den nehme ich.» Dann drehte er sich zu Mark Twain um. «Das wäre im Moment alles, mein Herr. Danke.»

«Don't worry», sagte Twain zu seinen jungen Freunden, während die Polizisten sie aus der Wohnung scheuchten. «I'll speak to the American ambassador and to my German friends!»

Als Oliver die Treppe hinuntergeführt wurde, spürte er, wie ihm mit jeder Stufe das Blut aus dem Kopf wich. Auf seiner Stirn sammelte sich der Schweiß, und in seinen Ohren dröhnte es. Würde er in Ohnmacht fallen, gleich hier und jetzt? Als Krit sie im Stich gelassen hatte, hatte er gedacht, dass es nicht mehr schlimmer kommen könnte, aber das stimmte nicht. Das hier war noch schlimmer. Man würde sie einsperren. Wie sollten sie jemals wieder nach Hause kommen? Hatte Samuel Langhorne Clemens wirklich Freunde in hohen Positionen? Und selbst wenn, was konnte er schon ausrichten, um vier Kinder aus dem 21. und 23. Jahrhundert wieder in ihre eigene Zeit zu bringen? Wer sollte ihm glauben? Wer sollte ihnen glauben?

So viele Fragen und so wenig Zeit. So. Wenig. Zeit. Oliver erkannte, dass dies ihr wahrer Feind war, der größte Feind von allen: die Zeit.

Wie um alles in der Welt sollten sie die Zeit besiegen?

30. KAPITEL

Riepekohl & Kohlemeier

Eine grüne Minna wartete unten auf sie. Rosa, Oliver, Iris und Lucia wurden hinten im Wagen eingesperrt und nach Charlottenburg gebracht.

Der Geruch im Wagen war entsetzlich. Es stank nach Pferd, Schweiß, Urin und Erbrochenem. Oliver musste ein paarmal würgen, konnte aber glücklicherweise verhindern, seinen Beitrag zu der Aromamischung zu leisten.

«Dürfen die uns überhaupt einfach mitnehmen?», fragte Rosa weinend. «Einfach so, wie gewöhnliche Verbrecher? Wir sind doch noch nicht mal vierzehn!»

«Leider ja», sagte Iris. «Im 19. Jahrhundert wurden im Strafrecht Zwölfjährige bereits wie Erwachsene behandelt.»

Auf der Polizeiwache angekommen, schleppte man sie durch einen großen Raum, in dem sich etwa ein Dutzend Polizisten an langen Holztischen lümmelten, Pfeife rauchten, die Zeitung lasen oder sich unterhielten. An den Wänden hingen reihenweise Überzieher, und oberhalb der Kleiderhaken erstreckte sich über die gesamte Länge der Wand eine Ablage, auf der die Pickelhauben der Wachtmeister lagen. Es war laut in dem Raum, es stank nach Zigarrenrauch, und es war stickig und heiß. Die Männer pfiffen, als sie die Mädchen sahen.

«Spricht hier jemand gut genug Englisch, um zu übersetzen oder ein Verhör zu führen?», rief Riepekohl durch den Raum. Gleich darauf ertönten überall einfache englische Sätze. – Hello! Goodbye! How do you do this morning? – Ein Wachtmeister legte Oliver den Arm um die Schulter. «Billy the Kid, yes?» Aber niemand bot seine Hilfe beim Übersetzen an.

Keiner der vier wagte, etwas auf Deutsch zu sagen oder irgendwie sonst zu erkennen zu geben, dass sie verstanden, was los war. Oliver bezweifelte, dass er gut genug Englisch sprach, falls jemand kam, um ihn zu verhören. Bei Iris war das anders, bei Rosa wohl auch. Vermutlich würde Lucia das Reden für sie alle übernehmen.

Oliver hatte Angst, man könnte ihn von den Mädchen trennen, und war ungeheuer erleichtert, als sie alle in einen kleinen Raum mit einem vergitterten Fenster im Erdgeschoss gebracht wurden. In der Mitte standen ein Tisch und drei Stühle.

Kriminalkommissar Riepekohl stellte Olivers Tornister auf den Tisch und zog die verblichenen Vorhänge zu. «Man coming übersetzen later», sagte er. «We … schicken Telegramm to get him.» Er ging zur Tür und rief: «Kohlemeier! Komm mal her!»

Riepekohls Partner betrat den Raum.

«Schauen wir doch mal, was hier drin ist», sagte Riepekohl und leerte den Inhalt von Olivers Tornister auf den Tisch.

Ein beißender Geruch breitete sich im Raum aus, und die Überreste der Käsestücke rollten aus dem Zeitungspapier, in das sie eingewickelt waren, und blieben fettig glänzend auf dem Tisch liegen. Die Messer klapperten. Die Handschellen klirrten. Die Feldflaschen knallten gegeneinander. Das Brot fiel mit einem dumpfen Rums auf den Tisch. Ein, zwei Radieschen und ein Apfel kullerten über die Platte. Kommissar Riepekohl nahm ein Messer und las die Gravur. «Aha. Molkerei Pfennig», sagte er zu Oliver.

Mit einem Schulterzucken täuschte Oliver Ahnungslosigkeit vor.

Wieder tauchte die Hand des Polizisten in den Haufen auf dem Tisch und kam mit dem PockDock und dem Handy wieder zum Vorschein. Seine Augen weiteten sich, als er die Geräte betrachtete. «Was zum Teufel ist das denn?» Er wandte sich zu Oliver. «Wo habt ihr das denn gestohlen?»

Oliver tat so, als würde er kein Wort verstehen.

«Was heißt ‹stehlen› auf Englisch?», fragte Kriminalkommissar Riepekohl Wachtmeister Kohlemeier.

Kohlemeier legte die Stirn in Falten. «... to ... to ... Ich weiß es nicht.»

«Do you gestohlen this?», fragte Riepekohl Oliver.

«No!», antwortete Oliver. Gestohlen? Er hatte eine Menge Geld für sein Smartphone bezahlt. Eigentlich bezahlte er es immer noch. Er jobbte bei sich im Haus und half seinen Eltern, damit er sich sein Handy leisten konnte.

Kohlemeier nahm Riepekohl das PockDock aus der Hand und betrachtete es von allen Seiten. «Ist das eine Brosche?», fragte er Riepekohl.

Kommissar Riepekohl schüttelte den Kopf. «Zu groß. Und es gibt keinen Verschluss und auch keine Nadel.» Er nahm das Handy und hielt es ans Ohr. Er schüttelte es. Mit den Fingerspitzen fuhr er über den silbrigen Rahmen. «Was denkst du, Kohlemeier? Ist das Silber?» Dann schaute er die schwarze Rückseite an.

«Onyx?», vermutete Kohlemeier.

«Ich glaube, es ist eine Art Kästchen. Aber wofür? Für Geldscheine? Juwelen? Pillen? Es ist schwer. Was mag wohl drin sein?»

«Ich finde, es sieht aus wie ein Bilderrahmen», sagte Kohlemeier.

«Aber wie kriegt man da ein Bild rein? Und wo ist das Bild? Und wenn es ein Kästchen ist, wie macht man es auf?» Er drehte sich zu den Gefangenen um. «Wie?», fragte er. «Wie macht man es auf?» Zu Kohlemeier gewandt: «Was heißt ‹aufmachen› auf Englisch?»

Kohlemeier dachte kurz nach und schüttelte dann den Kopf. Er öffnete die Tür zu dem angrenzenden Gemeinschaftsraum und rief: «Was heißt ‹aufmachen› auf Englisch?»

Jemand rief zurück: «Oppen.»

Kohlemeier machte die Tür wieder zu. «Oppen!», sagte er zu Oliver.

Riepekohl hielt ihm das Handy hin. Oliver drückte auf den Einschaltknopf. Das Zifferblatt einer Uhr leuchtete auf.

Erschrocken ließ Riepekohl das Telefon wie eine heiße Kartoffel fallen. Es schlug auf dem Boden auf, prallte einmal ab und blieb dann mit der Vorderseite nach oben liegen. Olivers Herz setzte aus. *Mein Handy!*

Die Zahlen der Uhr zeigten auf 17:20. War es bei ihnen zu Hause im 21. Jahrhundert jetzt zwanzig nach fünf? Hier war es bestimmt schon nach neun Uhr abends.

Oliver hob das Handy auf und legte es vorsichtig wieder auf den Tisch.

«Machen wir das verdammte Ding doch auf und gucken, was drin ist.»

Aufmachen?, dachte Oliver. *Die machen es bloß kaputt!*

«Aber wie?», überlegte Kohlemeier. «Hmm. Da hinten ist eine kleine Kerbe.» Er kniff die Augen zusammen. «Für einen sehr kleinen Schraubenzieher.» Kriminalkommissar Riepekohl riss die Tür auf. «Pflüger!», schrie er. «An der Ecke ist ein Uhrmacher. Geh hin und sag, wir brauchen ihn. Ihn und seine Werkzeuge. Und zwar zack, zack!»

Die Minuten vergingen, während sie auf den Uhrmacher warteten. Oliver hätte natürlich den Männern zeigen können, wie das Telefon funktionierte. Aber warum? Sollten sie sich ruhig die Zähne ausbeißen.

Er rutschte auf seinem Stuhl hin und her. Er war hundemüde. War das der Zeitlag? Wie lange würde es wohl dauern, bis das Zeitlag-Trauma einsetzte? Wie würde es sich bemerkbar machen? Wenn er jetzt den Kopf auf den Tisch legte, würde er auf jeden Fall sofort wegsacken.

Endlich wurde ein kleiner, weißhaariger Mann mit Brille in den Raum gebracht. «Uhrmachermeister Blaustein», sagte er scheu. «Zu Ihren Diensten.»

«Könnten Sie das hier bitte öffnen?», sagte Riepekohl und reichte ihm das Handy.

Der Uhrmacher nahm das Gerät behutsam an sich und beäugte es skeptisch von allen Seiten. Er war geschickter als die beiden Polizisten, denn er fand den Einschaltknopf auf Anhieb. Wie ein kleiner Junge in einem Spielzeugladen lächelte er, als die Uhr aufleuchtete. Aus Versehen wischte er mit den Fingern über das Display und entsperrte unabsichtlich den Bildschirm. Er kicherte, als das Foto von vier jungen, breit lächelnden Männern mit einem komischen Ponyhaarschnitt auftauchte.

Die Polizisten lachten.

«Oh-oh», murmelte Oliver.

«Du hattest recht!», sagte Riepekohl zu Kohlemeier. «Ein Bilderrahmen. Aber was sind das für Pfeile?»

Der Uhrmachermeister berührte einen davon.

«She loves you, yeah, yeah, yeah!», plärrte es aus dem Lautsprecher des Telefons.

Rosa, Oliver, Iris und Lucia lachten laut auf.

«She loves you, yeah, yeah, yeah . . .»

Olivers Großmutter mochte ein Beatles-Fan sein, aber Uhrmachermeister Blaustein erschrak bei diesem plötzliche Lärm beinahe zu Tode. Verschreckt schleuderte er das Smartphone so weit weg, wie er nur konnte. Es prallte gegen die Wand, wo es eine Schramme hinterließ, und fiel dann klappernd zu Boden. Durch die Wucht des Aufpralls sprang die SIM-Karte heraus.

Die drei Männer starrten das Gerät an, aus dem immer noch die Lieblingsmusik aus der frühen Jugend von Olivers Großmutter dröhnte: «You think you lost your love, well I saw her yesterday-ay-ay. It's you she's thinking of . . .»

«Mach die verdammte Uhr aus!», befahl Kriminalkommissar Riepekohl.

Oliver sprang auf und schaltete die Musik ab. Die Männer starrten erst ihn an, dann Rosa, Iris und Lucia. Riepekohl bückte sich und hob die SIM-Karte auf. «Was ist denn das?», fragte er Uhrmachermeister Blaustein. Der alte Mann zuckte mit den Schultern, schlurfte zu seinem kleinen Utensilienkasten und holte eine Lupe heraus. Er betrachtete die SIM-Karte durch das Vergrößerungsglas.

«Und?», fragte Kommissar Riepekohl.

«Könnte Gold sein», sagte Uhrmachermeister Blaustein.

«Gold? Wie kann man das feststellen?»

«So», sagte Uhrmeister Blaustein und führte die SIM-Karte zum Mund.

Nein, dachte Oliver. *Nein, bitte nicht draufbeißen. Das ist unsere einzige Chance, nach Hause zu kommen. Bitte n…*

Blausteins Zähne packten die SIM-Karte und bissen fest zu.

31. KAPITEL

Chi-Chi

Es war mitten in der Nacht. Und es schneite wieder. Drinnen war das Gaslicht heruntergedreht worden. Sie waren allein und warteten im Halbdunkel. In der Ecke stand ein kleiner Kanonenofen, aber die Kohle war längst verglüht. Es war kühl geworden.

Oliver erschauerte und zog seine Jacke an. Rosa schlief, den Kopf in die Arme vergraben, die Arme auf die Tischplatte gelegt. Iris hatte rasende Kopfschmerzen, aber das hielt sie nicht davon ab, die Zeitungsblätter aus Pfennigs Molkerei zu lesen. Bedauerlicherweise waren einige Artikel durch den Kontakt mit dem Käse unleserlich geworden. Lucia marschierte im Zimmer auf und ab.

Man hatte ihnen gesagt, dass bald ein Übersetzer kommen würde. Oliver fragte sich, wie lange sie die Maskerade noch durchhalten konnten. Sobald man sie allein ließ, hatten sie sich eine Geschichte ausgedacht, wie sie selbst der große Erzähler Mark Twain nicht besser hätte erfinden können. Rosa, Oliver und Iris waren Lucias albanische Verwandte, die weder Deutsch noch Englisch sprachen. Sie hegten die Hoffnung, dass es in Charlottenburg und Berlin keine albanischen Übersetzer gab. Aber nur für den Fall, dass doch: Iris sprach tatsächlich ein bisschen Albanisch, weil ihre Großmutter aus Tirana, der Hauptstadt Albaniens, stammte. Wenn irgendjemand dieses Kunststück vollbringen konnte, dann Iris. Dabei würden die Beamten allerdings ihre Zahnspange zu sehen bekommen. Und dann?

Oliver legte seinen Kopf neben dem von Rosa auf den Tisch. Sie waren einander so nahe, dass er ihr Haar riechen konnte, ein süßer Duft vom Haarwaschmittel der Twaintöchter …

Selbst wenn Twain in der Lage war, ihnen zu helfen, dachte Oliver, zu Hause waren sie damit immer noch nicht. Es war hoffnungslos, das wusste er jetzt. Sie mussten ihre Niederlage akzeptieren, sie waren dazu verdammt, den Rest ihres Lebens im 19. Jahrhundert zu leben, als Gefangene der Zeit …

Rosa schnarchte leise. Lucias Schritte tapsten auf dem Boden. Hin und wieder raschelte Iris mit der Zeitung. Ansonsten war es still im Raum. Draußen pfiff der Wind. Die Gitter vor dem Fenster klapperten und quietschten leise und unheimlich.

Rosa rührte sich, öffnete die Augen und richtete sich auf. «Ich bin eingeschlafen. Leide ich schon an Gedächtnisschwund?»

«Wie heiße ich?», fragte Oliver.

«Ähm … Karl-Heinz Knochenhauer?»

«Alles in Ordnung.»

Rosa reckte die Arme und lächelte ihn an – und die Kälte störte ihn nicht mehr.

Sie lauschten auf die Stille. Draußen vor dem Fenster fiel der Schnee so leicht wie Daunenfedern …

«Ich brauche ein Aspirin», stöhnte Iris. «Mein Kopf bringt mich noch um.»

Lucia zog das Chronotonin aus ihrem Ärmel. «Die letzte Dosis.»

Iris schnupperte daran und schloss die Augen. «Viel besser», sagte sie und schlug die Augen wieder auf. Sie lächelte Lucia fröhlich an. «Ich wette, mit so einem Mist hast du nicht gerechnet, als du dich in Hawking beworben hast.»

«Absolut», sagte Lucia. «Es stand im Kleingedruckten.»

«Du hast uns neulich erzählt, dass du besonders am 21. Jahrhundert interessiert bist. Warum ausgerechnet das 21.?»

Lucia nahm ein Stück vom Brot, das auf dem Tisch lag. «Das ist was Persönliches.»

«Ach nee!», sagte Rosa. «Was denn sonst, wenn nicht persönlich?»

Lucia setzte sich auf die Tischplatte. Sie schwieg und dachte nach.

Irgendwo draußen öffnete und schloss sich eine Tür. Sie hörten, wie jemand von den Polizisten begrüßt wurde.

«Oh-oh», sagte Iris. «Das ist bestimmt der Übersetzer.» Sie senkte die Stimme. «Wir müssen aufpassen, dass sie nicht hören, wie wir Deutsch reden.»

«Hat es etwas mit deinen leiblichen Eltern zu tun», fragte Rosa Lucia, «dass du am 21. Jahrhundert interessiert bist?»

Lucias Kopf fuhr herum. «Warum fragst du das?»

«Weil … ich bin mir nicht sicher.» Rosa zuckte mit den

Schultern. «Vielleicht, weil immer ein Fragezeichen im Raum schwebt, wenn die Sprache auf sie kommt.»

Draußen vor dem Haus wieherte ein Pferd.

Lucia seufzte. «Also. Mein leiblicher Vater war ein großartiger Mensch. Er war Urbanite. Habe ich euch das schon erzählt?» Ihre Stimme klang sanft. «Er war Historiker für das späte 20. und das frühe 21. Jahrhundert. Ohne sein Wissen wurde er in ein Zeitreise-Experiment verwickelt, das ihn nach Berlin schickte. In die Jahre 2003 bis 2011. Und dort begegnete er meiner Mutter und verliebte sich in sie. Sie stammte aus dieser Zeit. Und er beschloss, sich abzusetzen, zu desertieren, um bei ihr zu bleiben. Im 21. Jahrhundert.»

«Oh, das ist ja so romantisch!», sagte Rosa. «Ich hatte ja keine Ahnung ...»

«Aber ich dachte, Urbanites wissen nichts von der Liebe», sagte Iris.

«Irgendwann hatte er genug gewusst», lachte Lucia. «Und dann hat es ihn voll erwischt.»

«Wenn das also deine leiblichen Eltern sind», sagte Iris, «wurdest du im 21. Jahrhundert gezeugt, richtig?»

«Ja.»

«Wie bist du dann in die Zukunft gekommen?»

«Meine DNA wurde aufbewahrt. Man hat sie Jahrhunderte später gefunden. Das ist eine lange Geschichte. Mein Vater hat sogar ein Tagebuch darüber geschrieben. Jedenfalls, Rouge, die meinen Vater kannte, hat das Tagebuch und die DNA gefunden, nachdem er verschwunden war, und sie hat mich dann ausgetragen.»

«Das. Ist. Echt. Irre», sagte Iris.

«Warum hat sie das gemacht?», wollte Rosa wissen. «Ist das nicht ein bisschen heftig?»

Lucia errötete. «Ich glaube, sie war einmal in meinen Vater verliebt.»

«Wie hieß er, dein Vater?», fragte Rosa.

«Finn. Finn Nordstrom.»

Rosa lauschte auf den Klang des Namens. «Er war also weg, hatte sich abgesetzt, und deine Adoptivmutter, die in ihn verliebt war, wollte einen Teil von ihm bewahren. Und deshalb hat sie dich geboren.»

«Ja.»

«Oh. Das ist ja so romantisch!»

«Aber das ist schon lange her. Heute liebt sie natürlich Raoul. Raoul war ein guter Freund meines Vaters. Eigentlich hat Rouge erst beschlossen, mich auszutragen, nachdem sie sich in Raoul verliebt hatte. Sie wusste, dass er ein guter Vater für mich werden würde, weil er schon ein guter Vater war, und zwar von Colin.»

«Colin ist also dein Stiefbruder», sagte Iris. «Der Junge, den wir in der Zukunft kennengelernt haben. Ich glaube, ich kann mich an ihn erinnern. Vage. Er war groß, vierzehn Jahre alt, und er hatte eine Baseballmütze auf.»

«Und ich habe ihn geküsst», sagte Rosa. «Mehr als einmal. Das war schön. Glaube ich jedenfalls.»

«Oh, das ist ja so romantisch!», sagte Iris neckisch.

Rosa streckte ihr die Zunge heraus. Dann drehte sie sich zu Lucia um. «Erzählst du mir bitte mehr von Colin?»

«Ja, gerne. Irgendwann mal.»

«Ach so, jetzt verstehe ich», sagte Oliver. «Du bist zu uns

gekommen, ins Berlin des 21. Jahrhunderts, weil du deine Eltern aufsuchen wolltest.»

«Es ist irgendwie … Ich meine, wie soll ich wissen, wohin ich gehen will, wenn ich nicht einmal weiß, woher ich komme?», sagte Lucia. «Ich finde, jedes Kind sollte das wissen. Und das ist zum Teil der Grund, warum ich mich für eure Zeit interessiere. Aber jetzt will ich meine Eltern nicht aufsuchen. Hawking-Schüler dürfen nicht auf privat motivierte Zeitreisen gehen. Man kann nicht einfach losziehen, um seine Ururururgroßeltern kennenzulernen. Gelegentlich gibt es Ausnahmen, aber dafür muss man über 18 sein, in einigen Fällen sogar über 30. Also irgendwann mal, ja, da würde ich sie gerne treffen.»

«Deine Eltern würden dich bestimmt auch gerne kennenlernen», sagte Oliver.

«Na ja, das haben sie eigentlich schon.» Lucia kicherte. «Sie hatten eine Tochter namens Lucia. Chi-Chi. Wir haben dieselbe DNA.»

«Eine Zwillingsschwester?», fragte Rosa.

«Ja. Vielen Dank, Rosa. Das hört sich wesentlich netter an als Klon. Die meisten Urbanites bezeichnen mich als Klon. Es ist eine Art Schimpfwort.»

«Klon klingt so steril, so technisch», sagte Rosa. «Deine Eltern waren verliebt. Daran war nichts Steriles.»

«Und wisst ihr was? Ich möchte natürlich meine Eltern kennenlernen, aber Chi-Chi vielleicht sogar noch mehr. Schon als kleines Mädchen, bevor ich über meine leiblichen Eltern Bescheid wusste, bevor ich erfuhr, dass ich adoptiert war, hatte ich dieses seltsame Gefühl, dass mir etwas fehlt, dass mein Leben nicht vollständig ist, dass ein Teil von mir nicht da ist. Und dieser Teil, das ist meine Familie, meine Eltern und vor allem meine Schwester.» Sie schaute nacheinander Rosa, Oliver und Iris an. «Oder glaubt ihr, dass ich mir das nur einbilde?»

«Vielleicht ist es beides», sagte Iris diplomatisch.

«Ist es nicht komisch, eine Schwester zu haben, die genauso heißt wie du?», fragte Oliver.

«Ja. Ich habe von ihr erfahren, als ich acht war. Und als ich hörte, dass meine leiblichen Eltern meine Schwester Lucia Chi-Chi nannten, beschloss ich, dass meine Familie mich Lu nennen sollte.»

«Lu?», sagte Oliver. «Gefällt mir.»

«Wir können dich auch Lu nennen, wenn du willst», sagte Rosa. «Wir sind doch jetzt irgendwie auch deine Familie.»

«Also, Lu», sagte Oliver, «was weißt du über deine Familie aus dem 21. Jahrhundert? Sind deine Eltern ihr ganzes Leben lang zusammengeblieben? Und was ist mit Chi-Chi? Was hat sie gemacht, als sie erwachsen war? Und wie lange hat sie –?»

Ein Schatten legte sich über Lucias Gesicht.

«Was ist los?», fragte Oliver.

«Niemand weiß etwas», sagte Lucia. «Niemand weiß, was mit meiner Familie passiert ist.»

«Wieso nicht?», fragte Iris. «Es gibt doch bestimmt Dokumente. Unterlagen. Es müsste doch einfach sein, herauszufinden, was –»

«Wir wissen es nicht!», rief Lucia. «Punkt. Aus. Ende. Alle Unterlagen wurden zerstört.»

«Alle Unterlagen zerstört?», wiederholte Iris ratlos. «Aber –»

«Außerdem spielt das doch jetzt sowieso keine Rolle mehr», sagte Lucia bitter. «Wir sind jetzt hier. Im Berlin von 1891. Wer weiß, ob wir je wieder nach Hause kommen. Wer –?»

Plötzlich wurde die Tür aufgerissen. Kriminalkommissar Riepekohl und sein Kollege Kohlemeier kamen herein. «Planänderung!», knurrte Riepekohl.

Die Kinder gaben vor, ihn nicht zu verstehen, obwohl das den Kriminalkommissar nicht länger zu kümmern schien. «Sie wollen euch drüben in Berlin. Im Polizeipräsidium Alexanderplatz. Sie sagen, sie hätten euren Anführer geschnappt. Der Kollege aus Berlin wartet draußen auf euch.»

«Die können es gar nicht erwarten, euch ein für alle Mal hinter Gitter zu bringen», sagte Kohlemeier und rieb sich schadenfroh die Hände. «Und in Berlin haben sie richtige Zellen, das verspreche ich euch.»

Und bei diesen Worten wusste Oliver, dass auch der Hinterraum der Charlottenburger Polizeiwache im Dezember 1891 nicht das Schlimmste war, was ihnen passieren konnte. Das Schlimmste waren die Zellen im Polizeipräsidium Alexanderplatz.

32. KAPITEL

Vom Regen in die Traufe

Die Polizisten, die gerade auf der Charlottenburger Wache waren, hatten sich versammelt und bildeten eine Gasse, als die Kinder aus ihrer «Zelle» gebracht und zur Tür geführt wurden. An Flucht war nicht einmal zu denken.

Die Eingangstür ging auf. Draußen in der Dunkelheit des späten Abends erkannte Oliver durch einen Vorhang aus Schneeflocken eine grüne Minna. Die Pferde wieherten und stampften ungeduldig. Der Kutscher, ein groß gewachsener Polizist mit einer Pickelhaube, sprang vom Kutschbock und öffnete die Türen hinten am Wagen. Kriminalkommissar Riepekohl und Wachtmeister Kohlemeier drängten Rosa, Oliver, Iris und Lucia hinaus in den Schnee. Kohlemeier stopfte Lucias PockDock und Olivers Handy in den braunen Tornister, den er auf den Kutschbock warf. Der Kutscher war gerade dabei, das Eis vom Hinterrad zu kratzen, und drehte ihnen den Rücken zu.

«Nur gut, dass wir euch los sind!», sagte Kohlemeier und stieß Oliver auf die offene Wagentür zu. Oliver taumelte gegen den Kutscher, der wütend herumwirbelte. «Pass doch auf, wo du hintrittst, du Lump!»

Olivers Herz setzte aus.

Es war Krit. Krit Sriwanichpoom! In der Uniform eines Berliner Wachtmeisters!

«Was glotzt du denn so?», knurrte Krit und schleuderte Oliver förmlich in die grüne Minna. Krit legte einen Finger an die Lippen und zwinkerte Oliver zu.

Lucia flog in den Wagen, gefolgt von Rosa und Iris. Krit knallte die Türen zu, sprang auf den Kutschbock, und schon fuhren sie los.

Was ging hier vor? War Krit dabei, die vier Freunde zu retten? Rosa, Oliver, Iris und Lucia spähten durch die Fensterschlitze und erkannten, dass sie nicht nach Osten zum Alexanderplatz fuhren, sondern nach Westen. Hatte Krit ein schlechtes Gewissen bekommen? Vielleicht hatte Hermes 1891 Hundgeburth, Heinrich, Krit wieder zu Twain gebracht, wo sie feststellen mussten, dass die Kinder von der Charlottenburger Polizei verhaftet worden waren, woraufhin der kluge Krit sich kurzerhand die Uniform von Wachmeister Heinrich und die grüne Minna auslieh. Ja, so in etwa musste es doch wohl gewesen sein, dachten sie ...

Der Wagen hielt an, und die Tür flog auf. Es war Hermes 1891 Hundgeburth, Heinrich. Er war also auch an dem Befreiungsplan beteiligt!

«Okay, ihr Kanalratten», sagte er, «die Scharade ist vorbei. Ihr seid alle verhaftet!»

Was? Rosa, Oliver, Iris und Lucia erstarrten vor Angst.

«Das war nur ein Witz!», sagte er und krümmte sich vor Lachen. «Ihr solltet eure Gesichter sehen.» Er wandte sich an Lucia und setzte eine düstere Miene auf. «Das war eine kleine Rache für die Prügel, die ich gestern von dir bezogen habe. Mir hat zwei Stunden lang der Schädel gebrummt.»

«Tut mir leid», sagte Lucia reumütig.

«Wenn wir uns das nächste Mal treffen, gibst du mir dann Unterricht in Kung-Fu-Verteidigungsmanövern?»

«Einverstanden.»

Heinrich schüttelte allen die Hände. «Hermes 1891, freut mich, euch wiederzusehen. Also, ich bin gleich da oben.» Er deutete zum Kutschbock hoch.

«Wo sind wir überhaupt?», fragte Oliver.

«Am Bahnhof Charlottenburg», sagte Krit, der vom Kutschbock heruntergestiegen war und sich zu ihnen in den Wagen setzte. «Danke, Heinrich. Wir sagen gleich Bescheid, wo wir hinwollen.»

Heinrich zog sich zurück, und Krit schloss die Tür bis auf einen schmalen Spalt.

«Danke, Krit», sagte Lucia. Sie schüttelte ihm die Hand. «Gut gemacht.»

«Hast du eben tatsächlich Krit gesagt und nicht Junior-Junior?», sagte Krit. Er drehte sich zu Oliver. «Wo ist dein Handy? Das sollten wir aufnehmen. Als Beweis sozusagen.»

«Warum bist du nicht zurückgegangen?», fragte Oliver. «Wieso hast du deine Meinung geändert?»

«Das Portal war zerstört.»

«Was?», schrien die Kinder auf.

«Das war ein Witz, Leute», sagte Krit. «Nur ein Witz.»

«Du und Witze?», fragte Lucia. «Das ist ja ganz was

Neues.» Und zu Oliver gewandt: «Wo ist dieses Handy? Das müssen wir tatsächlich unbedingt aufnehmen!»

«Das Handy und das PockDock sind in Olivers Tornister auf dem Kutschbock», sagte Krit.

«Wieso also?», hakte Oliver nach. «Wieso hast du deine Meinung geändert?»

Krit zuckte mit den Schultern. «Keine Ahnung. Schien mir irgendwie das einzig Richtige.»

«Ich bin froh, dass du geblieben bist», sagte Oliver.

«Mein Kopf!», jammerte Iris plötzlich. «Oh, mein Kopf! Das tut so weh! Oh ... ich glaub, mir wird schlecht. Ich glaube ... ich muss mich ... übergeben.» Sie schaffte es gerade noch, die Tür aufzustoßen, und erbrach vom Wagen aus auf die Straße.

«Wir brauchen dringend Chronotonin», sagte Lucia. «Twain meinte, er kenne einen Apotheker, der es vielleicht zusammenmischen könnte.»

«Das bezweifelt dieser Scout, aber wir können ja mal hinfahren. Allerdings wird die Polizei dort bestimmt nach uns suchen. Wollen wir's riskieren?»

«Vom Regen in die Traufe», sagte Lucia. «Es wird wirklich Zeit, dass wir nach Hause kommen.»

Iris legte sich auf den Boden der grünen Minna. Lucia fühlte ihre Stirn. «Sie hat Fieber. Sie ist krank. Das ist gar nicht gut.» Sie zog ihren Mantel aus und hüllte Iris darin ein. In dem Moment hörten sie, wie hinter ihnen ein Wagen hielt.

«Was ist denn jetzt schon wieder los?» Lucia wurde kreidebleich.

«Ist das die Polizei?», wimmerte Rosa. «Oh, bitte nicht die Polizei!»

Über ihnen stampfte Heinrich zweimal mit dem Fuß auf.

«Das ist das Signal», flüsterte Krit. «Wir sind in Gefahr. Wir müssen die Tür zumachen.»

«Aber dann sind wir eingeschlossen», sagte Lucia.

Krit drückte die Tür zu. Das Schloss klickte. Sie waren gefangen – wieder einmal.

Draußen hörten sie Stimmen und Geräusche. Ein Mann sprach erregt auf Heinrich ein.

«Das klingt gar nicht gut», sagte Rosa.

Die Anspannung war fast zu viel für Oliver. Vielleicht war es am besten, wenn er in Ohnmacht fiel und erst dann wieder aufwachte, wenn alles vorbei war.

Jemand hämmerte gegen die Tür. «Aufmachen!»

«Ich komme ja schon», hörten sie Heinrich sagen. «Ich komme ja schon.»

«Wir bleiben zusammen», sagte Lucia zu den anderen. «Denkt daran. Egal, was geschieht.»

Die Tür flog auf. Schnee und Wind wehten herein.

Die Freunde waren auf das Schlimmste gefasst.

Rosa, die der Tür am nächsten war, keuchte auf. Vor ihr stand ein Mann. Er war groß und schlank, hatte dunkle Haare, die er zu einem Pferdeschwanz zusammengebunden hatte.

Auch Lucia hielt die Luft an. «Colin?», hauchte sie. «Col…?» Ihre Stimme verfing sich in ihrer Kehle. Sie schluchzte auf.

«Colin?», sagte Krit zu Lucia. «Dein Bruder?»

Mittlerweile stand die Tür sperrangelweit offen, und ein eisiger Wind besprenkelte sie mit Pulverschnee. Die Flocken brannten auf Olivers Wangen.

«Hermes 1891. Aaronson, Colin», sagte Lucias Bruder kurz angebunden. «Keine Fragen. Die Polizei ist gleich da. Sie wissen, dass Krit nicht echt ist. Wir müssen weg. Jetzt. Sofort. Ab in meinen Wagen. Krit, nimm deine Kleidung und Olivers Tornister. Die Sachen sind oben bei Heinrich.» Dann zog Colin ein Flakon mit Tabletten aus der Tasche, schüttete eine heraus und legte sie Iris auf die Zunge.

Ein paar Sekunden später schlug Iris die Augen auf. Lucia half ihr hoch.

«Okay, Leute. In meinen Wagen, los», befahl Colin. «Jetzt. Beeilt euch. Rosa. Oliver.»

Das ist Colin?, dachte Oliver verwirrt. Er erinnerte sich an ihn, wie er als Junge gewesen war, nur ein bisschen älter als er selbst. Dieser Colin hingegen war richtig erwachsen, mindestens 21, aber –

«Los!», sagte Colin, der schon auf dem Weg zu seiner Kutsche war, die ein paar Meter entfernt auf Passagiere wartete.

Oliver sah Rosa durch den Schnee zu Colins Kutsche rennen. Oliver sprang vom Wagen, drehte sich um und half Lucia und Iris hinaus. Sie alle rannten zu Colin, der sie in die Kutsche hob. Krit kam mit seinen Kleidern und Olivers Tornister hinterher.

«Lebt wohl», sagte Heinrich, der ebenfalls zur Kutsche trat. «Und viel Glück.»

«Beeil dich», sagte Colin zu Heinrich. «Die Polizei darf dich hier nicht sehen.»

Heinrich eilte zur grünen Minna zurück.

«Los!», befahl Colin seinem eigenen Kutscher, dann sprang er in den Wagen und schlug die Tür hinter sich zu.

Der Kutscher knallte mit der Peitsche, und die Pferde galoppierten los. Heinrich, der vorausfuhr, wandte sich an der nächsten Ecke nach Süden. Die Kinder fuhren nach Norden.

33. KAPITEL

Federflüstern

In der Kutsche war es eiskalt. Der Boden war nass vor Schnee, den sie mit ihren Stiefeln hereingetragen hatten, und der Wind pfiff durch die Fenster. Alle waren außer Atem und redeten durcheinander. Die Luft wurde neblig von ihren Atemwolken. Aber mit sechs Leuten war die Kutsche überfüllt, und so wurde ihnen schnell warm, während sie sich lachend umarmten.

«Wohin bringst du uns?», fragte Krit.

«Zu einem Zeitportal», sagte Colin. «Wir fahren nach Hause.»

Ein Jubelschrei aus fünf Kehlen drang durch die Nacht.

«Olivers Rucksack ist noch in einem Keller in Charlottenburg», sagte Lucia. «Wir müssen ihn holen.»

Colin bückte sich und zog Olivers blauen Rucksack unter dem Sitz hervor. «Schon erledigt.»

«Du bist ja unglaublich, Bruderherz», sagte Lucia. «Wie hast du das gewusst? Wie hast du uns bloß gefunden?»

«Das ist eine lange Geschichte. Ich erzähle sie euch gleich. Kommt erst mal zu Atem.»

Die Straßen hier waren beleuchtet. Oliver betrachtete

Colins Gesicht, mal getaucht in das warme Licht der Straßenlaternen, mal im Schatten verschwindend, während die Kutsche durch die Straßen fuhr. Oliver zerbrach sich den Kopf. Er wusste, dass dies der Colin war, den er kannte. Dies war der Junge, der Rosa eine Widmung auf ihre Prothese geschrieben hatte: ‹Colin Julio war hier, 5. Juni 2273.› Oliver erinnerte sich an seine türkisfarbenen Augen. Und er erinnerte sich auch an die lockere Art des Jungen. Er fühlte sich … ihm verbunden. Aber er wusste auch, dass dies hier kein Junge war, sondern ein Mann. Ein *junger* Mann, aber trotzdem ein Erwachsener. Er hatte breite Schultern, eine tiefe Stimme und einen Dreitagebart. «Wie alt bist du?», fragte er Colin.

«Zweiundzwanzig», sagte Colin. «Als wir uns kennenlernten, war ich vierzehn.» Er schaute sie nacheinander an. «Es ist so schön, euch zu sehen. Ich habe euch vermisst. Könnt ihr … könnt ihr euch an mich erinnern?»

«Ein bisschen», sagte Oliver. «Aber nicht an besonders viel.»

«Ich erinnere mich», sagte Rosa, «irgendwie. Aber …» Sie war verlegen. «Aber du bist so alt.» Nervös lachte sie auf.

«Du siehst noch genauso aus», sagte Colin und betrachtete sie zärtlich. «Wunderschön.» Seine Stimme war sanft.

«Colin!», rief Lucia. «Das darf doch wohl nicht wahr sein! Hör auf damit! Du flirtest ja!»

Rosa kicherte. «Das ist alles ziemlich verwirrend», sagte sie. Mit dem Finger strich sie sich über die Lippen. Sie versuchte sich wohl zu erinnern, wie Colin sie geküsst hatte, dachte Oliver. Er sah, wie Rosa das Gesicht verzog und den

Kopf schüttelte, als ob sie die Erinnerung verscheuchen wollte.

«Ich erinnere mich auch an dich», sagte Iris. «Besonders an deinen dunkelroten Comfy.»

«Das war eine tolle Jacke», nickte Colin. «Geht's dir jetzt besser, Iris?»

«Ja, vielen Dank.»

«Aus irgendeinem Grund hatten die drei noch ein paar Erinnerungen an die letzte Reise», sagte Lucia zu ihrem Stiefbruder. «Und nach der Zeitsturz-Landung im Jahr 1891 sind Stück für Stück immer mehr Erinnerungen zurückgekehrt. Bei Oliver nur ganz wenige, bei Iris schon mehr, und Rosa kann sich an ziemlich viel erinnern. Aber –»

«Darf dieser Scout auch mal was sagen?», fragte Krit.

«Ex-Scout», verbesserte ihn Lucia.

«He», fuhr Colin ihn an, «wir sind echt sauer auf dich, Junior-Junior. Glaub bloß nicht, dass alles wieder in Butter ist, bloß weil ich hier bin. Du steckst bis oben hin in der … na ja.»

«Er hat's wiedergutgemacht, Colin», sagte Lucia. «Reiß ihm nicht gleich den Kopf ab.»

«Also, was ist so wichtig, dass du unbedingt unser Gespräch unterbrechen musst?», fragte Colin.

«Wie habt ihr uns ohne die Tracker gefunden? Wir dachten, es würde ewig dauern, bis die Scouts uns aufspüren.»

«Erstens bin ich kein Scout.» Colin schaute Rosa, Oliver und Iris an. «Sondern ein einfacher Zeitreisender. Gleich nachdem wir uns kennengelernt haben, bin ich nach Hawking gegangen, vor etwa acht Jahren. Jetzt bin ich ausgebildeter TT-Botaniker.»

Krit grinste. «Ein typischer Forester-Job.»

«Junior-Junior», sagte Lucia. «Würdest du Colin ausreden lassen?»

«Ich vermute mal», sagte Iris, «dass TT für Time Travel steht, richtig?»

«Richtig», sagte Colin. «Aber mittlerweile habe ich ein zweites Studium angefangen. Typographie.»

«Noch so ein Forester-Ding», sagte Junior-Junior zu Rosa, Oliver und Iris. «Also, wie hat ein TT-Botaniker und zukünftiger Typograph uns aufgespürt? Wer hat dir gesagt, wo du suchen musstest?»

«Das war Rosa», sagte Colin und drehte sich zu ihr um.

«Ich?», sagte Rosa verdattert. «Wie denn?»

«Du erinnerst dich nicht mehr, oder?»

Rosa schüttelte den Kopf. «Erinnern? Woran denn? Nein.»

«Als wir zusammen im Jahr 2273 waren», erzählte Colin, «da hatte ich ein ganz merkwürdiges Déjà-vu. Ich hatte das Gefühl, dass ich alles, was uns passierte, schon einmal erlebt hatte.»

«Ich … Ich glaube, ich … erinnere mich jetzt», sagte Rosa.

«Aber es stellte sich heraus», fuhr Colin fort, «dass es kein Déjà-vu war, sondern dass ich mich an ein Buch erinnerte, das ich mit ungefähr sechs Jahren gelesen hatte. Und dann fand ich das Buch in einem Karton auf dem Dachboden. Weißt du noch?»

Alle schauten Rosa an. Ihr Mund stand offen, und sie atmete schwer. Über ihre Augen legte sich ein Tränenschleier.

«Und als wir uns das Buch anschauten», erzählte Colin weiter, «stellten wir fest, dass Teile fehlten. Der Einband und die letzten fünfzig Seiten. Aber es war *unsere* Geschichte. Es standen sogar unsere Namen drin. Nur wussten wir nicht, wer es geschrieben hatte. Wir dachten, dass du es sein müsstest, Rosa. Dass du das Buch als Erwachsene geschrieben hattest.»

Die Tränen kullerten über Rosas Wangen, dicke Tropfen, die in dem schummrigen Licht schimmerten. «Ich ... erinnere ... mich», sagte sie mit stockender Stimme. «Ich ... erinnere mich wieder.» Sie schluchzte und lachte und heulte, alles auf einmal. «Ich kann's einfach nicht glauben! Das Buch ... es hieß ... ‹Blätterrauschen›.»

«Richtig!», sagte Colin.

«Blätterrauschen!», meldete sich Iris zu Wort. «Wie der Buchladen!»

«Aber», sagte Colin weiter, «das ist noch nicht alles. Wir wussten nicht, wie die Geschichte ausgehen würde, weil die letzten Seiten fehlten. Ich habe dir versprochen, dass ich überall nach dem Buch suchen würde, damit ich es lesen und herausfinden würde, was aus euch wurde.» Er legte die Arme um Rosa und Iris, die rechts und links von ihm saßen, und drückte sie. «Es ist so toll, euch zu sehen! Ich meine, klar, ich wusste, dass ihr am Leben seid. Cornelia hat uns Bescheid gesagt. Aber ich wollte alles wissen. Also habe ich überall gesucht, in jeder Bibliothek, die ich auftreiben konnte. Jahrelang. Aber das Buch habe ich nicht gefunden.»

«Tja, das spricht nicht besonders für die Langlebigkeit meines Werks», sagte Rosa und kicherte unter Tränen und Schniefen.

«Nein! Das stimmt nicht! Das hat nichts mit dir zu tun! Es haben generell kaum Bücher über –», sagte Colin und unterbrach sich dann.

«Kaum Bücher – was?», fragte Iris.

Colin, Lucia und Krit wechselten einen Blick.

«Wir sind fast da», sagte Colin dann und schaute aus dem Fenster. «Wollt ihr die Geschichte zu Ende hören? Ich platze nämlich, wenn ich sie euch nicht erzählen kann!»

Die Kinder nickten.

«Zum Schluss», sagte Colin, «waren nur noch etwa zwei Dutzend Bibliotheken übrig, in denen ich noch nicht war. Im brasilianischen Regenwald. In Sibirien. Im Outback von Australien. Also, wir schreiben das Jahr 2281. Wir bekamen die Nachricht, dass ihr drei und Lucia verloren gegangen seid. In der Zentrale wusste man, dass ihr in Berlin im Jahr 1891 gelandet wart. Aber als Junior-Junior euch nachgeschickt wurde und es doch tatsächlich geschafft hat, die Mission zu verbocken –» An dieser Stelle warf er Junior-Junior einen bitterbösen Blick zu. «... da machten wir uns doch langsam Sorgen. Wir wussten, dass ihr kaum Chronotonin dabeihattet und dass uns nur wenig Zeit blieb. Apropos Chronotonin –» Er griff in seine Jackentasche und holte wieder den Flakon mit den Tabletten heraus. «Ich könnte mir vorstellen, dass ihr die hier auch braucht. Rosa, Oliver, Lucia. Jeder eine.

Nicht schlucken, sondern im Mund auf der Zunge langsam zergehen lassen. Ein bisschen altmodisch, ich weiß, aber mir ist das lieber, als irgendwelche Dämpfe einzuatmen.»

Die Kinder waren so entkräftet und erschöpft, dass es nicht mehr lange gedauert hätte und sie wären in einen tiefen Dauerschlaf gefallen. Sie griffen gierig nach den Tabletten. Oliver fühlte sich sogleich erfrischt, vielleicht nicht ganz so extrem wie nach dem Inhalieren von Lucias Chronotonin, aber trotzdem munter und mit viel mehr Energie. Allmählich bekam er wieder einen klaren Kopf.

Colin schaute noch einmal aus dem Fenster. «Nur noch zwei Blocks. Um es kurz zu machen: Ich war gerade in Tibet und machte dort bei buddhistischen Mönchen einen Kurs in Meditationsgärtnerei, als ich von eurem Zeitsturz erfuhr. Ich hatte Angst um euch und wollte euch nahe sein, und da ich sowieso noch nicht in der Klosterbibliothek gewesen war, wollte ich mir dort etwas zu lesen suchen. Aus Gewohnheit suchte ich nach ‹Blätterrauschen›. Es war nicht da. Aber ich habe das hier gefunden.» Colin griff in seine Manteltasche und zog ein Buch heraus. Dann schaltete er sein PockDock ein und beleuchtete damit den Einband. Darauf war eine Ladenfront im Schnee zu sehen. Und in dem Schaufenster spiegelten sich vier Kinder in zerlumpten Kleidern des späten 19. Jahrhunderts.

«Oh. Mein. Gott», sagte Iris.

«‹Federflüstern›», las Rosa. «Von R.L. Sanders.» Ihre Augen quollen wieder über. «Das bin ich. Rosa Luise Sanders. Ich kann's nicht glauben. Ich ... Ich habe dieses Buch geschrieben. Ich meine, ich werde dieses Buch schreiben.

Ich …» Ihre Stimme versagte. Sie schluchzte und schluckte und fand keine Worte mehr.

«Das ist der Folgeband von ‹Blätterrauschen›», sagte Colin. «Das hat der Bibliothekar mir erzählt.»

Rosa war sprachlos. Sie saß bloß mit offenem Mund da und atmete kleine Wölkchen in die kalte Luft.

«Aufregend, findet ihr nicht?», sagte Colin.

«Ich … ich weiß nicht», stieß Rosa hervor. «Ich meine, klar, auf jeden Fall, aber … das ist eine Riesenverantwortung. Und ich … na ja, das heißt doch, dass ich jetzt Schriftstellerin werden muss, wenn ich erwachsen bin.»

«Es gibt Schlimmeres», sagte Iris trocken.

«Aber du kannst auch noch andere Dinge machen», sagte Colin. «Du musst dich nicht auf eine Sache beschränken. Guck mich an. Ich mache ja auch zweierlei. Und guck dir Juniors Vater an: Doc-Doc-Doc. Du hast die freie Wahl.»

Colin drehte sich zu Oliver. «Schau mal», sagte er und blätterte durch das Buch. «Da sind auch Illustrationen drin.» Er schlug eine Zeichnung von Rosa und Iris auf, wie sie in Herschels Kostümschneiderei lagen und schliefen.

«Die ist von mir!», rief Oliver. Seine Augen wurden groß und fielen ihm fast aus dem Kopf. «Das ist mein Bild! Das habe ich gezeichnet! Aber die Zeichnungen habe ich nicht mehr. Wahrscheinlich liegen sie bei Twain.»

«Vielleicht zeichnest du sie später noch einmal. Aus der Erinnerung.»

«Aus der Erinnerung?», wiederholte Oliver. «Aber wir werden uns doch an nichts mehr erinnern!»

«Keine Ahnung», sagte Colin. «Hauptsache ist, dass das

Buch eure Geschichte erzählt. Kapitel für Kapitel. Ich habe es gelesen, und daher wusste ich, dass ihr auf der Polizeiwache in Charlottenburg wart. Ich bin euch gefolgt und habe euch vor dem Bahnhof abgefangen.»

«Das ist ja so was von cool!», rief Iris.

Oliver grinste Rosa an. «Mega-cool!» Er hatte das Gefühl, er würde gleich platzen, so stolz war er auf Rosa. «Du hast uns gerettet, Rosa! Das warst du! Du bist unglaublich!»

«Das stimmt», sagte Colin und blickte Rosa tief in die Augen. «Wie auch immer, ich habe das Buch nach Hawking gebracht, und die Verantwortlichen dort haben sich mit der Zentrale in Verbindung gesetzt, und mir wurde die Ehre zuteil, euch aufzusammeln.»

«Aber du bist doch kein Scout», sagte Krit.

«Die Mission ist ja auch kinderleicht», sagte Colin zu Junior-Junior. «Jeder Schulanfänger von Hawking hätte das hingekriegt. Aber du musstest es vergeigen.»

«Darf ich das Buch sehen?», fragte Rosa.

Colin schüttelte bedauernd den Kopf und steckte es wieder in seinen Mantel. «Nein, Rosa, leider nicht. Ich habe euch schon zu viel erzählt und gezeigt, aber man hat mir versichert, das sei schon in Ordnung. Mehr ist nicht erlaubt – Hawking-Kodex. Du darfst keine Informationen über deine persönliche Zukunft erhalten.»

Rosa verzog schmollend den Mund. «Nur zu deiner Information, Mr. TT-Botaniker Bindestrich Typograph: *Ich* bin kein Schüler von Hawking.»

«Aber wir», sagten Colin, Lucia und sogar Krit wie aus einem Mund.

Zumindest was den Hawking-Kodex anging, waren die drei sich einig.

«Rosa, wenn die Zeit kommt, wirst du schon wissen, was du zu schreiben hast», sagte Colin. «Und sie wird kommen. Glaub mir.»

«Aber *wann* werde ich das Buch schreiben?», rief Rosa. «Und wo beginnt die Geschichte? Wo endet sie? Wie –?» Sie brach mitten im Satz ab, weil die Kutsche abrupt zum Stehen kam. Rosa kippte nach vorn und fiel auf Colin.

Oliver schaute aus dem Fenster. «Schlossstraße», sagte er. Vor sich, noch ein ganzes Stück entfernt, sah er Schloss Charlottenburg, gelb und stattlich im Licht der Straßenlaternen.

«Wir halten hier nur kurz», sagte Colin. «Ich muss etwas erledigen, bevor wir zum Zeitportal können.»

«Bist du sicher, dass wir hier halten können?», fragte Iris. «Was ist mit der Polizei?»

Colin tätschelte die Manteltasche mit Rosas Buch. «Ich weiß doch, was passiert. Keine Sorge.»

«Aber wenn du weißt, was passiert», sagte Rosa, «warum mussten wir uns dann so abhetzen?»

«Wir wollen das Schicksal nicht herausfordern. Außerdem hast du möglicherweise aus dramaturgischen Überlegungen irgendwelche Details in deinem Buch weggelassen.»

«Oder auch dazugedichtet», sagte Rosa.

«Wenn möglich, halten wir uns jetzt an den Ablauf deiner Erzählung.» Er zwinkerte ihr zu.

Colin stieß die Tür der Kutsche auf, sprang hinaus und ging schnell durch eine schmiedeeiserne Gartentür und in ein Gebäude. Oliver konnte ein Schild lesen, auf dem «Hohenzollern Restaurant» stand. Gleich darauf kam Colin in Begleitung eines Mannes mit Zylinder wieder heraus. Er trug eine Ledertasche. Oliver sah den beiden Gestalten entgegen, die durch das Halbdunkel zur Kutsche kamen. Die Tür der Kutsche ging auf, und ein Kopf schob sich hindurch.

«Howdy», sagte Mr. Samuel Langhorne Clemens. «Was bin ich froh, euch zu sehen.»

34. KAPITEL

Die Arglosen im Ausland

Jetzt wurde es ziemlich eng in der Kutsche, aber Rosa setzte sich auf Iris' Schoß – *uff!* – und bot Mark Twain ihren Platz an.

«Es schien mir nur angemessen zu sein», sagte der Schriftsteller, «euch Lebewohl zu sagen und euch zu versichern, wie sehr ich mich über euren Besuch gefreut habe, auch wenn es manchmal für meine Begriffe etwas zu aufregend zuging. Ich bedauere bloß, dass meine liebe Olivia und die Kinder euch nicht auch kennenlernen durften. Aber immerhin, sie waren in Leipzig und haben den Thomanerchor tatsächlich gehört.»

«Ich hätte Ihre Familie wirklich gern kennengelernt», sagte Rosa.

«Vielen Dank, meine Liebe. Du bist eine zartfühlende junge Dame. – Also, Colin hat mich in aller Kürze über die Ereignisse dieses Abends in Kenntnis gesetzt. Es ist sehr ärgerlich, dass euch diese Begegnung mit der preußischen Polizei nicht erspart blieb. Ein unangenehmer Haufen, in der Tat. Aber reden wir nicht mehr davon, zumal ihr euch beeilen müsst, zu eurem Zeitportal zu gelangen.» Mit einer väterlichen Geste legte er Colin die Hand auf die Schulter. «Unser junger Freund hier hat mir erzählt, dass es für euch keine Beschränkungen gibt, irgendetwas aus der Vergangenheit mitzunehmen. Deshalb würde ich euch gerne etwas schenken.»

Die Augen der Kinder weiteten sich vor Überraschung.

Twain öffnete die Ledertasche, die er auf seinen Schoß hielt. «Miss Lucia, leider habe ich nichts für dich, aber ich hoffe doch, dass du mich bald wieder einmal besuchst, ja?»

«Das würde ich wirklich gerne.»

«Und du, Krit», fuhr Mark Twain fort, «bist mir ebenfalls jederzeit willkommen, aber erst, wenn du diese düstere Miene abgelegt hast. Ansonsten wirst du meine armen Töchter zu Tode erschrecken.»

«Lässt sich einrichten», sagte Krit knapp, aber mit dem Anflug eines Lächelns.

Twain zog eine schmale, längliche Schachtel von der Größe einer Zigarre aus der Tasche, die er Iris reichte. «Das ist für dich, mein Kind.»

«Für mich?», sagte sie und öffnete die Schachtel. Darin lag eine Zahnbürste.

«Es war die beste, die ich auf die Schnelle finden konnte», sagte Twain. «Ein Original aus dem 19. Jahrhundert mit einem Holzgriff und Borsten aus Dachshaar. Du musst doch die Kronjuwelen fleißig polieren!»

«Wie toll! Ich wollte mir schon immer die Zähne mit Dachsborsten bürsten.»

Wieder tauchte seine Hand in die Tasche. Diesmal zog er

eine Rolle mit Zeichenpapier heraus, die er mit einem weißen Seidentuch zusammengebunden hatte.

«Meine Zeichnungen!», rief Oliver. «Sie haben sie gefunden!»

«Und meine weiße Fliege. Ich hoffe, du hast die Muße, zu lernen, wie man eine anständige Fliege bindet, und den Verstand, sie auch zu tragen.» Er fummelte in seiner Tasche herum. «Was haben wir denn noch da drin?»

«Einen Moment bitte, Mr. Twain», sagte Colin, bückte sich und holte Olivers blauen Rucksack unter dem Sitz hervor. Er öffnete den Reißverschluss und legte die Geschenke hinein. Dann nahm er den braunen Tornister von Olivers Schoß, rumorte darin herum und zog schließlich Olivers Handy und Lucias PockDock heraus. Er warf das Handy in den blauen Rucksack und gab Lucia das PockDock. «Der Rest von dem Zeug im Tornister bleibt hier im Jahr 1891, einverstanden?», sagte er, zu Oliver gewandt. «Oder willst du den Käse mitnehmen?»

Oliver schüttelte den Kopf. «Nein, bitte nicht!»

«Bitte entschuldigen Sie, Mr. Twain», sagte Colin, «aber ich wollte erst hier ein bisschen Ordnung schaffen. Bitte fahren Sie fort.»

«Aber gewiss doch», sagte Twain. Er lächelte Rosa an, die ihm gegenübersaß. «Zu guter Letzt habe ich noch etwas für dich, meine Liebe.» Er reichte ihr eine Schachtel, die so ähnlich aussah wie die von Iris. «Keine Sorge, dass ist nicht noch eine Zahnbürste. Und auch keine Zigarre. Aber bevor du die Schachtel aufmachst, möchte ich euch was gestehen. Ich war dieser Tage tatsächlich in Versuchung, eure unglaubliche und faszinierende Geschichte selbst aufzuschreiben und zu veröffentlichen. Doch als ich von Colin erfuhr, dass Rosa diese Aufgabe übernimmt, habe ich mein Vorhaben mit großer Freude aufgegeben.» Er betrachtete Rosa. «Allerdings muss ich zugeben, Rosa, dass ich etwas enttäuscht war, als Colin mir sagte, du würdest Schriftstellerin werden. Ehrlich gesagt, hätte ich dir mehr Sinn und Verstand zugetraut.»

Rosa kicherte entzückt.

«Ich dachte», fuhr er fort, «du würdest Ärztin werden oder eine mutige Kämpferin für die Gleichberechtigung der Frauen. Oder wenigstens Apothekerin. Aber als ich darüber nachdachte, wurde mir klar, dass Schriftstellerin doch gar keine so schlechte Wahl für dich ist. Es gehört viel Sinn dazu, guten Unsinn zu schreiben.»

Rosa war gerührt. «Vielen, vielen Dank.» Wieder kullerten ihr die Tränen über das Gesicht.

«Warte mit deinen Dankesworten, bis du dein Geschenk geöffnet hast», sagte der gute Mann, woraufhin Rosa die Schachtel aufmachte. Darin lagen zwei Schreibgeräte, ein Füllfederhalter und eine Schreibfeder.

«Mit einem solchen Stift», sagte Twain und nahm den Füller in die Hand, «verdiene ich seit vielen Jahren den Unterhalt für meine Familie. Stellt euch mal vor, was ich mit zweien hätte schaffen können! – Gutes Gelingen, meine liebe Rosa.»

«Aber wie macht man das, Mr. Clemens? Wie? Sagen Sie es mir. Schreiben ist doch furchtbar schwer.»

«Ach nein, Schreiben ist ganz leicht. Man muss einfach nur die falschen Worte ausstreichen.»

Rosa lächelte unter Tränen.

«Aber wenn ich dir einen Rat geben darf: Benutze keine Ausrufezeichen. Sie verschandeln die Buchseite, genauso wie das Wort ‹sehr›. Benutze ‹verdammt› anstatt ‹sehr›, wo immer es dir möglich ist. Dein Lektor wird es streichen, und dann ist dein Werk genauso, wie es sein soll. Dasselbe gilt für Adjektive. Schmeiß sie über Bord. Nicht alle, aber die meisten. Zu viele Adjektive schwächen den Text.»

«Danke», sagte Rosa. Sie tippte sich gegen den Kopf. «Ist alles hier oben abgespeichert.»

«Und zum Schluss», sagte Twain, «noch eine letzte Empfehlung meinerseits, wenn ich darf.»

«Eine? Von mir aus Tausende!»

«Na, na, nur nicht übertreiben. Eine reicht völlig aus. Als Schriftstellerin, Rosa, musst du versuchen, dich an alles zu erinnern. An alles, egal, ob es passiert ist oder es nicht passiert ist.» Wieder zwinkerte er ihr zu.

Rosa nickte. Sie alle nickten, denn ihnen war klar, dass dieser Rat nicht nur für Rosa galt, sondern für sie alle.

«Unglücklicherweise», sagte Iris, «werden unsere Erinnerungen an diese Tage gelöscht, wenn wir im Portal sind, und wir werden uns an rein gar nichts erinnern.»

«Tja, das ist verdammt schade. Wirklich verdammt schade. Ich an eurer Stelle würde mich beschweren.»

Rosa, Oliver und Iris lachten.

Lucia zuckte mit den Schultern. «Das liegt nicht in unserer Hand», sagte sie.

«Sir», sagte Colin, nahm Rosas Schachtel von ihrem Schoß und steckte sie in den blauen Rucksack, «ich unterbreche Sie nur ungern, aber ich fürchte, es ist schon ziemlich spät. Wir müssen weiter.»

«Gut. Ich bin fast fertig.»

Colin rief dem Kutscher zu: «Bitte fahren Sie uns zur Pumpenstation in der Sophie-Charlotte-Straße. Danke.»

«Zur Pumpenstation?», sagte Rosa.

«Du wirst schon sehen», lächelte Colin.

Die Kutsche setzte sich ruckelnd in Bewegung.

«Und zu guter Letzt», sagte Twain zu Rosa, Oliver und Iris, «habe ich ein Geschenk für euch alle und für alle Mitglieder eures Leseclubs.» Er zog ein Buch aus seiner Tasche.

Das Buch sah neu aus. Der Einband bestand aus schwarzem Leinen auf dicker Pappe. Es sah ein bisschen aus wie die Bibel, war aber größer und viel dicker. Der Titel war mit goldenen Lettern auf dem Einband eingeprägt: «The Innocents Abroad». Vergoldete Vignetten waren in die Schrift eingearbeitet: eine Pyramide, eine Kuppel, ein Elefant, ein Kamel ...

Twain tätschelte den Band. «‹Die Arglosen im Ausland› ist ein Buch über Reisen, die ich vor fünfundzwanzig Jahren unternommen habe, natürlich nicht durch die Zeit, sondern durch unsere eigene wundersame und wundervolle Welt hier und jetzt. Das hier ist eine Originalausgabe, die zusammen mit einigen anderen Exemplaren all die Jahre bei mir zu Hause in Connecticut hinter Glas stand. Dieses hier nahm ich mit nach Europa. Ich wusste die ganze Zeit nicht, warum ich das tat, aber jetzt weiß ich es. Ich hoffe, ihr fühlt euch dadurch ermutigt, selbst zu reisen, meine Freunde. Geht hinaus in eure Welt, schaut sie euch an und segelt immer vor dem Wind. Forscht. Träumt. Entdeckt. Das Leben ist so leicht wie eine Schneeflocke, so zart wie eine Feder. Ihr müsst hinausgehen und es ergreifen, eh es schmilzt oder davonfliegt. Außerdem wird das Reisen euer Herz öffnen und euren Geist erweitern. Die beste Medizin gegen Vorurteile, Engstirnigkeit und Heuchelei ist das Reisen.»

Die Kutsche hielt an. Colin nahm Olivers Rucksack, öffnete die Tür und sprang hinaus.

«Wenn ihr dieses Buch aufschlagt», fuhr Twain fort, «dann wünsche ich mir, dass ihr euch an mich erinnert.»

«Wir werden Sie nie vergessen», sagte Rosa. Sie beugte sich vor und umarmte ihn. «Niemals.»

«Also, ich würde mich wirklich geehrt fühlen, wenn ihr mich in eurem Gedächtnis bewahren würdet.» Er musste husten und ließ das Buch fallen. Oliver hob es auf und steckte es in den Tornister.

«Und jetzt ab mit euch, Kinder», sagte Twain, «bevor ich noch anfange zu weinen.» Er zog ein Taschentuch hervor und tupfte sich die Augen ab.

«Tut mir wirklich leid, Sir, aber wir müssen uns jetzt beeilen», sagte Colin und zog einen großen Koffer unter dem Sitz hervor. Die Leichtigkeit, mit der er ihn hochhob, ließ vermuten, dass er leer war. Er stellte ihn zur Seite und half den anderen aus der Kutsche. «Verabschiedet euch jetzt. Mr. Twain wird mit der Kutsche in die Stadt zurückfahren.»

Rosa, Oliver, Iris und Lucia umarmten Mark Twain. Krit streckte die Hand aus. Twain nahm sie, zog den Jungen an sich und drückte ihn fest. «Ich mag solche Halunken wie dich, Krit», sagte Twain, «aber irgendwann ist es genug.

Selbst Tom und Huck sind erwachsen geworden.» Er strubbelte ihm durch die Haare. «Aber ich glaube, das hast du mittlerweile erkannt, nicht wahr?» Twain stieg wieder in die Kutsche.

«Ach, wenn Sie doch mitkommen könnten!», sagte Rosa zu Twain.

Twain schüttelte den Kopf. «Ich wünsche euch alles erdenklich Gute, meine Freunde, aber ich darf euch versichern, dass ich hier glücklich bin. Mein Herz hängt an diesem Jahrhundert. Es begleitet mich jetzt schon seit 56 Jahren, und nach allem, was ich heute weiß, hätte ich es liebend gern von Anfang bis Ende miterlebt.» Er tippte sich gegen den Hut. Dann schloss er die Tür der Kutsche und verschwand in der verschneiten, stillen Dunkelheit des 19. Jahrhunderts.

35. KAPITEL

Der linke Fuß der Königin Luise

Das Zeitportal befand sich im Mausoleum des Gartens von Schloss Charlottenburg, wo etwa achtzig Jahren zuvor Königin Luise von Preußen zu Grabe getragen worden war. Die sechs gingen rasch, stießen aber bereits nach kurzer Zeit auf eine hohe Hecke. Colin schnitt mit seinem PockDock-Laser ein Loch, das groß genug war, um hindurchzukriechen, aber nicht so groß, dass es der Hecke ernsthaften Schaden zugefügt hätte.

Die sechs Freunde befanden sich nordwestlich vom Schloss, nur etwa drei Minuten zu Fuß vom Mausoleum entfernt. Colin ging voraus durch den Schnee und leuchtete ihnen mit seinem PockDock. Am Mausoleum angekommen, erinnerte sich Oliver plötzlich, dass er schon einmal mit seiner Klasse hier gewesen war.

Von außen sah das Gebäude aus wie eine Kapelle im klassizistischen Stil mit vier Säulen, davor standen vier spitz zugeschnittene immergrüne Bäume, und am Rand ragten hohe, kahle Lindenbäume in den Abendhimmel. Gemeinsam stiegen die sechs die Treppe hinauf, Colin knackte das Schloss, sie traten ein und schlossen die Tür hinter sich.

Es war unheimlich im Mausoleum, so dunkel und still. Schwarze Marmorsäulen trennten den kleinen Eingangsbereich von der Hauptkammer, wo zwei Sarkophage standen. Figuren aus Marmor, die die Königin Luise und ihren Gemahl, König Friedrich Wilhelm III., darstellten, lagen auf den Sarkophagen. Am Fuß jedes dieser steinernen Särge hielt ein preußischer Adler mit ausgebreiteten Flügeln Wache.

Dies war ein passender Ort, um das 19. Jahrhundert zu verlassen, fand Oliver: ein längst verstorbenes Königspaar, eingefroren für alle Ewigkeit in einem eisigen Todesreich.

«Sie ist wunderschön», sagte Rosa und betrachtete Luise. Der Leib der Königin, eingehüllt in eine zarte Marmorrobe, sah so lebensecht aus, so elegant und grazil.

Oliver hatte einmal ein Bild von Königin Luise gesehen. Es stimmte: Sie war wunderschön. Genauso wie Rosa Luise.

«Wir müssen uns beeilen», sagte Colin. «Zieht euch um.» Er packte Olivers blauen Rucksack aus und sortierte die Kleidungsstücke aus, die sie in Bodo Herschels Keller zurückgelassen hatten. «Jeans, Sneakers, T-Shirts. Lu, du behältst erst mal das Kleid an. Krit, zieh wieder deine 19.-Jahrhundert-Dandy-Klamotten an.»

Rosa und Iris nahmen ihre Sachen und gingen hinter eine Säule im Eingangsbereich, wo sie sich umzogen. Die Kleidungsstücke aus dem 19. Jahrhundert falteten sie ordentlich zusammen. Oliver und Krit verzogen sich hinter den Sarkophag des preußischen Königs.

«Die gehören Twains Töchtern», sagte Rosa und gab Colin ihre und Iris' Kleider. «Die Stiefel sind allerdings von Herschel.»

Colin half Oliver, den blauen Rucksack aufzusetzen. Dann stopfte er die Kleider und die Schuhe, die Rosa, Iris und Oliver in den letzten Tagen getragen hatten, in den Koffer. «Ich bringe sie wieder dahin zurück, wo sie hingehören.»

«Kommst du nicht mit uns?», fragte Rosa.

«Das geht leider nicht. Ich muss hier erst noch einiges regeln, mit der Molkerei Pfennig und Bodo Herschels Kostümschneiderei, ehe ich hier weg kann.»

Rosa war enttäuscht. «Werden wir uns jemals wiedersehen?»

Colin legte ihr die Hände auf die Schultern. «Möglich. Vielleicht wenn du älter bist. Ich hoffe es jedenfalls.»

Rosa errötete. «Das wäre schön.»

Colin schaute sie ein paar Sekunden lang an und küsste sie dann auf die Stirn. «Bis dahin, meine süße Rosa.» Er ließ Rosa los und klatschte in die Hände. «Okay, Leute, verabschiedet euch.»

«Verabschieden?», sagte Lucia.

«Du und Krit, ihr geht mit mir nach Hause. Wir nehmen den nächsten Flug.»

«Warum kann ich sie nicht begleiten?», protestierte Lucia.

«Weil Mom gesagt hat, du sollst mit mir nach Hause kommen. Deshalb.»

«Oh Mann!»

Colin legte auch Lucias Comfy und ihre Kleidung aus dem 21. Jahrhundert in den Koffer, zusammen mit Krits Polizeiuniform und dem Helm. Dann warf er den braunen Tornister über den Rücken. «Und was dich betrifft, Junior-Junior», sagte er zu Krit, «dein Vater erwartet dich.»

Junior-Junior seufzte.

Oliver rannte zu Lucia. «Besuchst du uns mal wieder, Lu?»

«Aber klar! Ich muss doch mein Praktikum noch zu Ende machen, schon vergessen?»

«Aber werden wir dich denn erkennen, wenn du kommst? Werden wir uns daran erinnern, was wir zusammen erlebt haben?»

Lucia zuckte mit den Schultern. «Ich weiß es nicht, O. Wirklich nicht. Ich hoffe es jedenfalls.»

«Und was ist, wenn wir in einer parallelen Wirklichkeit landen? Vielleicht ist dort alles ganz anders!»

«Vielleicht ist auch alles ganz genau so, wie es sein soll. Aber wie auch immer, Oliver, du wirst wissen, was zu tun ist. Das tust du immer.»

«Ich werde dich vermissen, Lu. Ich werde ... uns vermissen. Das Ganze hier.»

Lucia und Oliver umarmten sich, als gäbe es kein Morgen mehr, und vielleicht war es auch so. Oliver spürte in dieser Umarmung, glaubte, wollte glauben, hoffte: dass sie für immer Freunde sein würden.

«Hier», sagte Lucia. «Nimm das.» Sie drückte ihm das PockDock in die Hand. «Behalte es. Bis wir uns wiedersehen. Okay?»

Oliver spürte, wie ihm die Kehle eng wurde. Er nickte.

Dann umarmten und küssten sich die drei Mädchen. Sie weinten ein bisschen und schworen sich ewige Freundschaft. Rosa und Iris gaben Junior-Junior einen hastigen Kuss auf die Wange, und im Licht von Lucias PockDock sah Oliver, wie Krit errötete.

«Lebt wohl, meine werten Freunde», sagte Colin und ging auf die Tür zu. Sein langer Pferdeschwanz wippte auf seinem Rücken. «Haltet euch gut an Königin Luises linkem Fuß fest. Der Flug könnte ein bisschen holprig werden. Aber achtet auf die Adler. Sie beißen.»

Mit diesen Worten verließ Colin zusammen mit Krit und Lucia das Mausoleum. Die Tür schlug mit einem dumpfen Rums zu, der in der Kammer widerhallte.

Oliver legte das PockDock auf Königin Luises Sarkophag. Er nahm mit seiner linken Hand Rosas rechte und hielt sie fest. Mit seiner rechten Hand nahm er Iris' linke, und Iris umklammerte mit ihrer rechten Hand den linken Fuß der Königin Luise.

«Ich habe Angst», sagte Rosa zähneklappernd.

«Ich auch», gestand Oliver, der sein Herz in seiner Brust poch-poch-pochen fühlte.

«Ich nicht», erklärte Iris fröhlich.

Sie schwiegen und hingen ihren eigenen Gedanken nach, warteten darauf, dass irgendetwas passieren würde.

«Übrigens», sagte Iris in die Stille, «wisst ihr eigentlich, dass die Skelette des Königs und der Königin gar nicht in diesen Sarkophagen liegen? Sie sind unten in der –»

«Jaja, wir wissen Bescheid», sagte Oliver, der kein bisschen Bescheid wusste über die Knochen von Luise und Friedrich Wilhelm. Aber im Augenblick war er absolut nicht in der Stimmung für einen von Iris' Vorträgen. Denn gerade eben hatte er sich voller Schrecken daran erinnert, dass er Mark Twains Geschenk, sein Buch – «The Innocents Abroad» –, in dem braunen Tornister vergessen hatte. Und der befand sich in diesem Moment auf Colins Rücken. Olivers Herz schmerzte bei dem Gedanken, dass sie Twains Geschenk für immer verloren hatten ... aber in diesem Augenblick wurde das Licht des PockDocks schwächer. Es flackerte, und dann ging es aus. Oliver, der mit dem Schlimmsten rechnete, kniff die Augen zu und hielt sich noch fester an Rosa und Iris. Ein leises Summen ertönte, wurde schriller und lauter, bis dieses Weiße Rauschen alles andere auslöschte. Es füllte Olivers Ohren, durchdrang die Luft, die er atmete, das Mausoleum, in dem er stand, diese ganze, verlorene Welt, in die er nicht gehörte ... Einen Augenblick später fühlte sich Oliver, als würde er auf einmal aus seinem Körper gesaugt, *wusch!*, und dann wurde er wieder in ihn hineingesaugt. Die Erde bebte. Und er stürzte hinab – tief, tief, tiefer in ein ewiges Nichts.

Aber dann schlug er die Augen auf.

36. KAPITEL

Erinnerungen

Oliver blinzelte. Er lag auf dem Rücken auf einem harten Boden. Das Licht aus einer Glühbirne über ihm blendete. Er setzte sich auf, rieb sich die Augen und schaute sich um – er war im Geräteschuppen. Rosa und Iris lagen neben ihm. Und da war auch sein Rucksack.

Rosa setzte sich auf. «Was ist passiert?»

Iris rappelte sich ebenfalls hoch. «Ich bin wohl ohnmächtig geworden.»

Oliver kam auf die Füße. «Komisch.»

«Ich habe mir den Kopf angeschlagen», sagte Rosa und betastete ihre Stirn.

Oliver schaute sie an. «Ist nur ein bisschen geschwollen», sagte er und half ihr hoch.

Rosa strich sich das Oberteil glatt und fegte sich den Staub von den Hosen. Dann zog sie mit ihrer gesunden Hand Iris vom Boden hoch.

«Es ... hat gestürmt», sagte Iris. «Und die Tür ... ist zugeknallt.»

«Richtig ...», sagte Rosa und dachte angestrengt nach. «Was ist mit deiner Nase passiert?», fragte sie Oliver.

Oliver fasste sich an die Nase. «Fühlt sich an wie eine verkrustete Wunde.» Achselzuckend hob er seinen Rucksack auf und zog die Tragegurte über seine Schultern. Oh! – Da lag etwas auf dem Boden. Etwas Glänzendes mit Glitzerpunkten. «Gehört das euch?»

Die Mädchen schüttelten die Köpfe.

«Was ist das?», fragte Rosa.

«Ein Magnet?», mutmaßte Oliver. «Vielleicht von meiner Mutter. Oder von Cornelia.» Er schaute sich um. «Oder …?»

«Oder …?», sagte Rosa und kratzte sich am Kopf. «Von wem?»

«Ich weiß nicht.»

«Das klingt jetzt vielleicht merkwürdig», sagte Iris, «aber kann mir bitte mal jemand sagen, was wir überhaupt hier machen?»

«Sollten wir nicht irgendwas für Cornelia holen?», sagte Rosa.

«Mag sein», sagte Iris. «Aber was?»

«Einen Topf, glaube ich», sagte Oliver. «Für einen Bonsai. Gehen wir doch rein und fragen sie. Es ist ja keine Schande, etwas zu vergessen. Meiner Oma passiert das ständig.»

«Das ist wie an diesem Tag vor drei Wochen», sagte Rosa. «Wisst ihr noch? Nach dem Sturm? Da hatte ich auch dieses Gefühl von …»

«Konfusion?», sagte Iris.

«Ja», sagte Rosa.

«Ich fühle mich auch … verwirrt», sagte Oliver und öffnete die Tür zum Hof.

Draußen schien die Sonne, aber es war kalt. Ein scharfer

Herbstwind blies durch die Bäume mit ihren roten, gelben und braunen Blättern. Oliver erschauerte in seinem T-Shirt und dem dünnen Kapuzenpulli.

«Es ist plötzlich so kalt geworden», sagte Rosa.

Die drei Freunde gingen über den Weg, wo sie auf Thilo stießen, der auf einer Bank saß und sein Smartphone betrachtete. Er schaute hoch. «Hi, O.», sagte er.

«T.»

«Wo kommt ihr denn her?», fragte Thilo.

«Geht dich nichts an», sagte Oliver, der aus irgendeinem Grund glaubte, wütend auf seinen Bruder sein zu müssen. Bloß ... warum?

«Hör dir das mal an.» Thilo ruckte mit dem Kopf zu ihrer Wohnung im zweiten Stock des Seitenflügels. Obwohl die Fenster geschlossen waren, konnte Oliver seine Eltern streiten hören. Die Jungen wechselten einen Blick und verdrehten die Augen – Eltern!

Rosa, Oliver und Iris gingen in Richtung Vorderhaus, doch dann fiel Oliver etwas ein, und er kehrte noch einmal um. «T?», sagte er.

Thilo schaute hoch.

«Tu mir einen Gefallen, ja? Schmeiß deine Kippen nicht einfach auf den Weg, sondern in den Mülleimer, okay?»

Thilo verzog das Gesicht. «Hallo? Seit wann rauche ich denn?»

«Du rauchst nicht?», fragte Iris. «Aber ...»

Thilo schüttelte den Kopf.

Rosa, Oliver und Iris schauten einander an. Hä?

Kopfschüttelnd gingen sie weiter und sahen, dass die

Hintertür des Buchladens offen stand und im Wind hin und her schwang.

«Jemand hat die Tür offen gelassen», sagte Oliver. «War ich das vielleicht?»

Sie betraten das Hinterzimmer. Oliver schloss die Tür mit den Schlüsseln ab, die an seinem Rucksack baumelten.

Das Erste, was sie sahen, waren die Bonsais auf dem großen runden Tisch. Oliver entsann sich, dass sie gerade ihre Bäume umpflanzen wollten.

Durch das Fenster sahen sie draußen vor dem Eingang des Buchladens einen Hermes-Lieferwagen stehen. Der Fahrer des Paketdienstes stieg ein, gab Gas und fuhr davon. Die Tür zwischen Hinterzimmer und Ladengeschäft war offen, und dort an einem Tisch stand Cornelia und packte ein Bücherpaket aus. Sie sah auf. «Habt ihr die Erde mitgebracht?», fragte sie.

«Richtig!», sagte Oliver und ging zu ihr. «Erde. Ich dachte, es waren Töpfe. ’tschuldigung. Wir sind heute irgendwie daneben.» Er zeigte Cornelia den Magneten. «Ist das deiner?»

Cornelias Kopf schnellte hoch. «Was ist das?»

Oliver zuckte mit den Schultern. «Keine Ahnung. Vielleicht gehört es meiner Mutter. Ich hab’s im Schuppen gefunden. Es lag auf dem Boden.» Er steckte das Ding wieder in die Hosentasche.

Cornelia betrachtete die Kinder aufmerksam. «Geht es euch gut?», fragte sie zögernd.

Sie wussten nicht, was sie darauf sagen sollten.

«Kommt und setzt euch hin. Ich hole euch was zu trinken.» Sie ging ins Hinterzimmer.

Rosa, Oliver und Iris setzten sich an den Tisch, wo Cornelia das Paket ausgepackt hatte. Es waren alte, antiquarische Bücher. Ganz oben auf dem Stapel lag ein schwarzes Buch mit goldenen Buchstaben und Vignetten auf dem Einband. «The Innocents Abroad» lautete der Titel. Von Mark Twain. «He, guckt mal», sagte Oliver zu Iris und Rosa. «Ihr habt euch doch vor ein paar Wochen über Mark Twain unterhalten, richtig? Wegen irgendeiner Buchvorstellung für die Schule.»

Die Mädchen betrachteten das Buch.

«Das da habe ich nie gelesen», sagte Iris.

Der Rücken des Buches war mit schwarzem Gewebeband repariert. Der Einband war abgewetzt, und der Kartondeckel drückte sich durch die Ecken. Der Deckel war vorne eingeknickt und hinten verdreckt. Es sah ganz so aus, als wäre dieses Buch von sehr vielen Menschen gelesen worden. Oliver schlug es auf. Es roch feucht. Und schimmelig. Die Titelseite war ein bisschen fleckig, aber er sah, dass es sich um eine Erstausgabe aus dem Jahr 1869 handelte. «Kein Wunder, dass es so aussieht», sagte er. «Es ist hundertfünfzig Jahre alt.»

«Es hat bestimmt einiges durchgemacht», sagte Rosa. «Überlegt mal, wie viele Leute es schon in der Hand hatten. Und gelesen haben. Und ihm Leben eingehaucht haben.»

Oliver blätterte durch die Seiten. Das Vorsatzpapier vorne und hinten war eingerissen. Viele der Seiten waren vergilbt und fleckig, waren eingerissen und brüchig, und die Schrift war an einigen Stellen verblasst. Aber die Illustrationen waren wunderschön. Und die Seite mit den Widmungen war in einem sehr guten Zustand. «Wow!», sagte Oliver. «Guckt mal. Unter der Widmung steht ‹Mark Twain›. Er selbst hat das Buch jemandem gewidmet. Das muss ziemlich viel wert sein!»

«Stellt euch vor!», sagte Rosa. «Mark Twain persönlich hat das Buch in den Händen gehalten.»

Die Widmung war auf Deutsch und wie ein Gedicht geschrieben, und die Handschrift war nicht leicht zu entziffern, aber Oliver arbeitete sich Wort für Wort durch die Zeilen. Laut las er sie vor.

Für meine vier Arglosen im Ausland,
für die Rose, die beim Schreiben erblühen wird,
für den Olivenzweig, der Frieden stiftet,
für den Regenbogen, der glänzt, wenn er nur den
Mund aufmacht,
für das Licht der Zukunft, das uns Hoffnung schenkt.
Besucht mich wieder – wenigstens in meinen Träumen.

Mark Twain
im winterkalten Dezember
Berlin 1891

Rosa, Oliver und Iris starrten die Widmung eine ganze Weile an. Es war vollkommen still im Raum, nur draußen flüsterten die Blätter ihnen zu: *Zsch-zsch-zsch.*

Und dann, ganz plötzlich, explodierte ihre Welt.

«Das sind wir», sagte Oliver.

«Oh. Mein. Gott», sagte Rosa.

«Ich habe Gänsehaut», sagte Iris. «Überall. Sogar auf meinen Zähnen.» Ihre Regenbogenspange glitzerte.

Und in diesem Moment erinnerten sie sich. An alles.

An die Vergangenheit, die Gegenwart und an die Zukunft. Es war alles wieder da, schlug wie eine riesige Welle über ihnen zusammen. Die Erinnerung flutete ihre Adern, ergoss sich in jede winzige Zelle ihrer großen, jungen Gehirne, mit Bildern, Geräuschen, Gerüchen, mit dem Geschmack von Bodo Herschels Pralinen und Frau Müllers Bratäpfeln. Die Erinnerung drang in sie ein, verschmolz mit ihrem Geist und machte sie zu dem, was sie waren und was sie sein würden.

«Berlin-Charlottenburg, 1891», sagte Oliver.

«Berlin, Potsdamer Platz, 2273», sagte Iris.

«Mark Twain», sagte Rosa, «mit seinem weißen Anzug.»

«Junior-Junior», sagte Oliver, «mit seinem schwarzen Kapuzenpulli.»

«Riepekohl und Kohlemeier», sagte Iris.

«Mit ihren Pickelhauben», sagte Rosa.

Sie erinnerten sich an ihre Freunde, an Lucia und Colin. An deren Eltern, Rouge und Raoul.

Sie erinnerten sich auch an ihre Feinde. An Doc-Doc. An Hausmeister Lüttke und an Gunther, seinen Rottweiler. Und natürlich: an die Zeit selbst. Ihren größten Feind.

«Das Mausoleum in Charlottenburg!»

«Die Foresters und die Urbanites.»

«Die grüne Minna!»

«Das PockDock!», rief Oliver und zog das Gerät aus seiner Tasche.

Sie erinnerten sich an das Gute. An das Schlechte. Und an das Hässliche.

Sie erinnerten sich an Dark Winter. Und hatten Angst.

Sie erinnerten sich an die Zukunft. Und fühlten Hoffnung.

«Wir dürfen nicht vergessen, was Mark Twain zu uns gesagt hat», sagte Rosa. «Wir müssen versuchen, uns an alles zu erinnern. An alles – egal, ob es passiert ist oder es nicht passiert ist.»

«Das werden wir», sagte Oliver.

«Schreib es auf, Rosa», sagte Iris. «Du musst es aufschreiben.»

«Jetzt», sagte Oliver.

Rosa nahm sich ein Blatt Papier. «Moment mal!» Sie öffnete Olivers Rucksack, griff hinein und holte eine schmale Schachtel heraus. Darin lagen zwei alte Schreibgeräte. Sie nahm die Schreibfeder und setzte sich an den Tisch.

Doch in diesem Moment ertönte die Glocke. Und die drei Freunde schauten zur Tür …

Ende

Was in «Blätterrauschen» passiert ist

An einem stürmischen Herbstnachmittag warten drei Mitglieder des Leseclubs BLÄTTERRAUSCHEN *auf die Buchhändlerin Cornelia. Die drei, die wenig gemeinsam haben, mögen sich nicht besonders: Die hochnäsige Rosa, die seit einem Autounfall eine Handprothese trägt, liest gern Liebesromane. Iris, mit einem Hirn von der Größe eines Computers, ist die ewige Schlaumeierin. Und Hausmeisterssohn Oliver, der leidenschaftlich gern zeichnet, mag eigentlich nur Mangas.*

Plötzlich klopft es an der Hintertür. Draußen steht der vierzehnjährige Colin. Er behauptet, er komme aus der Zukunft und spiele gerade ein Virtual-Reality-Spiel, das im 21. Jahrhundert angesiedelt ist. Er glaubt, die drei Kinder seien Figuren in diesem Spiel. Bevor Oliver, Rosa und Iris ihm das Gegenteil beweisen können, tauchen finstere Gestalten vor der Buchhandlung auf, die etwas Übles vorzuhaben scheinen. Die vier flüchten in den Geräteschuppen des Hinterhofs, wo Colin den Kindern ein zauberhaftes technisches Gerät zeigt, das er dabeihat, ein PockDock. Vielleicht kommt der Junge doch aus der Zukunft?

Als die Kinder wieder aus dem Schuppen kommen, stellen sie fest, dass sich ihre Welt irgendwie verändert hat. Die Buchhandlung BLÄTTERRAUSCHEN *heißt zum Beispiel auf einmal* BLÜHENDE FANTASIE*; Olivers Vater ist nicht mehr der Hausmeister; Olivers Bruder Thilo, der von zu Hause abgehauen ist, scheint niemals verschwunden zu sein; und am merkwürdigsten: Die beiden erkennen Oliver gar nicht!*

Cornelia klärt die Kinder schließlich auf: Colin ist tatsächlich ein Zeitreisender aus dem Jahr 2273 und Opfer eines gemeinen Streiches geworden. Alle vier Kinder sind nun unglücklicherweise in einer Parallelwelt gelandet. Natürlich müssen sie so schnell wie möglich wieder in ihre Welt zurück, doch das ist nur über einen Umweg in die Zukunft möglich.

Als die Kinder gemeinsam mit Colin im Berlin des Jahres 2273 landen, erwartet sie eine scheinbar sorglose, friedliche Neue Welt voll technischen und medizinischen Fortschritts. Die Menschen des 23. Jahrhunderts kommunizieren miteinander über Brain Buttons, eine Art Internet-Implantat im Gehirn. Verwundert stellen die Kinder fest, dass Deutsch inzwischen als tote Sprache gilt, die nur von den Foresters gesprochen wird, einer Minderheit, die in ländlichen Gegenden lebt. Die meisten Menschen aber, Urbanites, die in Megastädten wohnen, sprechen Englisch, die Weltsprache, in der die Personalpronomen wie ich, mein, mir *nicht mehr verwendet werden.*

Colin, ein Forester, wird sofort nach Hause geschickt, doch Oliver, Rosa und Iris müssen erst einmal bleiben. Sie lernen

Dr. Dr. Rirkrit Sriwanichpoom kennen, den unheimlichen Leiter der einzigen Bibliothek in Westeuropa und gleichzeitig Chef des europäischen Geheimdienstes. Er verrät den Kindern, dass ihre Welt von einer schlimmen Seuche heimgesucht werde, an der Milliarden von Menschen stürben. Diese Zeit, Dark Winter *genannt, würde ihrer Welt in naher Zukunft bevorstehen. Und das ist noch nicht alles. Wie die Kinder erfahren, ist ein längerer Aufenthalt in der Zukunft für sie lebensgefährlich – niemand weiß, wie lange ihre Körper diese ungewöhnliche Situation mitmacht. Und doch gibt es immer mehr Anzeichen dafür, dass einige Wissenschaftler sie zu Forschungszwecken möglichst lange in der Zukunft festhalten wollen!*

Glücklicherweise werden Rosa, Oliver und Iris von Colins Vater, Raoul, und Colins Stiefmutter, Rouge, ‹gekidnappt› und bei ihnen in einer Forester-Kolonie versteckt. Dort lernen sie auch Colins kleine Stiefschwester, die sechsjährige Lucia, kennen.

Kurz vor der Heimreise der drei Kinder, die Rouge heimlich organisiert, findet Colin auf dem Dachboden ein uraltes Buch, das er als Kind gelesen hat. Es trägt den Titel «Blätterrauschen», enthält haargenau ihre Geschichte, also die Erlebnisse von Rosa, Oliver, Iris und Colin, und ist allem Anschein nach von niemand anderem als Rosa geschrieben worden, während die Illustrationen offenbar von Oliver stammen. Die letzten Seiten des Buches fehlen allerdings, und Colin verspricht, überall auf der Welt nach einem anderen Exemplar zu suchen, damit er erfährt, wie ihre Geschichte weitergeht. Zum Abschied schreibt er noch seinen Namen und das Datum auf Rosas Prothese – ein Beweis, dass sie in der Zukunft waren, denn man hat ihnen gesagt, sie würden keinerlei Erinnerungen an ihre Reise in die Zukunft behalten.

Durch das Geheimportal gelangen Oliver, Rosa und Iris zurück in ihre Welt. Tatsächlich haben sie keine Erinnerung daran, was passiert ist – und doch spüren sie, dass irgendwas anders ist. Vor allem haben sie das seltsame Gefühl, dass sie Freunde geworden sind. Und wie sich bald herausstellt, hat sich noch sehr viel mehr verändert …

Holly-Jane Rahlens bei rotfuchs und rororo

Blätterrauschen

Everlasting

Federflüstern

Mauerblümchen

Max Minsky und ich

Mein kleines großes Leben

Prince William, Maximilian Minsky and Me

Prinz William, Maximilian Minsky und ich

Stella Menzel und der goldene Faden

Holly-Jane Rahlens
Blätterrauschen

Als es eines stürmischen Herbstnachmittags an die Hintertür zum Leseclub der Buchhandlung «Blätterrauschen» klopft, ahnen Oliver, Iris und Rosa nicht, dass sie bereits mitten in einem großen Abenteuer stecken. Denn der Junge vor der Tür kommt aus der Zukunft. Und es dauert eine Weile, bis er versteht, dass er sich nicht in einem virtuellen Spiel befindet, sondern gegen seinen Willen in die Vergangenheit gereist ist – ins 21. Jahrhundert!
Oliver, Rosa und Iris geraten gemeinsam mit Colin in eine gefährliche Zeitschleife. Und müssen feststellen, dass sie alle Figuren eines Komplotts sind, in dem es um nicht weniger geht als um ihr Leben – und um unser aller Zukunft!

320 Seiten

Weitere Informationen finden Sie unter www.rowohlt.de

MIX
Papier aus verantwortungsvollen Quellen
FSC® C083411

Das für dieses Buch verwendete Papier ist FSC®-zertifiziert.